A DETECTIVE WITHOUT TALENT

Suzumo Sakurai

探偵になんて向いてない

桜井鈴茂

双葉社

探偵になんて向いてない

目　次

装画　秋山あい
装幀　川名 潤

探偵になんて向いてない

人にしてもらいたいと思うことは何でも、
あなたがたも人にしなさい

——マタイによる福音書

第一話

1

午前一時すぎ、雇い主であるカゲヤマが唐突に話を振ってきた。「じつは考えてることがあって」

ようやく晩飯にありついているところだった。カゲヤマは編集プロダクションおよび広告制作会社の創業者兼ワンマン社長、こちらは昔のよしみで雇われたライター。この晩は、多摩《たま》北部のタウン情報誌の入稿作業を済ませ、会社近くのスペイン・バル〈テルモ・サラ〉にやってきた。開店は午後四時、食事のラストオーダーが午前一時、火を通さないものなら午前二時の閉店間際まで出してくれるという、夜行性ないし不規則な生活を（好むと好まざるとにかかわらず）送る者にとっては非常にありがたい店だ。真冬や悪天候時をのぞけば時間帯にかかわらず利用するテラス席からは禍々《まがまが》しいほどの光を放った秋月が見えていた。

イワシの酢漬けをひときれ口に含んでから、おれは我がボスに目を向けた。どことなくイグアナを連想させる目つきは若い頃からだが、最近は肌色がくすみ、皺や染みの類いも増えたせいか、いっそうイグアナっぽさが増している。

「たしかゴンちゃんって」断酒して丸七年が過ぎようとしているらしいカゲヤマはフルート型シャンパングラスに注いだペリエのライムで唇と舌を湿らせてから、先を続けた。「興信所だか探偵社だかで働いてたことあったよね？」

「働いてたっていうか、つなぎのバイトでね。ずいぶん昔、ほんの数か月」

「多少のノウハウはあるってことだよね」

「いやいや、おれがやってたのは、使い走りみたいなもんだから。張り込んでる社員の探偵に差し入れを届けたり……尾行時に運転手をさせられたこともあるけど……まあ、せいぜいその程度」

「いずれにしても心強いよ」

「はあ？　心強い？」

　おれの問いにはこたえずに、ふむふむふむ、と思慮深げにうなずくカゲヤマ。

「つーか」ラ・リオハ州産のテンプラニーリョ種のビオワインをボトルからグラスに注ぎ足し、それをひと口啜ってから言った。「いったいなに？」

「どうかな？」またしてもカゲヤマはおれの問いにはこたえずに逆に問いかけてきた。二つの大きな目が月光とはおそらく無関係に鈍く輝いている。

「どうかなって……話が見えないんだけど」

「見えない？」カゲヤマは語尾を少しだけ上げて問う。相手に頭を使わせたい時に使う口ぶりだ。

「見えてほしいんだけど」

おれは雇い主から目を逸らして、通りの往来をぼんやり眺めながらここまでのやり取りを反芻した。さらには、先日……三週ほど前のことだと思うが、カゲヤマが「新しい事業を始めたいんだよね」とかなんとか口走っていたことも思い出した。おれはボスに目を戻した。「まあ、うっすらとは見えてきたけど」とおれは言った――少し後になってわかることだが、見えていたのは表面《おもてめん》に過ぎなかった。「なんでまた？」

「なんで、って……まあ、その……」計画の無謀さを堅実なママに指摘された早熟な中学生のごとく、カゲヤマはぎょろ目を泳がせつつ言った。「会社としてもさ、リスクヘッジを考える段階に来てるんだよ」

「……リスクヘッジ？」いささか唖然《あぜん》としながら、おれの耳には場違いにしか聞こえない単語を繰り返した。

「ま、リスクヘッジってのは理由の一つであって――」

「主たる理由はべつにあるってことね」

「どっちが主ってわけじゃないんだけど――」

「なんだよ？」まだるっこい雇い主に焦れて雇い人は思わず声を尖らせた。

カゲヤマはコホン、と中学生向けアニメの登場人物みたいな咳払いをしてから言った。「松田《まつだ》優作《ゆうさく》の『探偵物語』は知ってる？　昔、そんな話したよね？」

「昔したかどうかは覚えていないけど、『探偵物語』はもちろん知ってる。工藤《くどう》探偵事務所。工藤俊作《しゅんさく》。工藤ちゃん」

「なら、話は早いね。あれに長いこと憧れてて」

トピックがろくでもない谷底へなだれていこうとしていた。「おいおい、その積年の憧れが……探偵業を始めたい理由なのか」

「しつこいけど、リスクヘッジのことを忘れないでくれる？」

「オーケー、わかったよ、リスクヘッジね。大切なことだよな、会社と従業員の将来のために」

そう言ったのはカゲヤマの性格を慮《おもんぱか》ってのこと。「でも、リスクヘッジ云々をのぞけば、それが……つまり、『探偵物語』への憧れが、探偵業をやりたい理由なの？」

「そう」開き直ったのだろう、カゲヤマは九九の掛け算に答えるみたいにきっぱりと言った。

「真っ当な理由でしょ？」

「あのねえ」こいつは現在たしかにおれの雇い主だが、元はと言えば、学生時代のバイト先の後輩なのだ。忠告するべき時には遠慮なんかしていられない。腑抜けのイエスマンでいるわけにはいかない。「あれはテレビドラマでしょうが。しかもアクションコメディでしょうが。そんなドラマと現実をごっちゃにしちゃいけないよ。現実の世界で探偵事務所なんかやったってせいぜいが浮気調査だぜ？」

「まあ、そうなのかもしれないけどさ……とにかくやってみたいんだよ。面白いことありそうじゃん。考えるだけでワクワクするじゃん」

「ワクワクって……なんか違くねえ？」

「そうお？」カゲヤマは不思議そうに首を傾げた。とんちんかんなことを言ってるのはあんたのほうだ、と言わんばかりに。「ワクワクすることがなくちゃ、やってられないよ。こんな掃き溜めみたいなところでは」

「……掃き溜めみたいなところ？」

「そうだよ、ぼくたちはまさに掃き溜めで暮らしてるんだよ。それに気づいていようと気づいていなかろうと」

「おい、どうしたんだ？」おれはカゲヤマの物言いに、軽い目眩《めまい》すら覚えながら尋ねた。「なにかあったのか？」

「名刺、作っとくからさ」カゲヤマはおれの問いをシャツの裾に落ちたパン屑みたいに弾き飛ばしてあっけらかんと言った。「権藤《ごんどう》探偵事務所。なかなか貫禄のある名前だよね」

「はあああ!?」思わず声を張り上げていた。秋月がくるりと回転して、その裏側がいきなり露《あらわ》になって、おれの尻は椅子から浮いて、リーデルのワイングラスがぐらついた。それを右手でおさえつつ言った。「権藤……探偵……事務所？　お、おれがやるの？」

「そりゃそうでしょ」

「ややや。ちょっと待てや――」

「工藤探偵事務所のもじりみたいだよね。工藤俊作と権藤研作《けんさく》もちゃっかり韻を踏んでるし。ま、名前についてはご両親に文句を言いなよ」

「いや、そこじゃなくて」おれの声はほとんど裏返っていた。「そもそも探偵業は、おまえがやりたいんだろ？」

「そうだけど、ぼくはほら、眠る暇すらろくにない零細企業の代表取締役だから。そこんとこは現実をわきまえないと」

ぶばばばば――おれの口からはもはやそんな奇声しか出てこなかった。

「給料はともかく、ゴンちゃんの飲み代と家賃を払ってるのはこのぼくだから」この手のことに言及する時は常にそうであるように、カゲヤマは腹を満たしたイグアナのごとく表情を消して淡々と言う。「ぼくの命令は絶対なの」

2

去年の六月、おれとカゲヤマは新宿のバーでばったり出くわしたのだった。二人して指折り数えてみると、十年ぶりの邂逅《かいこう》だった。

そのころのおれは、勤めていた会社を――自分でこう言うのも悔しいが、筋の通った理由で――解雇された後、旧友たちが与えてくれる日払いの雑務と人材派遣会社にあてがわれる日給仕事を掛け持ちしながらどうにか糊口《ここう》を凌《しの》いでいる身だった。それどころか、二度目の離婚によって家を追い出されたばかりで定まった住居はなく、新旧の友人や友人とは呼べない知人の部屋を片っ端から泊まり歩いていた。部屋だけじゃなくて廊下や押し入れ、それから、彼らの経営する不動産会社の応接室やリサイクルショップの倉庫にも泊まらせてもらっていた。しだいに、寝床は淘汰されつつ緩やかなローテーションができていったが、その晩はちょうどローテーションの谷間にあたっており、スーパー銭湯の深夜料金が加算されなくなる午前六時まで時間を潰すつもりで、終夜営業のバーで一人さみしく、ちびちび飲んでいたのだ。

会っていない間に編集プロダクション兼広告制作会社を立ち上げていたカゲヤマはそんなおれを、ライターおよび編集補助として雇ってくれた上に、本人いわく「私物置き場」として借りていた部屋に住まわせてくれた。

あの時カゲヤマに再会してなかったら、おれはどうなっていただろう。もしかしたら、生きていなかったかもしれない。もっとも、自分が死んだことを想像するのは難しいが、それにしても今ごろこんな形では生きていなかったに違いない。こんな形、というのは、天職とは言わないまでもそれなりに自分の資質を活かせる職種に就きつつ、どこに出るにも便利な都心にありながら陽当たりもさほど悪くないし狭くもない部屋に住み、金銭的余裕があるわけではないが、しかし毎月の光熱費等の支払いに汲々《きゅうきゅう》としてるわけでもなく、例えばだが、深夜のスペイン・バルで美味な夜食にありつけている、という意味だ。決して大げさに言ってるわけではない。それほどに、当時のおれは、失意と孤独と困窮の底なし沼で溺れかけていたのだ。

カゲヤマに対するおれの口の利き方や態度こそ二十世紀に形成された型を粛々《しゅくしゅく》と継承しているのだが、そんなわけで、この男には頭が上がらない。


ともあれ、翌週には「権藤探偵事務所／権藤研作」という名刺が千枚も刷り上がってきた。専用の固定電話回線とスマートフォンとGmailのアドレスもあてがわれた。カゲヤマが以前からひそかに愛読していたらしい『決定版・探偵術入門』やら『こっそり教えます——探偵業の表と裏』といったタイトルのハウツー本らしきものも何冊か渡された。さらには、マイクロカセットレコーダーや拡大鏡やマルチツールやモデルガンや変装用のヒゲといった小道具も——その大半は無用の長物にしか見えないものだったが。名刺にはヴァンヌーボのスノーホワイト紙が使われ、中楷書体で縦書き、スミ1色刷り。その若干の堅苦しさを諧謔《かいぎゃく》で中和するかのように、裏面には、中折れ帽にサングラスの、工藤俊作とルパン三世の掛け合わせみたいな男がリヴォルヴァーの銃身で尖った顎を撫で、その背後ではボディコンワンピース姿のグラマラスな女がしなを作っている、というアメコミ・タッチのイラストが描かれていた。呆れながらもたまらず失笑した。呑気に笑っている場合じゃないのだが、可笑《おか》しいのだから仕方がない。

その一週間後には「権藤探偵事務所」のオフィシャル・ウェブサイトが立ち上がった。インターネット黎明期を思い出させる、ごく簡素な作りのものではあったが、その簡素さがかえって信頼に足る雰囲気を醸し出している——そんな気がしないでもなかった。もっとも、ネットの大海原でこの小船を探り当てるのは至難の業だろうが。

その間、おれは、カゲヤマに強いられるままに新宿区役所や東京法務局に赴いて住民票の写しや「登記されていないことの証明書」を発行してもらった。また、履歴書や誓約書もしたためた。そうして最後に、カゲヤマと連れ立って四谷《よつや》警察署に赴き、「探偵業開始届出書」を提出した。

案ずるより産むが易し——ということなのか。いや、そもそもが、おれには全く実感がなかったし、せいぜいが罰ゲームをさせられているような気分でしかなかったのだが、とにもかくにも、こうして、腐れ縁にして恩人である我がボス、カゲヤマ主導による、そして心ならずもおれの名前が冠された「権藤探偵事務所」はスタートしたのである。

3

しかし、名刺を刷り、ウェブサイトを立ち上げたからと言って、首尾よく仕事の依頼が舞い込むわけではない。言うまでもなく、探偵業は物干し竿を軽トラックの荷台に載せて売りに出るのとは根本からして違う。個人宅の呼び鈴を片っ端から押しまくって「お困りごとなどがございましたら……」などと飛び込み営業をするわけにもいかない……いかないだろう、常識的に考えれば。

カゲヤマもそこらあたりは重々承知しているらしく、開店休業状態がしばらく続いても、どこ吹く風とばかりに悠長に構えていた。なにしろ、探偵仕事が入るまでは、これまで同様、おれをライターおよび編集補助として働かせればいいだけなのだし、権藤探偵事務所の登録住所は、四谷・荒木町《あらきちょう》のカゲヤマの私物置き場兼おれの寝床のものだ。開業するにあたって新たにかかった費用と言えば、名刺の印刷代とウェブサイトのドメイン代……デザインはカゲヤマの会社の従業員にやらせたのだから……あとは、固定電話代と専用のスマートフォン代くらいのものか。きょうび、やり方によってはかなり安価に済ませられるはずだ。

営業活動として地味に（おれの感覚でいえば――しぶしぶ、カゲヤマは――すこぶる熱心に）やり続けたのは、夜の店で名刺を配ることだった。夜の店、というのは、パブというのかクラブというのかやっぱりあれもキャバクラというのか、正式な呼称は知らないが、それなりにドレスアップした女性が隣に座って飲み物を作ってくれたり、たいして落ちのないバカ話をさも面白そうに聞いてくれたり、やるせない夜には太腿の上に手を置かせてくれたりする接待飲食店のことだ。

カゲヤマは、世にも不思議なことに、断酒してから逆にその手の接待飲食店の上顧客になったらしく、昨夏の再会以来、おれもしょっちゅうお相伴《しょうばん》に与《あずか》っていた。常にキープしてあるスコッチ・ウィスキーのボトルの中身を減らすために、時にはおれ単独でも飲みに行くようになっていた。

そんな接待飲食店の一つである高円寺《こうえんじ》の〈シオン〉に勤める由実香《ゆみか》――たしか、重機メーカーに勤めるOLで、週に一度か二度、源氏名を使わずに店に出ていた――からLINEにメッセージが入ったのは、権藤探偵事務所が開業して八週目、十一月も半ばを迎えた頃だった。

先日いただいた名刺なんですけど……あれって真面目に捉えていいんですか？

そのように改めて問われると、ぶっちゃけ及び腰になるのだが、しかし、今さらあとにも引けないので、ああ真面目だよ、と返すと、高校時代の親友から近々メールが届くと思います、助けてやってください、どうかよろしくお願いします、という、なにげに悲愴感すら滲んだ文言が送られてきた。次いで、四匹の猫がそろってお辞儀をするスタンプ。既読スルーしたい気持ちにさえなったが、そこはマナーを重んずる権藤研作、「なるほどね、分かりました」という松田優作＝工藤俊作のボイススタンプを返しておいた。

「はじめまして」というタイトルの付いた簡潔なメールが権藤探偵事務所のメールアドレスに届いたのは、それから二日後の昼前だった。

権藤探偵事務所御中／権藤研作さま

由実香からメールアドレスを聞きました。岩澤《いわさわ》めぐみと申します。

じつは、連絡の取れなくなってしまった人がいるんです。わたしなりに手を尽くして捜しましたが、見つかりません。その人を捜していただけないでしょうか？

どのくらいの費用が必要なのか、まったく見当がつかず、とても心許ないのですが、由実香が、きっと引き受けてくれるよ、と言うので、思いきって連絡をさせていただきました。

本来ならば、わたしがそちらへ足を運んで詳しいお話をするべきなんでしょうが、現在入院治療中で、外出するのが難しいんです。こちらへお越しいただけないでしょうか？　まずはお話だけでも聞いていただけると、たいへん嬉しいです。

4

カゲヤマに電話を入れて、届いたメールをそのまま読み上げた。

「ついに依頼がきたね！」カゲヤマは声を張り上げた。

「まあ……そういうことなのかな」おれはどうにか我がボスに調子を合わせて言った。

「狙い目は夜の街の女の子たち――ぼくの言った通りでしょ」

「……まあな」

「それにしても、いきなり人捜しだなんて、面白いことになりそうだ！」

「……それはどうだか」

「まちがいなく面白いことになるって！」

「おまえねえ……」こいつはしょせん他人事《ひとごと》だと思ってるにちがいない。

「探偵しだいとも言えるけど」そう言ってからカゲヤマはククと押し殺したような笑いを漏らした。「ともあれ、よろしくね」

「なんだかなあ……」

「なんだかなあ？」

「なあ、カゲヤマ」おれはわが心の川底で渦巻いていることを口に出した。「探偵の名刺を配ってはいるが、はっきり言って、おれは素人なんだぞ」

「どんなプロでも最初は素人だよ」

「まあ……それはそうだけどさ」

「でしょ」と得意げにカゲヤマ。

「しかし、なんだかなあ」

「なにが言いたいの？」

「今ならまだ引き返せる」おれは思い切って言った。

「……」

無言のボスに畳み掛けた。「人様《ひとさま》を巻き込む前に引き返そう」

さらに数秒黙ってからカゲヤマはようやく口を開いた。「引き返すって……住所不定の日雇いフリーターに戻りたいってこと？」

「う……」おれはみぞおちにパンチを食らったがごとくなにも言い返せなかった。

5

翌日の午後、電車とバスを乗り継いで、南多摩地区にある大学病院へと赴いた。

おれはさんざん迷った末にスーツを着ていた。チャコールグレーの段返り三つボタン。白のボタンダウンシャツにえんじのタイ。所有する唯一の革靴である……とはいえ、ゴム底だが……ドクターマーチンの３ホール。おれの普段の恰好といえば、ジーンズにパーカにスニーカー、といった類いのもので、冠婚葬祭以外でスーツを着るなんてことはまずないのだが……まあ、言ってみれば、仕事始めなのだし。

いいいか、権藤。おれはバス停から病院の正面入口までの道すがら、自分に言い聞かせた。雇い主のパワーハラスメントによってここまで来てしまったとはいえ、安直に仕事を引き受けちゃダメだ。手に負えないようなら潔く断れ。そう――言うまでもなく、この世界はおれの手に負えない案件で溢れかえっている。

婦人科病棟のデイルームには二時五十六分に着いた。一面の窓からは晩秋の午後の穏やかな陽光が差し込んでいる。向かって左端にテレビモニターが置かれていて、その前のいくつかのテーブルに入院患者が数名散らばっていた。おれはテレビモニターからもっとも遠い壁際のスタッキングチェアに腰を下ろした。

デイルームのオフホワイトの壁にかかった秒針つきの時計が二時五十九分をさしたところで、廊下の奥から薄いブルーのパジャマの上にオレンジ色のカーディガンを羽織った女が現れた。たしか三十九歳であるはずの由実香と同じ年恰好の。

自分の性分にほとほと呆れるが正直に言おう――それまでの重い気分がオセロの石のように裏返った。女の視線がデイルームをぐるりとまわって最後にこちらを向いたので、すっくと立ち上がって、一礼した。彼女もはらりと顔をほころばせて一礼した。

長期入院患者に特有のやつれというほかないものが全身を薄膜のように覆っていたが、日本人というか黄色人種にしてはいくぶん淡い色の大きな瞳、そして、八重歯がちらりとのぞく笑顔は、なお魅力的だった。そして、すらりとした指とアーモンドのような形の爪には、ふいに胸を衝かれるような、はかなげな美しさがあった。

直径八十センチほどの丸テーブルをあいだに挟んで着席した。初対面の挨拶のあとで、何から訊き出そうか決めあぐねていたおれに気づいたのか……いや、気づいてはいないと思うが、先に切り出したのは岩澤めぐみだった。「先に今の自分のことを話してしまってもいいですか？　それを話さないことには」

おれは舌の上にたまっていた唾を飲み込んでから言った。「もちろんです」

岩澤めぐみは、まるで幼い頃の秘密を明かすかのような口調で、現在の病状と心持ちを簡潔に話してくれた――子宮頸がんに罹《かか》っていることが発覚したのは昨年の春だった。六月に子宮全摘出術を受け、秋からは職場にも復帰した。しばらくは調子が良く、今年の春先には完治への期待すら抱き始めた。しかし、この九月にリンパ節に転移していることが判明した。現在は抗がん剤治療と放射線療法を続けている。担当医からは一年後の生存率は三〇％と言われており、「いっしょに頑張りましょう」という物言いの中に、尋常じゃない深刻さを感じる――のだという。

「最近になってようやく、自分の置かれた状況を冷静に見つめることができるようになりました」岩澤めぐみは微笑としか言いようのない表情を浮かべながら言った。「けっして諦めたわけじゃありません。でも、その一方で、命を終える準備をしておかなくては、と思えるようにもなったんです。だって、ほら、自分の力で変えられないことは受け入れるしかないじゃないですか。でも、こんなわたしにもまだ変えられることはきっとあって。いつしか会えなくなってしまった人に、最後にもう一度会うことはできるはず。会って話したい。どうしても伝えたいことがあるんです」

「でも」先を促すつもりでおれは言った。「その人とは連絡がつかない」

「そうなんです」彼女の瞳が涙で光っていることに、気づかないわけにはいかなかった。「メールへの返信がないので、やっとの思いで電話したら、現在使われておりませんという例のアナウンスが流れました。フェイスブックやツイッターのアカウントは残っているけど、もう長らく更新されていません。メッセージを送ってもいっこうに既読にならない。LINEのアカウントはいつのまにか消えている。それで、彼の学生時代の友人に連絡したんです」

しかし、その友人が知っているのは、彼が一昨年の春に生まれ故郷の函館に帰ったところまでだった。岩澤に促されたこともあり、友人は実家に電話を入れてみた。電話口に出た母親が言うには、彼が実家で暮らしていたのは半年あまりで、ある日、書き置きを残して姿を消した、という。

「その彼っていうのは」彼女の話がひと段落したところでおれは尋ねた。「以前の恋人、という認識でいいのかな？」

「あ、ごめんなさい」権藤探偵事務所にとって初めての依頼人はさっと頬を赤らめながら言った。「それを先に言うべきでした。ええ、付き合ってました。でも、当時の彼は結婚していたので……ようは、不倫ですよね」その口ぶりには、芸能人のスクープ話をしているかのような、微量の嘲りが混じっていた。「わたしはそんなふうに思いたくなかったけど」

「結婚していた、ということは――」

「わたしと別れて半年ほどしてから、結局、奥さんとも別れたんです。わたしのせいもあると思う……彼はそれを頑なに否定してましたけど。奥さんに知られてしまったので――」

「失礼。ちょっと待って」依頼人の話を制し、用意してきたのにすっかり存在を忘れていたヴォイスレコーダーを遅ればせながら上着の内ポケットから取り出した。そして、了承を得た上でレコーダーの録音ボタンを押し、テーブルの上に置いた。「それは何年前の話なんですか?」

レコーダーが目の前に置かれたことで、彼女のほうもこれが友人への頼み事とは別物であることを改めて認識したようだ。それまでずっと手に持っていたA6サイズのノートを開いた。尋ねられることを念頭に午前中にメモをとったらしい。それに時々目をやりながら詳《つまび》らかに話してくれた。

「別れてからは一度も会っていない?」依頼人の話がおおむね終わるとおれは訊いた。

「いえ、奥さんと別れてまもない頃……翌月だったとわたしは記憶してますけど、一度だけ食事をしました。その時に、もう一度やり直さないかって言われたんだけど……わたしはすでに別の人と付き合っていたので、ひどい言葉で決別してしまったんです。今振り返ると、自分の言動が信じられないんですけど。その時、付き合ってた人のことなんて本当は愛してなかったし」

黙って続きを待った。

「いっとき、のぼせ上がってただけなんです。彼のことを忘れてしまいたくて無理やり自分を煽り立てていた。付き合いがばれた時にわたしじゃなく奥さんを選んだ彼を見返してやりたい、そんな気持ちすらあったかもしれません」

「なるほど。彼とのやり取りはそれが最後？」

「大きな地震のあとに、安否確認を兼ねたメールが届いたことがあります。わたしは意図的にそっけない返信をしました。それが最後です」

「彼が函館に帰ったことも知らなかった？」

「まったく知りませんでした。その頃は……わたし、荒れた生活をしていて。その話もしなくちゃいけないですか？」

少し考えてから、その必要はないと言った。個人的には非常に興味があったが、この調査には関係ないだろう。

ナース服を着た看護師が二人、パタパタパタパタと足音を立てながら廊下を小走りで通り過ぎていった。向こう端のテレビモニターの前には今、いずれも五十がらみの入院患者が三人と、そのうちの一人の娘たちと思われる（おそらく）大学生と（まちがいなく）高校生の女子が座っていた。モニターの中には芥子色のブラウスを着て前髪をこけしみたいに切りそろえた三十代前半とおぼしきニュースキャスターがいた。前日に起こった無差別殺人事件の模様を報じているようだ。

おれは目を窓の外に向けた。澄んだ空の青と、葉を黄色に染めたプラタナスの樹々が見えた。

もしも依頼人の立場になったとして、死を前にどうしても会っておきたい人は誰だろうと知らず知らずのうちに考えていた。すぐに元妻の顔が浮かんだ。それから、ややあって、最初の妻の顔も思い浮かんだ。自分でも意外で、少なからず動揺した――いずれにせよ、二人の元妻。

「あのぅ」岩澤めぐみはしばしの沈黙のあとで、不安げに言った。「引き受けていただけますか？」

そうか、とおれは思った。おれはちゃんと返事をしていなかったのだ。逆に言えば、まだ引き返せるのだ。引き返した方がいいんじゃないか？　しかし、おれの口は持ち主の逡巡を無視して動いた。「ええ、捜します」

岩澤めぐみは「ありがとう」と言って笑顔を見せ、それからすぐに真顔に戻った。「それで、費用のことなんですけど……」

「うちには定額というものがないんですよ」とおれは言った。ひとまず依頼人の言い値でやろうと、前夜にカゲヤマと取り決めていた。なんといっても、素人探偵の初仕事なのだ――そのことを依頼人に明かすつもりはないが。「あなたが無理せずに払える金額を」

岩澤めぐみは表情をこわばらせた。明らかに当惑している。おれは自分の物言いが的外れであることに気づいた。無理せずに払える金額――そんなことを言われて、淀みなくこたえられる人間がどれだけいるだろう。たいていの依頼人にとって探偵に人捜しを依頼するのは初めての体験なのだ。

おれは少し考えてから提案した。「経費込みで十五万……それでどうでしょう？」函館を訪れる必要はあるだろう。何日か滞在することにもなるだろう。酒席を設ける必要もあるかもしれない。今回はその費用だけまかなえればいい。「チベットやギリシャにいる彼を連れ戻してこいっていうなら話は別だけど、追加料金は要りません。もし見つからなかったら、かかった経費以外は返金します」

岩澤めぐみは安堵したような、あるいは相手を安堵させたいがためのような、柔和な表情を浮かべながら小さく首を振った。「たとえ見つからなくても返金の必要はありません。もっと経費が嵩《かさ》むようでしたらそのぶんもお支払いします。そして、彼に会えることになったら、別途で……成功報酬っていうんでしょうか……十五万円をお支払いします。いかがでしょうか？」

おれは依頼人の殊勝さにいたく感心しながらうなずいた。「承知しました」

岩澤めぐみはゆっくりと頭を下げた。「よろしくお願いします」

「あとは」すんなりことが運んだゆえの面映ゆさもあっておれは言い添えた。「由実香ちゃんに言っておいてもらえますか。今度、ご飯を食べに行こうって。いつもはぐらかされるんで」

面映ゆさに加えて、場を和ませる意図もあったのだが、言い終わらないうちに、逆に場を白けさせることになるかもしれないと思った。しかし、杞憂だった。

岩澤めぐみは、もし八重歯の可憐さに等級というものがあるならば、最上級に分類されるに違いないそれをのぞかせて破顔した。この日いちばん大きな笑顔だったと思う。「わかりました。伝えておきます」

6

尋ね人の名は浅沼裕嗣《あさぬまゆうじ》。岩澤めぐみが提供してくれた情報は、彼の生年月日、身長とおおよその体重、出身高校および出身大学、母親の名前、元妻の名前と当時の勤め先、大学時代からの親友二人の名前と連絡先、父親はすでに亡くなっていること、三つ下の妹がいること、そして、彼女と付き合っていた頃の浅沼裕嗣は音楽だけでどうにか食えていたミュージシャンであり、スリーピースのオルタナティヴ系ロックバンドである〈Night Shift Club〉でドラムを叩いていたこと、所属していた事務所兼インディペンデント・レーベルの名称、それに、画像が何枚か。

おれは翌日の午後一、三軒茶屋にある音楽事務所兼インディペンデント・レーベル〈デイドリーム・シスターズ〉へ赴いた。インターネットを駆使せよ――『決定版・探偵術入門』に記されていた文言に従い、前夜はバンドや所属事務所についてひととおりネットで調べ、ライヴ映像やMVもおおむねチェックした。バンドのサウンドは、しいて言うならバッド・レリジョンの下地にレディオヘッドとエリオット・スミスあたりを混ぜてこねくり回したような感じで、おれの好みからすれば、少々メロディアスかつシリアスすぎたが……おれの好みなどどうでもいい。

ドア口に現れたのは、グリム童話の世界から抜け出してきたかのような装いの四十がらみの女だった。おれは名乗り、〈Night Shift Club〉についてお尋ねしたいことがあるのですが、と告げた。

女はおれの全身を足の先から頭のてっぺんまで舐めるように見てから「少しお待ちを」と言い、おれの鼻先でドアを閉めた。

薄暗い共有廊下に取り残された。ほどなく隣室のドアがホラー映画の効果音のごとく耳障りな音とともに開き、初老の女が出てきた。エチオピアかどっかの魔術師が着るようなロングドレスを着て、ナンのような体型を隠している。女は通りすがりにおれに一瞥をくれ、なぜだか知る由もないが、ふふんっと鼻で笑った。

　三分経過したが、事務所のドアは開かなかった。なんだってそんなに時間がかかるんだ？　放置するつもりなのか？　もしや窓から逃亡したのか——そんな疑念すら頭をよぎり始めたところで、ようやくドアが開き、五十代半ばと思しき男が顔をのぞかせた。ざっと七割が白髪になった長髪をポニーテールにし、目の表情がかろうじてわかる深緑の色眼鏡をかけ、フランク・ザッパの黒いTシャツの上に幾何学模様としか形容できない柄がプリントされたワインレッドの長袖シャツを羽織っている。全体的にはスリムな体型だったが、それゆえに腹のまわりについた脂肪が目立った。この男が〈デイドリーム・シスターズ〉の代表者である塚本泰行《つかもとやすゆき》にちがいない。

「なにか？」男はつっけんどんに言った。

　名刺を差し出した。「権藤研作と申します」

　塚本はおれの手から名刺をむしり取り、色眼鏡を数センチ押しあげて記された文字に目を落とした。そして、探偵ね、と吐き捨てるように言った。探偵、というのが、まるで口にするのも穢《けが》らわしい単語であるかのように。ついで、名刺を裏返し、下水の臭いでも嗅いだかのように鼻をひん曲げた。塚本自身は自分の名刺を差し出すことはもちろん、名乗るつもりさえないようだ。

　おれはもう一度バンド名を言った。「こちらに所属していましたよね」

　塚本は視線を戻すと言った。「で？」

「じつは、浅沼裕嗣さんの行方がわからなくなっていまして」

「そうなの」とくに驚くでもなく塚本は言った。「いつから？」

「二年ほど経つようです」

「ふうん」

「なにか……ご存じありませんか？」

「さあ、知らないな」と言い、そして、微量の嘲りを加えて続けた。「あんた、来るところを間違えてるね」

たとえ間違えてるとしても、来たからにはすごすごと引き下がるわけにはいかない。「こちらとの契約が正式に終了したのは、いつなんでしょう？」

塚本は、ふっ、と小さくため息を漏らすと、振り返って事務所内のスタッフに「ナイトシフトの解散ライヴっていつだっけ？」と尋ねた。何を言っているかまでは聞き取れなかったが、女の声がした。さっきの女かどうかは判然としないが、いずれにせよ、多数のスタッフが働いているような気配はない。やがて塚本はおれに向き直ると、情報を提供するのは本来なら有料なのだが情けで無料にしてやっている、といった恩着せがましい口調で言った。「三年前の十二月二十六日、恵比寿リキッドルームでのイヴェント・ライヴで解散。その日をもってウチも契約を解除した。浅沼は翌日、事務所に荷物を取りにきたらしいが、わたしは不在だった。その後のことは知らない」

「些細なことでもいいんですが」とさらに食い下がった。

塚本はおれの目を壁にあいた二つの穴であるかのように見据えた。

壁にあいた二つの穴は塚本に見据えられたままどうにか言葉を絞り出した。「お願いします」

塚本は言った。「そもそもね、やめるって言い出したのが浅沼なんだよ。こっちは足かけ十年も面倒を見てたんだ。恩を仇《あだ》で返されたような気でいる。やつのことなんか思い出したくもない。

以上」

塚本はそう吐き捨てるように言うと、ドアを引いた。おれは戸口に足を挟んでドアが閉まるのを阻止した。

「おい！　以上だと言ってるだろうが！」

「他のメンバーの連絡先を教えていただけませんか？」

「警察呼ぶぞ」

「お願いします」ドアと壁の隙間に頭をねじ込むようにして低頭した。

「もう二度と来るなよ」と言って、塚本はジーンズの尻ポケットからスマートフォンを取り出し、じつは人一倍デリケートな男であることを示すかのような、態度に似合わない華奢な指で操作した。「当時のマネージャーの連絡先を教える。タジマアツシ。そいつに訊け。いいか」それから、電話番号を読み上げた。

おれもまた尻ポケットからスマートフォンを引き抜き、記録するために告げられた番号をプッシュした。「ありがとうござ——」

言い終わらぬうちにスチール製のドアは、首都圏全域に響きそうな派手な音を立てて閉まった。

情けない話だが、おれはへこんだ。聞き込みでの冷たい対応にいちいちへこんでいては探偵業などやっていられないと思いながらも、へこんだ。

静かな場所で一休みしたかったので、とくにあてはなかったが、バス通りを駅とは反対方向に歩いた。五分ほど歩くと緑道があった。少し先には木製のベンチも見えた。目についた自動販売機で缶コーヒーを買って、緑道に入り、ベンチに腰を下ろした。隣のベンチに座っていた団子頭の老女が、しわに囲まれた黄ばんだ目でおれをじろりと見て、挨拶のつもりなのか、表情を変えずにほんの僅かにうなずいた。おれもうなずいた。タバコをやめて三年ほどになるが、久々に吸いたくなっていた。老女が所持していそうな気がしたが、低木の茂みに立てられた「ここは禁煙です」の看板を見て、あきらめた。たっぷり時間をかけて缶コーヒーを飲み干し、それからタジマアッシに電話を入れてみた。ひとまず留守電にメッセージを、という心づもりだったのだが、意外にも応答があった。突然の電話を詫び、素性を明かし、事情を説明すると、タジマはあっさりとこたえてくれた。

「田舎に帰るとかなんとか言ってたのは覚えてるけど……そんくらいかな、おれが知ってるのは」

「バンドをやめると言い出したのは浅沼さんだって聞きましたけど」

「そうだけど……最後のほうはメンバー間が相当ぎくしゃくしてたし……浅沼くんが言わなくても、遅かれ早かれ終わってたと思うな」

「バンド内で何かがあった？」

「決定的な出来事というよりも、小さなことが積もり積もったって感じだね」

「なるほど」

「先に友人としての絆があって、そこから活動を始めたってタイプのバンドじゃないし……なかなか難しいんだよね、バンドの人間関係ってのは。……おれの言ってること、わかるかな？」

わかると思うと言うと、タジマはさらに続けた。

「売れてるバンドとは違って、ツアーの移動とかもワゴン車でずっと一緒なわけだし。時にはホテルの部屋まで同じ。悪く言うつもりはまったくないけど……ギター・ヴォーカルの吉住《よしずみ》さんがまあ、ちょっと自己中っていうかさ。仕方ないけどね、曲を書いてギターを弾いて歌も歌ってりゃ……なるよね、少しは自己中に」

「うむ」

「うまくいってるバンドってのは、クッションになるようなメンバーがいるもんだけど、ナイトシフトにはいなかったんだよね。まあ……しいて言えば、おれだよ、そのクッションってのは。はははは」

おれも失礼じゃない程度に相手の笑いに付き合い、それから言った。「メンバーの連絡先を教えてもらえませんか？」

「いいけど、吉住さんは日本にいないよ」

「どこに？」

「アメリカ、カリフォルニア。お姉さんが向こうの人と結婚してるらしくて」

「移住したってことですか？」

「移住なのかどうなのかは知らないけど……向こうでバンドを始めたみたい」そこで、誰かが誰かを呼ぶ、がなり声が電話口から聞こえた。タジマは早口になって言った。「おれ、そろそろ仕事に戻らないと。あとでこの番号にメッセージ送るよ。夜にでも」

夜どころか、翌朝になってもタジマからの連絡はなかったので、催促のテキストメッセージを送ると、昼近くになって、メンバーの名前と連絡先だけが記された素っ気ないテキストが届いた。

まずは両人に簡潔なメールを送り、電話番号も入手できたベーシストの辻本宏信《つじもとひろのぶ》には二時間後に電話を入れて、応答した留守電に連絡をもらえないかとヴォイスメッセージを残した。ギタリスト兼ヴォーカリストの吉住直哉《なおや》の電話番号は知らされていなかったので、フェイスブックで検索してみた。すぐに見つけられた。つい一週間ほど前にも投稿がある。西海岸をシアトルからロサンジェルスまで南下する新バンドでのライヴツアーが終了したらしい。こちらにもメールに書いたのとほぼ同様のメッセージを書き込んだ。

夕方になってから辻本から折り返しの電話がかかってきた。こちらの用件が終わりしだい何かを売りつけるつもりなのだろうかと勘ぐりたくなるほどの慇懃《いんぎん》な話し振りだったが、タジマが知っている以上のことは知らなかった。

吉住から短いメッセージが届いたのは二日後だった。宛名のない、挨拶の類いもない、自分の名前すら記されていない、こんなメッセージが。

「解散以来会ってないし、連絡も取ってないし、何も知らないし、あんなクソ野郎のことは知りたいとも思わない」

7

「バンドをやめるってのはよくあることだろうけど……」カゲヤマが言った。「どうして音楽までやめたんだろう？」

深夜、おれたちは新宿通り沿いのスポーツ・バー〈インディペンデント〉のカウンターに腰掛けていた。カゲヤマは、何度耳にしても覚えられない長ったらしい名前のノンアルコールカクテル、おれは新潟産のインディア・ペール・エール。正面の大きなモニターは、いつのかは不明だが少なくとも今シーズンのではないマージーサイド・ダービーを映し出していた。

「大学時代の友人には」とおれは言った。その晩、浅沼の学生時代の親友である安岡丈博《やすおかたけひろ》と淵野典《ふちのつかさ》――岩澤めぐみが連絡を取ったのはこの淵野だ――二人に会って話を聞いてきたのだった。

「ロックにかかわってる連中がぜんぜんロックじゃない、とかなんとかこぼしてたらしいよ」

「ロックにかかわってる連中がぜんぜんロックじゃない？」カゲヤマはおうむ返しに言いながら、眉間に深い皺を寄せた。「それが音楽をやめる理由？」

「その二人も、いったいなんなんすかね、って呆れてたけど」

「その二人も音楽関係の人なの？」

「いや。ふつうの勤め人だよ、スーツを着た」とおれは言った。安岡は外食産業の本社で、淵野は不動産管理会社で、それぞれ働いていた。どちらにも課長という肩書きがついていた。浅沼が東京を離れる数日前に、三人で酒を酌み交わしたらしい。

「ま、ぼくも含めてだけど……ふつうの勤め人からすれば、まったくもって、たわ言だよね。ロックがどうとか……わけわかんない」

「まあ、そうかもね。おれはわからないでもないけど」

「ゴンちゃんは……青臭い中年の日本代表だから」

おれは肩をすくめてその寸評にこたえた。「どっちみち、潮時だと思ったんじゃない？　年齢も年齢だし」

「まあ、そうなんだろうね」カゲヤマも同意した。「賢明な判断とも言える」

「そして、函館の実家に戻った」

「じつは……そこもいまいちわかんなくて。どうして帰ったの？」

「父親が数年前に亡くなってるんだ。一人暮らしの母親をひどく気にかけていたらしい」

「あんがいと孝行息子なところもあるんだね」

「どうかな。ほんとに母親のことを思ってるんだったら、半年やそこらでいなくならないでしょ」

「もう一つ、気になるのは」とカゲヤマはさらに言う。「依頼人との関係」

「……ん？」

「これまでの話から想像するに、浅沼って男は、相当に頑固かつピュア……なんじゃない？」

「頑固かつピュア……」その形容がふさわしいのかどうかおれは考えてみた。

「大人としては醜いくらいに頑固かつピュア」カゲヤマは言い加える。

「醜いくらいに、ねえ」おれは失笑しながら言った。「つまり、不倫をするようなタイプには思えないってことか？」

「そういうこと」

「依頼人が言うには、不倫してるっていう意識が希薄だったって。大学時代の友人にも、悪びれずに紹介してたみたい。ふつうに、恋人として」

「わかんないな、そういうとこ」

「おれは……わからないでもないけど」

「さすがゴンちゃん」カゲヤマはからかいの度合いをいっそう強くして言った。「腹黒い中年の日本代表」

おれは再び肩をすくめてやり過ごした。

「浅沼って男にはなんかあるんじゃないかな？」

「なんかってなんだ？」

「わかんないけど、依頼人も知らない何か」

おれは考えた。浅沼について、というよりも、カゲヤマが何を言わんとしているのかを。「依頼人……恋人にも隠していた素性」

「あるいは」カゲヤマは言い足した。「隠していたとかじゃなくて、単に依頼人には見えていなかったのか」

「……愛は盲目」

カゲヤマは真顔でうなずいた。

おれもうなずいた。あり得るだろう。

カゲヤマは言った。「元妻にも会いに行くんでしょ？」

「さっき、メールはしておいた」淵野典から元妻の連絡先を入手していた。

「それにしても」カゲヤマは声音をがらりと変えて言う。「ワクワクするよね」

「はあ？　どこが？」

「余命わずかな美しい依頼人に、かつての恋人を捜すよう頼まれる——本物の探偵小説みたいだ」

「余命わずかな……そうは言ってないぞ、おれ」

「でも、まあ、おおむね……」口が過ぎたことに気づいたのだろう、カゲヤマはそこで言い淀んだ。

おれは岩澤めぐみの美しい微笑を思い浮かべた。胸の奥がひりひりした。それから思った――これはおれの手に負えない案件じゃないのか？　そんな思いを希釈させるために言った。「そんなにワクワクするんなら、カゲヤマが動いてくれてもいいんだけど？」

「なに言ってんの、ゴンちゃん」カゲヤマはイグアナの目をぱちくりさせた。だしぬけにおれが、世の中は三角フラスコの形をしていて内側ではヒルが春を売っている、とでも言ったかのように。

「ぼくは眠る暇もろくにない零細企業の経営者なんだから」

8

浅沼の元妻である真理子《まりこ》は、再婚して矢吹《やぶき》という姓になっていた。二通送ったメールには返信がなく、携帯電話へも都合三度電話を入れたが、三度ともこちらが諦めて切るまで着信音が鳴り続けた。留守電のオプション契約は結んでいないようだ。

仕方ない。アポなしで押し掛けるしかない。

矢吹真理子は横浜市青葉《あおば》区に住んでいた。彼女の暮らしぶりについては淵野典からそれとなく聞いていたが、彼女が暮らすまちの雰囲気と、土地を贅沢に使った六階建ての瀟洒《しょうしゃ》なマンションからは、たとえ何も聞いていなくとも、家族とともに安寧に……少なくとも経済的な不安とは無縁に暮らしているのが容易にイメージできた。

訪れたのは午前十時半。在宅しているにしてもエントランスを通してくれるとは限らない——そんな思いが脳裏をよぎったが、カメラ付きのインターフォン越しに「権藤探偵事務所の権藤と申します」と告げて頭を下げると、「あ……はい」という戸惑い気味の返答とともにロックが解錠された。メールを読んではいた、ということだ。

いちいち緩慢な動きのエレベーターで最上階まで上がり、共有廊下を端まで歩いて六〇一号室の玄関ドアのインターフォンを押すと「開いてます」という声が聞こえたので、ドアを引き開けて中に入った。玄関正面の壁には、Ａ２サイズほどの水彩画がシンプルな木製の額縁に入れられて掛けてあった。森の中を縫うように流れる小川とその畔《ほとり》で遊ぶ二人の少女。右下に作者の署名があるが判読できない。おれの目にはごく平凡な絵にしか見えなかったが、あえて玄関に飾るのだから何らかの意味かそれなりの価値があるのだろう。と、その絵の脇の廊下から小柄な女が現れ、すぐ後ろから二歳くらいの女児も現れて、母親の太腿付近にまとわりついた。ずんぐりしていると思ったのはほんの一瞬で、すぐに妊婦なのだと悟った。突然の訪問を丁重に詫びると、矢吹真理子は、こちらこそメールをいただいていたのに返信もせずに、と言って頭を下げた。

「ここんとこ、バタバタしていまして」矢吹真理子はそのように弁明した。妊娠六か月といったところだろうか。

淡いベージュのゆったりとしたワンピースに、グレーのロングカーディガンを羽織った姿は、ナチュラル系アラフォー女性をターゲットにしたファッション誌の「部屋着」特集から抜け出てきたかのようだった。少々腫れぼったい目蓋やじゃっかん下膨れな輪郭……目鼻立ちは十人並みなのだが、思春期を過ぎてからは身につけられそうにない品位がオーラのように漂っていた。

　中に入るようには言われなかったので、その場で名刺を差し出した。そうして、単刀直入に切り出した。「メールにも書きましたが、浅沼裕嗣さんを捜しているのです。ご存じですよね？彼が行方をくらましているのは」

「ええ」と矢吹真理子はうなずき、落ちついた口調でこたえた。「先々週ですかね、淵野くんからメールがきました。でも、今のわたしにはどうすることもできないので」

「ま、そうですよね」と相槌を打った上で、どんな些細なことでもいいから浅沼捜しの手がかりになるようなことはないかと尋ねた。

「いいえ」彼女は申し訳なさそうに首を振った。「なにも」それから逆に訊いてきた。「浅沼の実家には連絡されました？」

「いえ、これからです」

「お母さまが何か知ってるんじゃないでしょうか？」

「……というのは？」

　真理子は慌てて右手を振りつつ否定した。「根拠があって言ってるわけじゃないんです。ただ、とても母親思いの人だったので……お母さまとも完全に連絡を絶つっていうのはちょっと考えにくくて」

　おれはうなずいた。

　彼女もうなずいた。

　沈黙。女児がおれの顔を睨むように見上げていた。おれが敵側の人間だと本能的に感じ取っているのだろう。リビングルームからはボサノヴァのリズムに乗った女性シンガーの歌声がかすかに聞こえてくる。

「あの……」と思いきって尋ねた。「おこたえになりにくいとは思いますが……離婚された原因はどういうものだったんでしょうか?」

矢吹真理子はおれをじっと見てから目を伏せ、一拍置いてからまた目をあげておれを見た。そうして、ほとんど言い淀むことなくこたえた。こちらの質問をあらかじめ想定していたかのように。「三十五にもなると、女って急に現実的になるんですよ。少なくともわたしはそうでした。子どもが欲しかった。それに、お金のことを常に気にかけながら暮らすのにも疲れました。刺激的じゃなくていいから、安定した生活を送りたくなった。簡単に言うと、そういうことです」

「それが……離婚の原因のすべてですか?」

「つまり……」そう言いながら彼女はわずかに目つきを険しくした。「彼の不倫のことを言ってるんですね?」

小さくうなずいた。

「浅沼を捜しているのはその女なんですか? 名前は忘れましたけど」

「いいえ」きっぱりと否定した――もしかしたら、きっぱりし過ぎていたかもしれない。

「じゃあ、誰なんです?」

「……バンド関係の人間です」咄嗟に思いついたことを言った。「これ以上は言えないんですよ。ぼくにも守秘義務ってものがあって」

少し間を取ってから真理子は「わかりました」と言った――そんなことは些末なことだ、とでも言いたげな口調で。そして続けた。「彼の不倫は、わたしが将来を考えるきっかけにはなりました。でも、直接の原因ではありません。考えるきっかけになったという意味では、その事実を知って良かったと思っているくらいです。あのことがなければ、今の幸せはなかったでしょうから」

「なるほど……」

「申し訳ないんですけど」矢吹真理子は本当に申し訳なさそうに言った。「もう少しで来客があるんです。まだお掃除が終わってなくて」

大急ぎで頭を働かせた。出直すと言えばいいのか？　というか、そもそも他に何を訊けばいいのだ？

迷っているうちに真理子が口を開いた。今度は懇願するような調子で。「わたし、本当に何も知らないんです。彼とは離婚したきり一度も会ってません。もちろん、彼が行方知れずになっていると聞いて、多少は心がざわつきます。でも、そのことにかかわっている時間も労力も今のわたしにはないんです。わかってください」そこで言葉を切ると、下唇を嚙んで、頭を下げた。

「ごめんなさい。何のお役にも立てなくて」

おれも釣られるようにして頭を下げた。ただでさえ相手は妊婦なのだ。立ち去るしかなかった。

9

東京にいながらにしてできる調査はひとまず終わったようだった。やはり、函館を訪れるしかない——真っ先にそうすべきだったのかもしれないが。工藤俊作ならどうしただろう？　あるいは……フィリップ・マーロウなら？

函館に発つ前夜、約二週間ぶりに高円寺の〈シオン〉に行った。由実香が働いているはずの曜日だったが、由実香は何らかの事情で店に出ていなかった。その代わり……というわけではないのだが、たびたび接客してもらい、二度ほどカゲヤマを含めてアフターで飲みに行ったこともあるリサコというホステスを相手に一時間ばかり飲んだ。

「なあ、リサコ」おれはしれっとリサコの太腿に手を置きながら言った。「もしもの話だけどさ、死期を悟ったとして、どうしても会っておきたい人ってすぐに浮かぶ？」

「……お父さん。会ったことのないお父さん」

「ほう」

その先を促したつもりだったが、リサコの話は予想外の方向に進んだ。

「あと……ナカタ先生」

「そいつは誰？」

「高校の時の国語の先生」

「……それはどうして？」

「卒業してから一時期付き合ってたの、先生と」

「ふむむ」

「会って謝りたい」

「なにをしたんだ」

「あたし、三人の男の人と同時に関係をもってたの。先生以外の二人は遊びだけどね」

「先生のほうは」思ったことをそのまま口にした。「遊びだったんじゃないのか?」

「遊びじゃない」リサコはきっぱりと言った。「あたしは先生が大好きだったし、先生だって絶対あたしのことが好きだった。でも……家庭のある人だったからなかなか思うように会えなくて。どんな形でもいいからかまってもらいたくて、あたし、先生の耳に入るような子を選んで遊んだの。しかもね、その男の子とセックスしてるところをビデオカメラで撮って、先生に送りつけた」

「……」

「ひどいでしょ?」

「……もう一度、先生とエッチしたいなあ。先生って舐めるのがすっごく上手くって。入れてからもめちゃくちゃ長いし。ホテルはほとんど毎回延長。あたしをこんなエッチな女にしたのは先生だもん」

「……」

「あ」リサコはおれの顔を検分するように見つめながら言った。「ゴンちゃん、ひょっとして……」

「な……なんだよ?」

「もよおしてるんでしょ?」

「いや……まあ……少し」

「少し？」

「いや……たくさん」

「ふふふ」

「アフターでどうだ？」

「残念でした～」リサコは蠱惑《こわく》的な笑みを浮かべながら言った。「今夜は先約があるの」

10

負け惜しみみたいに聞こえるだろうが、リサコには断られて良かった。なぜなら早朝の新幹線を予約していたから。函館には昼前に着いた。

東京は晩秋と呼ぶのがぴったりの季節だったが、函館はすでに初冬を迎えていた。空はどんよりと曇っていて、今にも雪が降り出しそうなほどに空気は冷え冷えとしていた。

駅前のラーメン屋で塩ラーメンを食べ、市電に乗ってホテルに向かった。予約を入れておいたホテルに着いたのはチェックイン時間の二時間以上前だったが、難なく部屋に通してもらえた。

ざっと荷解きをし、時計が午後一時をまわったのを確認してから、浅沼の実家に電話を入れた。留守電に切り替わった。あとでまた電話をさせていただきますが、と伝言を残した。探偵事務所という響きは余計な警戒心を生じさせかねないので、裕嗣くんの友人の権藤と申します、と告げておいた。

アポなしで訪問してみることも考えたが、急《せ》いては事を仕損じる、ということわざを思い出した。一方で、善は急げ、というのもあるが、今おれがしているのは「善」という言葉では括《くく》れないだろう。日が暮れるのを待ってもう一度電話を入れた。今度は応答があった。

浅沼の母親は愛想こそ悪くはなかったが、怪訝に思っているのは言葉の端々から窺い知れた。おれは「学生時代の友人」で押し通すことにした。

「裕嗣を捜すためにわざわざ東京から来られたの？」

「いえ、出張で札幌まで来たもので」

「札幌からだってけっこう遠いじゃない？」

「いや、でも、休みも取れましたし——」

「お話しできることなんか何にもないのよ。裕嗣が姿を消したのは一昨年の十月の末。それきり連絡はありません」

一度ご自宅へ伺わせてほしい、と頼んだ。

「明日でもいいかしら」母親は気が乗らない風ではあったが拒絶はしなかった。「今日はもう疲れてしまって」

午前十時に訪問する約束を取り付けて、電話を切った。

寒いのはわりと得意なほうだが、それにしても十一月末の函館はふらり気ままに外出するのに適したシーズンではない。ホテル近くの回転寿司店で腹八分目の晩飯をとると、タクシーを拾って五稜郭《ごりょうかく》近くの繁華街へ向かった。元来の酒好き……いや、酒場好きがそうさせるのだが、ひょっとしたら何か手がかりが、と期待する気持ちもないではなかった。

二軒目のパブだかクラブだかで、浅沼と同学年のホステスには会えた。しかし、通っていた高校も違うし、中学までは近隣の町に住んでいたらしく、浅沼の名前も〈Night Shift Club〉というバンド名も聞いたことがないと言われた。インディペンデント・レーベル所属とはいえ、地元ではそれなりに知られているんじゃないかと踏んでいたのだが、どうやら甘かったようだ。六十がらみのママが、その高校出身のお客さんはたくさんいる、先生の何人かも常連だから、金曜の夜にもう一度いらっしゃい、と言ってくれたが……ようするに、その晩の収穫はその程度だったということだ。

夜が更けてからデリヘル嬢を部屋に呼んだ。ネットで検索した限りでは、函館には人妻・熟女専門と銘打たれた店が四軒ほどあり、その中から浅沼と同い年の女を見つけ出して指名した。もっとも、ウェブサイトに表記されている年齢などあてにならないだろうが、かといって端《はな》から鯖を読んでいると見込むのもどうなんだ？　そうすると、どうせ鯖を読んでいるのだからと年齢など気にかけなくなり、知らず知らずのうちに自分好みの女を探すようになって、しまいには仕事とはまったく無関係に……いやいや、おれは見苦しい言い訳をしてるのかもしれない。しかし……瓢簞《ひょうたん》から駒が出る、なんてこともあるじゃないか。

非公式の追加料金とかなりの空想力を要する交わりが終わったあとで、おれは自分の身分を明かし、単刀直入に尋ねてみた（ちなみに、女は二つほど鯖を読んでいた……本人が言うには、ごまかすつもりなんてないのに店がプロフィールを更新してくれない、のだそうだ）。モモエという女は、〈Night Shift Club〉というバンド名は聞いたことがあるが彼らの音楽はまともに聴いたことがなく、そのメンバーのひとりが函館出身だとは知らなかったし、浅沼裕嗣という名前にも聞き覚えがない、とこたえた。

「でも、旦那がその人と同じ高校の出身だった。学年は一コ上になるのかな」

「……だった？」なにげに強調された過去形が耳に引っかかった。

「いなくなったの。仕事に出かけたふりして、そのまんま」

「それ……いつの話？」

「もう五年になるわ」

「今も行方知れず？」

「うん。あたしはもう死んだものと思ってるけど」

「……さっき、子どもがいるって言ってなかった？」

「いるよ。高一の息子と中一の娘」

「そっか……」

「……どうしたの？」

「いや……」

モモエは上半身を起こしておれの顔を珍しいものでも見るように矯《た》めつ眇《すが》めつ眺めた。「どうしたのよ、急に神妙になって」

「いや……その……」神妙になっているという認識のなかったおれは、ハッとなりながらこたえた。「人ってどうしていなくなったりするんだろうなと思ってさ」

「あんた、探偵のくせに、バカなのね」とモモエは半笑いしながら言った。「十人いたら十個の理由がある。そうでしょ？」

11

翌日はいくぶん暖かく、重なり合った雲の隙間からは青空ものぞいていた。

浅沼の実家は、築年数四十年は下らないとおぼしき、こぢんまりとした二階建ての家屋だった。手入れが行き届いているとも言い難い。玄関のドアノブがぐらついていたし、廊下のフローリングは歩くたびにみしみしと軋《きし》んだ。しかしながら、玄関や居間にある家具や調度品やテレビなどの電化製品は、まるでそこに配置されるためにデザインされたかのように居心地良さげに収まっていた。

おれが勝手に想像していた、そして昨日の電話でより強固になった浅沼裕嗣の母のイメージは、高齢と孤独と失意と何らかの持病に痛めつけられた老女、というものだった。しかし、実際の浅沼実代子《みよこ》は、〝老〟という漢字をあてるのを憚《はばか》ってしまうほどに若々しく、かくしゃくとしていた。白髪をうまく生かしたショートヘアは卵形の輪郭に良く合っていたし、つぶらな黒い瞳には、加齢とともに深まっていく諦念に打ち勝とうとするかのような覇気が感じられた。唇にはさりげなく紅もさしてあった。四半世紀前は相当にきれいな女性だったろう。一方で、実直さがその佇《たたず》まいから滲み出ていた。美しさと実直さがひとりの人間の中に同居するのはあんがいと難しいことだと思う。美しさは実直さを汚しやすいし、実直さは美しさを損ないやすい。そんな母親に面と向かうと、友人だと言い張る気はたちまち失せてしまった。出された緑茶に口をつけてから「じつはこういうものなんです」と言い開きしつつ、名刺を差し出した。母親はそれを受け取ってテーブルの上に置くと、「近くがとんと見えなくなってしまって」と言って立ち上がった。キッチンに戻り、赤いセルフレームの老眼鏡を手に持って、再びリビングに出てきた。そうして、一人掛けソファに座り直すと、老眼鏡をかけた。探偵事務所、という文字が真っ先に目に入ったのだろう、母親は言った。「裕嗣……何かしでかしたのですか？」

「いいえ、そうじゃないです、ご心配なく」探偵イコール事件、と考える人もいるのだと改めて気づかされながらおれは言った。「裕嗣さんのご友人から捜すように依頼されました」

「えっと……」母親は眼鏡を外すと再びこちらを見た。「淵野くん？」

いいえ、と首を振った。

「いったいどなた？　もしや真理子さん？」

大急ぎで考えた。母親に伏せておく必要はあるだろうか？　あるなしの問題ではないような気がしたが、浅沼実代子の、相手をまっすぐに見る濁りのない目が、おれにこんなふうにこたえさせた。「裕嗣さんとかつて懇意だった女性です。現在、がんの治療で入院中でして……どうしても裕嗣さんに会いたいと」

「……がん？」母親は何よりもその部分に反応した。

「ええ……つまり……覚悟されてるんだと思います」

「あら」そんな言葉を発しながら大きく見開いた目には、憐憫《れんびん》の情が浮かんでいた。「お若いんでしょ、その方……お気の毒に」母親は今度は目をふせ、目をふせたまま独りごとを言うようにつぶやいた。「そんな方がいらしたのね」

小さくうなずいた。

沈黙。それぞれに言わずにいることがあるが、それを言ってしまうとさらに長い沈黙が後に続くことになる、とお互いが承知しているような沈黙。堪えかねておれの舌が勝手に動きだした。

「それだけ……魅力的な男性ということです」

母親は目を上げ、胸の前で両手を振って否定したが、その表情は沈黙の前よりもいくぶん明るくなっていた。

母親の了承を得て、ヴォイスレコーダーの録音ボタンを押した。「まず……東京からこちらへ戻ってくる際にはどんなふうに言っていたんですか？」

「具体的なことは言いませんでしたけど……一言、疲れた、って。大変なんでしょ、音楽の世界でご飯を食べていくのって」

「まあ、そうですよね」どこの世界でもそうですが、と言うのは控えた。

「ですけど、吹っ切れたような明るさもありました。やるべきことをやりきった充足感っていうのかしら。それに、裕嗣は当時三十九でしたから……やり直すなら最後のチャンスだって思っていたんじゃないでしょうか」

「函館に戻ってきてからは、どんなお仕事をされていたんですか？」

「最初は、伯父の……というのは亡くなった主人の兄ですけど……口利きで、建設現場で働き始めました。でも、性には合わなかったようで……ひと月ほどでやめました。伯父にもちゃんと頭を下げに行ってましたよ。それから……わたし、今も湯の川《ゆかわ》温泉のホテルで客室清掃の仕事をさせてもらってるんですけど、副支配人に相談したら、レセプションの遅番としてなら雇えるって言ってくださって。そうして、週に五日、午後十時から午前七時まで働くようになりました。時給いくらっていう雇用形態ですけども」

ふむ、とうなずいて先を促した。

「三か月が過ぎたころでしたかね、副支配人からもレセプションの主任からも、褒めていただきました。よくやってくれてるって。社員への登用も考えてるって言われました」

「そのことは本人も知ってたんですよね？」

「ええ。社員になると、昼間の勤務が中心になるようで、それも嬉しいようでした」

「結局、社員になられたんですか？」

「口頭ですけど、内定はいただいてました。翌春からってことで」

「しかし、その前に……」

母親は唇を結んでうなずいた。

「どのくらいの間、ホテルで働いていたことになるんでしょうか？」

「四月の初旬からいなくなる前日まで……七か月ですね」

「姿を消す前に、それらしき兆候とかは？」

「いいえ、まったく。こっちで生きてゆく覚悟が決まったんだって、わたしはそう思い込んでいました。幼なじみとの付き合いも少しずつ再開していたようですし……もっとも、函館に残っている人って意外に少ないんですけども」

「いなくなったのは──」

「わたしが昼間働いてるあいだに」

「何か伝言のようなものは？」

母親は一拍ぶんだけ考えてから言った。「ご覧になりますか？」

うなずくと、母親は居間に続く和室に入り、仏壇の下の抽斗《ひきだし》を開けると、三つ折りにした便せんを持ってきた。横書き、二行だけの短い手紙だった。

母さんへ

ごめん。おれはここではやっていけない。
捜さないでくれ。いずれ、必ず連絡するから。健康にはじゅうぶん気をつけて。

裕嗣

文章そのものは簡潔だが、なかなかの達筆だった。出かけ間際に慌てて書いたようには見えない。

再び折り畳み、礼を言って母親に返した。

「警察には行かれました？」

「行くわけないじゃない」母親は一笑に付した。「ここに書いてあることをわたしは信じています。裕嗣が必ず連絡するって言ってるんだから、必ず連絡が来るんです」

「でも、もう二年以上も――」

「あのね、探偵さん」

浅沼実代子はおれをそう呼んだ。面と向かってそう呼ばれたのは初めてだった。ひどく気恥ずかしかった。やましさすら覚えた。それらをどうにか胸の底に押し込めて、続きを待った。

「わたしは裕嗣の母親です。裕嗣のことは誰よりもわかっているつもり」

「まあ……そうですよね」

「探偵さんはおいくつなの?」

突然の質問にまごつきながらもおれはこたえた。

「あら。意外といってるのね」

頭の中が幼いんでしょうね、と応じると、ふふふ、と母親は短く笑い、それから笑いを目と唇にかすかに残したまま続けた。「わたしは来春には六十五になるんです。酸いも甘いも噛み分けてきたつもりです。これくらいのことでは動じません。それに——」

そこで言葉を切り、母親はおれの目を見据えた。睨まれたわけではないが、その目の中に宿る、意志というのか覚悟というのか、いずれにせよ、強靱な何物かに、おれは怯《ひる》んだ。「それに?」と先を促すのでせいいっぱいだった。

「それにね、探偵さん」母親は人の道を踏み外しかけている青年を諭《さと》すかのごとく静かに言った。「時にはじっと待つのが得策ってこともあるんじゃないかしら」

「……そうですね」と言った。言うほかなかった。「たしかに、そうかもしれないです」

母親はおれが緑茶をほとんど飲み干しているのに気がついた。腰を上げた母親に「おかまいなく」と言ったのだが、母親は「わたしも飲むの」とこたえて、キッチンへ向かった。そうして、お湯が沸くまでのあいだ、ガスコンロの前から離れなかった。

新たに入れてくれた緑茶をいただきながら、おれは浅沼の妹について尋ねた。函館の高校を卒業後、札幌にある医療事務の専門学校を出て、そのまま札幌市内の総合病院に就職し、診療放射線技師の男と結婚して退職、今は二児の母親だという。「連絡先はお教えしますが、わたしが知っている以上のことはあの子も知りませんよ」

それから、母親は浅沼の中学時代と高校時代の卒業アルバムを引っぱり出してきてくれた。母親によると、浅沼裕嗣は「ひどく晩生《おくて》」で、小学校高学年までは体も小さく、決して目立つような男子ではなかったようだ。中学は「背が伸びる」と一つ年長の幼なじみにそそのかされてバスケットボール部に入部したが、背こそ偶然なのか少しは効果があったのか最初の一年でかなり伸びたものの、肝心のプレーにはさほど精を出しているようには見えなかった。両親揃って応援に行った中学時代の最後の試合でもほんの数分しか出場しなかった。そこそこの進学校に進んだが——母親いわく「函館ではってことですけど」——浅沼の成績は「下のほう」で、部活動にも所属しておらず、家に戻るなり部屋にこもって「大音量で、激しい」音楽を聴いていたのだとか。一年の夏休みに、伯父の建設会社でアルバイトをし、貯めたお金で——「いくらかは父親も足してやりましたけど」——ドラムセットを買ったという。それからは勉強はそっちのけでバンド活動に打ち込み、高校三年時には函館市内のライヴハウスで何度か演奏したことがあるらしい。

浅沼といっしょにバンドをやっていた三人の男子と、高校時代に付き合っていた女子のことを母親は覚えていた。三人の男子はひとりも函館に残っていないはずだという。女子についてはその後どうしたのかまったく知らなかった。高校の卒業アルバムの巻末に、クラスごとの住所録が付いていたので、コピーを取るべくお借りすることにした。

最後におれは、浅沼裕嗣の住民票がどうなっているか——つまり、転居届等が出ていないか——市役所に行って調べてもらえないかと頼んだ。警察でもない限り他人にはどうにもできないことだから。

「わかりました。二、三日中に市役所に行ってきます」母親は腑に落ちない様子ながらも承諾してくれた。「探偵さんがそこまでおっしゃるなら」

12

翌晩から、浅沼が働いていた、そして母親が今も働いている、湯の川温泉のホテルに宿を移した。湯の川温泉の中でも一、二を争う高級ホテルのようだが、オフシーズンの最たる時期ということで、ビジネスホテルのような料金で泊まれた。

一夜明けて、出勤してきた浅沼実代子がホテルの実質上のトップであるらしい副支配人とレセプション係の主任を紹介してくれた。主任からはとくに有益な情報は得られなかったが、副支配人が「特別に」とことわった上で、給与を振り込んでいた浅沼裕嗣の銀行口座番号を教えてくれた。出入金がどうなっているのかを調べるべく、さっそくおれはその銀行の当該支店——函館駅前支店に赴いた。

二十代なかばの女子行員に事情を話すと、三十代なかばの男子行員が応対に出てきたので、彼にも最初から事情を話すと、ついで五十がらみの副支店長が現れた。銀行の副支店長というよりは和菓子屋の店主といった感じの……しいて言うなら、職人肌の頑固者だがじつは情に脆そうな

M字ハゲのおっさんだった。

これは脈がある。そう思ったおれは、三たび事情をいっそう気持ちを込めて話した。副支店長はおれの話を時にうなずきながら最後まで聞き届けると、しかし、予想に反してビジネスライクに告げた。「残念ですが、法律には背けません」

次いで、個人情報保護法をざっと説明した。口座を所有する本人からの委任状、あるいは裁判所の命令がない限り、個人情報は開示できないのだという。

そこでおれはふと思いつき、というか『探偵物語』のワンシーンを思い出し、財布から一万円札を抜き取って素早く四つ折りにし、副支店長の手元に滑らせた。「そこをなんとか」

逆効果だった。副支店長は万札を弾き返すと、がぜん語気を鋭くした。「そういう問題じゃないんだよ！」

あとはこちらが何を言っても「お引き取りを」の一点張りだった。退くしかなかった。


宿に戻り、銀行の個人情報にアクセスする方法は他にないだろうかと、インターネットでの検索はもちろん、その手のことにいくらか詳しそうな友人の何人かに電話やＬＩＮＥで尋ねてみたりもしたが、埒《らち》は明かなかった。こんな時おそらく頼りになるだろう弁護士や警察官の友人は、おれにはただのひとりもいなかった。ヤクザの知人もいなければ、ハッカーの親戚もいなかった。昔バイトしていた探偵社に電話してみることも考えたが、十五年以上前に数か月バイトしただけの男を覚えている人間がいるとは思えなかった。いや、たとえ覚えていたとして、誰がそんな男に親切にする？

その晩はベッドに入ったもののなかなか寝つけず、やがて寝るのをあきらめて有料放送で低俗ではあるが実人生から目を逸らしていられる邦画を立て続けに二本観た。観ながら缶チューハイをついつい飲み過ぎてしまった。そのせいで翌朝は寝過ごし、朝食にも間に合わなかった。心も体もどんよりと重かったが、どうにか身支度を整えてホテルを出た。市電に乗って元町地区に向かった。小洒落たカフェ・レストランでブランチを食べ、腹ごなしを兼ねて二時間ほど周囲をそぞろ歩いた。それから、ロープウェイに乗りこんで函館山にのぼった。べつに観光がしたかったわけではないが、視野が変われば、新しいアイデアが浮かぶかもしれないと思ったのだ。

浅沼裕嗣はどこへ行ったのだろう？ 今どこでなにをしているのだろう？ どうして忽然と姿を消したのだろう？ たしかに、母親の言うように、いずれしれっと連絡が入るのかもしれない。しかし、どうにも引っかかるのは、携帯電話を解約している――あるいは、契約自体は残っているにしても番号を変更している――点だ。フェイスブックやインスタグラムへのアクセスをやめる、一時期使っていたメールアドレスを使わなくなる――それらはさほど不思議ではない。おれだってフェイスブックやツイッターにはほとんどかかわらなくなったし、昔使っていたヤフーのメールアドレスは長年チェックすらしていない。便利な一方、なんやかやとやたら時間を消費する、そして他者とのコミュニケーションをいたずらに煩雑にするスマートフォンをやめて、昔の、いわゆる、ガラケーに戻したくなる心情も理解できる。しかし、たとえガラケーに戻したとしても電話番号は変えないんじゃないか。なぜだ？ なぜそこまでして、過去の人間関係を断ち切りたかったのだ？ ていうか、とおれは思った。それを思いながら背すじに寒気が走った――浅沼裕嗣は生きているのか？ 母親への置き手紙にあった「ここではやっていけない」の「ここ」というのは、「この世の中」のことなのか？　その心情ならおれも身に覚えがある。というか、ほんの一年半前、カゲヤマに再会する前のおれはしょっちゅうそのことを考えていたのだから。

　そんなこんなをとめどなく思案しながら函館山の頂上から初冬の午後の、さみしげな陽光に包まれた函館市街を見下ろしていると、スマフォが震えた。浅沼実代子からだった。いま市役所に来ていて住民基本台帳を調べてもらったが転居届の類いは提出されていなかった、台帳上は今も実家に住んでいることになっている、という。

「そうですか……」消沈した。我知らず一縷の望みを残していたのだろう。「お手間を取らせました。ありがとうございます」

「……探偵さん」浅沼裕嗣の母親は声音を変えて切り出した。「先日、一つだけ言いそびれた……いえ、言わなかったことがあって」

「……なんです？」

「せっかく捜してくださっているのに、失礼しました」

「いいえ、そんなことはいいんです。話してください」

「たいしたことじゃないんですが……あの子、いなくなる時に、わたしのヘソクリを持っていったの」

「ヘソクリ？」

「ええ、ヘソクリをぜんぶ」

「それはどのくらいの金額なんですか？」

「笑わないでね」浅沼実代子は今にも笑い出しそうな口調で言った。「わたし、亡くなった主人と結婚してから毎日欠かさず、百円玉を巾着袋に入れていたの」

「毎日欠かさずってことは……」

「ひと月で約三千円……」

「一年で三万六千五百円」

「ええ、そうです。それで……毎年、年末に銀行へ行って……そこに三千五百円を加えると、ちょうど四万円になるでしょ？　それを和箪笥の抽斗に、こっそり貯めていた……わたしの言ってること、わかります？」

「はい……わかってると思います。一年で四万円、二年で八万。一万円札で。そういうことですよね？」

「そうそう。主人が亡くなってからもそれを続けてた。もはや、お金を貯めるっていう感覚じゃなくて、単なる習慣ね。朝起きて顔を洗う、というような」

「なるほど。ご結婚されて何年になるんでしたっけ？」

「裕嗣がいなくなった時で四十二年と数か月。それを機に百円貯金もやめたんだけど」

「つまり、四万かける四十二。……百七十万弱ですか？」

「そうね、そうなるわよね。それをぜんぶ、裕嗣に持っていかれました」そう言うと、母親はついにこらえきれなくなったみたいにクックッと声を立てて笑った。「裕嗣、知ってたのかしらね……わたしがこっそり百円貯金を続けてたこと。主人にさえ話したことなかったのに」

「それにしても、百七十万って、けっこうな大金ですよ」

「そうお？　そうでもないじゃない？　月にだって行けやしない」

「まあ……そうですね。月には行けない」

「だから、探偵さん。そんなに心配は要らないってこと。わたしは裕嗣からの連絡を待ちます。もしも、先に探偵さんが裕嗣に会うようなことがあったら、伝えてもらえますか。お金のことなんて母さんちっとも気にしていないからって」

おれは不覚にも感極まっていた。何に感極まったのだろう？　四十二年ものあいだ続けた百円貯金にか？　母親の、いずれ連絡は来る、という確信にか？　何があろうとぶれない息子への愛にか？　あるいは、この事実——母親のヘソクリ＝百七十万円を持って家を出る——が、浅沼がどこかで生きるつもりだったことを示唆するからか。わからない。わからないままにおれは言った、声がうわずりそうになるのをどうにか抑えながら。「わかりました。もしぼくが先に裕嗣さんに会うようなことになれば、必ずそう伝えます」

「ありがとう」浅沼実代子は艶すら感じさせる声で言った。「わたしが、ありがとう、だなんて、筋違いかもしれないけど。函館くんだりまで裕嗣を捜しに来てくれて感謝しています。その女性にもくれぐれもよろしくお伝えください。連絡が取れたらすぐにお知らせします」

13

函館には結局、九日間滞在した。そのあいだに月が変わって師走になった。雪が二回降った。二回目の雪はおれが函館を去る時にも降り続いていた。

その間、浅沼裕嗣の幼なじみや高校時代のクラスメイト、そして職場の同僚にもできるだけ会って話を聞いた。彼らとたまに飲みに行っていたらしい、函館で唯一のロック・バーにも二度ほど足を運んだ——そこのマスターはさすがに浅沼がやっていたバンドを知っていて、CDや7インチシングルを持っていた。高校を訪ねて二年と三年時の担任教師——今では校長になっていた——にも会った。伯父にも会いに行って話を聞いた。結婚して夫とニセコでペンションを営んでいる高校時代のガールフレンドとはメールで何度かやり取りした。札幌で暮らす妹の山口美緒《やまぐちみお》とは電話で話した。高校時代のバンドメンバーのうちの二人（ひとりは旭川、もうひとりは大阪で暮らしていた）とも電話で話した。手がかりとなるような情報は得られなかった。彼らのうちの誰かが何かを隠していたり嘘をついたりしているようにも思えなかった。郵便追跡サービスを活用して、リアルタイムで配達状況を追ってみたが、母親が暮らす実家に配達されただけだった。函館を離れる前の晩に、もしや新興宗教がらみでは？となかば自棄になって思いつき、何かあればいつでも電話を、と言ってくれていた美緒に再度電話をしてみた。しかしながら、美緒にはあっけなく否定された。「わたし、じつは、むかし付き合ってた人の影響で仏教系の宗教団体にはまりかけていたことがあるんです。その時に、どれだけ兄におちょくられたか。結果的に、その兄のおちょくりによって、宗教団体とも当時の彼氏とも距離を置くことができたんですけど。兄と宗教って、いくら想像を逞しくしても結びつきません。とりわけ、新興宗教なんかとは」

帰路はフェリーに乗って津軽《つがる》海峡を渡った。フェリーに乗った理由はいろいろだが、一番はおれのセンチメンタリズムだ。あるいは、しみったれた道程への偏愛。

フェリーの遊歩甲板から粉雪の舞う北海道の陸地を眺めながら、おれはぶつぶつ独りごちていた。何か見落としがあるんじゃないか？　じつは視界に入っているのにおれが間抜けなせいで見えていないものがあるんじゃないのか？　なあ、浅沼くんよ。とっとと出てきてくれよ。生きてるんだろう？

14

東京に戻った翌日の午後、スイセンの花束を携えて、再び岩澤めぐみを訪ねた。

婦人科病棟のデイルームの窓からは先月と同じように澄んだ空の青が見えたが、プラタナスの樹にはもう葉っぱはついていなかった。その日の岩澤めぐみは、白い縁取りのあるグレーのパジャマにネイビーのケーブルニットのカーディガンを羽織っていた。前回に比べていくぶん顔色が良いような気がした。

おれは先月と同じテーブルの同じ椅子に座り、それまでの調査の経緯《けいい》と結果をすべて報告した。

「ひとりだけ」最後に言った。「連絡がつかないのがいて……高校時代のバンド仲間なんだけど。携帯番号を変えてしまったらしい。インスタグラムやフェイスブックでも見つからなかった。家族もとっくに函館を離れている」

「その方も……」岩澤めぐみは首をかしげながら言った。「裕嗣くんみたいに失踪してるってことですか？」

「うーん……メンバーだった他の二人が言うには、失踪とかそういうんじゃないだろうって。もともと連絡の取りにくい人間だったらしい。今、彼らが同級生たちにあたってくれている」

岩澤めぐみは、そうですか、と声を落として言い、自分を納得させるように、ゆっくりとうなずいた。

「現時点では、そんな感じなんだ」岩澤めぐみの気丈な様子にかえって心苦しさを覚えて、おれは姿勢を正してから頭を下げた。「申し訳ない」

「そんな。謝らないでください」

デイルームの反対側に設置されたテレビモニターの前のいくつかの丸テーブルには女性の入院患者が数人とその家族が何人か座っていた。前回と違って、男——患者の夫だろう——がいたのが、妙に心強かった。前回同様、ニュース番組が放映されていた。今日もいろんな場所でいろんな事件が起こっていた。マイナーなバンドの元ドラマーが失踪したくらいではニュースにならない。なるわけがない。

「函館はどんなところでした？」おれが視線を戻すとそれを待っていたように岩澤めぐみは口を開いた。

「思っていたよりさびれてた」と正直にこたえた。「それでも、新幹線が通ってからは観光客が増えたらしいけど」

「行ってみたいな」

「もし行く気があるのなら……付き添うよ」

「ほんとに？」

「もちろん」それから、慌てて言い添えた。「おれで良ければ」

「裕嗣くんのお母様にも会ってみたい」

「お母さんもあなたのことを気にかけていた」

「……わたしのこと、話したんですか？」

「……まずかったかな？」

「いいえ」岩澤めぐみは首を振った。「まずくなんかないです」

「それとなく、ね」おれは安堵しながら言った。「支障がない程度に」

岩澤めぐみの淡い色の瞳に微笑みが宿った。しばらくのあいだ時間も止まっていた――少なくともおれの人生の時間は。「権藤さん」岩澤めぐみは微笑みを目に宿したまま言った。「ありがとうございます」

「いやいや、礼を言われるようなことはまだ何もやっていない」

「でも……わたしの気持ちは少し変わったような気がします」

「……どんなふうに？」

「お母様のように、信じて待とうという気持ちに」

「……そう」

「連絡を絶って新たな人生を生きる……彼らしい気がする」

「じつは妹さんもそんなようなことを言ってた」

おれもそんなふうに思いかけていた。おれを含めた大多数の人間にはそんなストイックな技はとうてい無理だろうが、その手のことをやってのける人間がこの世の中にはいる。浅沼裕嗣がそうじゃないとは言い切れない。浅沼実代子、矢吹真理子、岩澤めぐみ……浅沼裕嗣をかつて愛した、あるいは今も愛してる女たちに会って話を聞くにつれ、そのイメージはいっそう強くなっていた。

いや、あるいは、おれはそう考えることで、自分の職務から逃れようとしているのかもしれない。自分の非力さから目を背けたいだけなのかもしれない。

「ただ、わたしの場合」岩澤めぐみはコーヒーにミルクを加えるようにぽそっと言い足した。「待つにしても限度があるんですけど」

「みんな、それぞれに限度はあるよ」

たいして考えずに口にしてしまったのだが、言ってる最中からまずいと思った。恥ずべき失言だ。このおれに、がんを患って闘病している岩澤めぐみの気持ちがどれだけわかるというのだろう。それに、一般論などどうでもいい。依頼を受けた以上は一刻も早く捜すべきなのだ。尋ね人の意向がどうあれ、探偵は捜し出すべきなのだ。しかし、岩澤めぐみは笑ってくれた。素敵な八重歯がのぞいた。「そうね。そのとおりだと思う。みんな、それぞれに」

15

「おつかれさま」その晩の遅く、いつものスペイン・バル〈テルモ・サラ〉で経過を報告すると、カゲヤマは満足げに言った。「権藤探偵事務所の初仕事としては、まずまずの出来なんじゃない？」

師走に入っても東京は暖かい日が続いていた。とはいえ、深夜ともなれば、さすがに冷え込んだが、おれたちはお店が用意してくれたブランケットで下半身をくるみ、首にはマフラーを巻き、そのうえおれはニット帽まで被り、お気に入りのテラス席についていた。カゲヤマはホットティー、おれはホットワイン。それに、タパスを三皿ばかりシェアしていた。

「まずまず？」おれはカゲヤマの言い草に不満を覚えた。「まるで解決したような口ぶりじゃないか」

「解決とは言えないにしても、だよ」カゲヤマの口調ときたら、プロスポーツチームに就任したばかりのゼネラルマネージャーのようだ。「いち探偵ができることはやったし、それを依頼人に報告し、彼女も得心してる……つまり、収まりはついたように見える」

「おいおい」カゲヤマという男は、時にこちらの予測のつかないことを事も無げに口にする。

「ま、いずれにせよ、いったん保留だね」

「おいおい」おれは繰り返した。

「今、動き回ってもどうしようもない」

「いったい浅沼はどこで何を？」

「どこかで何かをしてるよ」

その物言いにあきれ、また苛立ちもし、おれはスマフォの絵文字よろしく両手を広げた。「なんだよ、それ？」

「ゴンちゃん、前に自分でも言ってたじゃん」とカゲヤマは言う。「テレビドラマと現実をごっちゃにしちゃいけないって。我々が生きるこの現実の世界では、ドラマみたいに何もかもがきれいに解決するとは限らない。でしょ？」

「まあ……ね」

「それに、経費だってもう足が出てるでしょ？」

「まあ……多少は」

「最初は儲けなしでいいとは言ったものの、大赤字ってのも困るんだよ」カゲヤマはポットからカップへと紅茶を注ぎながら言う。「リスクヘッジとしての探偵業だからね」

なにがリスクヘッジだ、都合のよい方便じゃないか、と今さらながらに思ったが、口には出さずにホットワインを飲んだ。ジンジャーがよくきいている。

「いずれにしても」話を切り上げる時の語調でカゲヤマは言った。「予期せぬ時に予期せぬところから新事実がぽろっと出てくることもあるから」

おれはその言葉を頭の中で転がした——予期せぬ時、予期せぬところ。「いや、だとしても、何もしないで待ってるわけにはいかない」

「ムキになってるねえ」カゲヤマはおれをからかいの目で見ながら言った。「やる気満々じゃん？」

「やめろよ、そうやって茶化すのは」おれは言った。「そもそもの言い出しっぺはおまえなんだぞ」

「いいねえ」カゲヤマはおれを遮って続けた。「そんなにムキになってるゴンちゃんを見たのは久々だよ。探偵業がよっぽど気に入ったんだね」

「気に入ったとかじゃなくて、引き受けてしまったものを中途で投げ出すわけにはいかないってだけだ。おれはそういう性格なんだ」

「え？」カゲヤマはイグアナの目をぱちくりさせる。「そうだっけ？」

「そうだ」

「いや、ぼくの知ってるゴンちゃんは――」

「黙れ」おれは思わず声を荒らげた。人には言われたくないこともある。「おれはプロの探偵なんだ。少なくともこの一件が終わるまでは」

おれがそう言うと、カゲヤマはいつになく真顔で応じた。「いいねえ。実にいいよ。おれはプロの探偵、か。最高だよ、そのセリフ」

そこで、着信音がけたたましく鳴りだした。カゲヤマは隣の椅子の座面に放置してあったスマートフォンを引っ摑むと立ち上がって歩道に出、「どうもー、カゲヤマですー、おつかれさまですー」とかなんとか、それまでとは別人の声音で応答しながら歩き出した。そのカゲヤマの後ろ姿を見ながら、おれは思いをいっそう強くしていた。岩澤めぐみの願いだけは叶えてやらなければ、と。探偵業なんておれに向いてるようにはとうてい思えないが、これは向いてる向いてないの話ではないのだ。

第二話

1

雇い主からの助言……いや、命令が下り、一週間ほどはほとんど何もせずに過ごした。

もっとも、何もしなかったのは探偵業の方で、ライター業はいくつかこなした。具体的には、南青山と東銀座の歯科クリニックで働く歯科衛生士にインタビューし、それを進学情報サイト用の小文にまとめた。それから、おれが函館滞在中にカゲヤマが進行役をつとめたらしいヴァイオリニストと絵本作家との対談を、そのヴァイオリニストのファンクラブ会報誌向けのコンテンツにまとめた。やっぱ、こっちのほうが、すなわちライター業のほうが、おれには向いている。ベストではないにしても、ベターだ。そう思った。そう思いながらも、心のどこかで新たな依頼人と新たな探偵仕事が転がり込んでくるのを待っていたような気がする。おれの心の中に矛盾が生まれているのだ。心に矛盾を抱えるのはこれが初めてというわけではないが。

そういったこととは別の次元で、岩澤めぐみのことはずっと気にかけていた。見舞いに行こうかとも考えた。じっさいにそのつもりで電車に乗って病院の最寄り駅までは行った。しかし、浅沼捜しになんの進展もないのにおめおめと会いに行くなんてずうずうしいにも程がある、と電車を降りたところでふいに思い至り、改札からは出ずに次の電車で引き返した。そして、メールでご機嫌伺いをするのにとどめた。すっかり日が短くなりましたね、比較的落ち着いています。そんなような返信が届いた。

そうして、師走も中旬を迎えた。世の中の賑々《にぎにぎ》しさが最高潮になる年末の二週間あまりが、おれはひどく苦手だ。幼い頃や若い頃は人並みに楽しんでいたはずだが、いつからか苦手になった。おまけに独り身とくれば、いやが応でも孤独感が募る。冬眠できないものか。二週間こんこんと眠り続けて目覚めたら年が明けている。そんなことにならないものか。月曜の朝、そんな詮無《せんな》いことに頭を飛ばしながら熱めのシャワーを浴びた。おろしたてのボクサーブリーフをはき、髪の毛をタオルドライしながらバスルームを出ると、権藤探偵事務所のスマートフォンが鳴っていた。おれ個人のスマートフォンとは着信音を変えてあるので、すぐにわかる。タンタンタン、タンタンタタタタ――シロフォンを模した、というか、模すのが上手くいってるとは思えないが、ともあれ〈シロフォン〉と名付けられた着信音が権藤探偵事務所のものだ。

「はい」とこたえながら、デスクの上のアナログ時計に目をやった。午前九時三十四分――およそ。「権藤探偵事務所です」

「急な話なんだが」と男がいきなり言ってきた。驕慢《きょうまん》さが声の隅々に滲んでいる。「明日からすぐに動いてもらうことは可能かな」

「ええと……どうでしょう」こちらも負けじと不遜《ふそん》な雰囲気が醸されるよう意識しながらこたえ

た。〈シロフォン〉を耳にするなり心が逸《はや》ったこと、そしてじつは今も逸っていることは相手に知られてはいけない。まだ一つも仕事を完遂していない、スキルなしコネなしの駆け出し探偵であることももちろん知られてはいけない。「ま、内容にもよりますね」

「妻の素行を調べてほしい」

むむむ――そんな鼻音が洩れた。脳裏には師走の寒風に吹かれながらラブホテルの張り込みをする自分自身の惨めな姿が浮かんでいた。逸っていた心がたちまち萎えて、足元でうずくまる。

「いずれにせよ、一度――」

「時間がないんだ、こっちに来てもらえると助かる」男はおれを遮って言った。助かる、などと言いながら、それ以外に選択の余地がない物言いだ。もっとも、こちらには事務所らしい事務所がないので、どのみち出向くつもりではあったが。

権藤探偵事務所の二人目の依頼人になるかもしれない男は六本木の複合商業施設の中にあるらしい会員制ラウンジを指定してきた。時間は午後二時。三階にあるオフィス・レセプションで呼び出してくれと言う。男はそこで初めて、自分の名前と所属する会社名を口にした。それらをメモ用紙に書きつけた。

電話を切る前に、このやりとりの初《しょ》っ端《ぱな》から気になっていたことを尋ねた。「ところで、この電話番号はどうやって？」

「なぜ、そんなことを訊く？」

「すべてのクライアントにお尋ねしています」口から出任せに我ながら咽《む》せそうになりながら続けた。「まあ、回答を強要するつもりはありませんが」

「おたくの名刺を見つけたんだ」

「名刺を……どちらで？」

「代官山《だいかんやま》のオーガニックレストラン」

代官山なんて何年も行っていない。カゲヤマだ。しかし、オーガニックレストランに探偵事務所の名刺？　しかも、例のデザイン……表面はともかく裏面では……中折れ帽にサングラスの男がリヴォルヴァーの銃身で尖った顎を撫で、その背後でボディコンワンピース姿の女がしなを作っている……。何を考えているのだ、我がボスは。

「そうですか。あそこね、はいはい」おれはしかし、平然と言い放った。「では、のちほど」

2

身支度を整えてから、男が勤める会社をインターネットで調べた。何度か耳にしたり目にしたりしたことのある会社名だったが、具体的な業務内容は知らなかった。そして、調べても完全にはわからなかった。動画配信、オンラインゲーム、金融サーヴィスを軸に、節操なくと言いたくなるほど、様々な事業に進出している。大きな括りで言えば、ＩＴ企業ということになるのだろうか。あるいは、コングロマリット……だっけ？　次に会社のウェブサイトを訪問した。企業情報のページに十名ほどの経営陣が紹介されている。その中に男がいた。そのまま参議院選挙のポスターに流用できそうなバストアップ・ショットとともに。ややエラの張った角顔に精悍《せいかん》な笑みを浮かべている。執行役員／ビジネスプランニング本部長、という肩書きだ。それから、男の名前をグーグルに入れてみた。略歴はすぐにわかった——四十五歳、一橋大学経済学部を出て、国内最大手のシンクタンクに就職、その後シカゴ大学大学院にてＭＢＡ取得。真正のエリート、拍手したくなるほどの。しかし、便利な時代だ。ネットで入手できる情報などたかが知れているのだろうが、だからといって、軽視できるものではない。

午後二時六分前に六本木の複合商業施設に到着し、三階のオフィス・レセプションで入館許可証をもらい、エレベーターで二十階まで上がってから第二のエレベーターに乗り換えた。三十八階で降りてトイレに立ち寄り、用を済ませてから指定された会員制ラウンジにたどり着いた。約束の時間ぴったりだった。

出迎えたフロアスタッフに相手の会社名と名前を告げると、黒のスラックスに黒のドレスシャツという恰好のスタッフは「権藤様ですね。お待ちしておりました」と言い、おれをラウンジの奥へと導いた。ピカピカに磨かれた黒い御影石《みかげいし》の上では、くたびれたドクターマーチンがいやに場違いに感じられた。こんなことならいっそ普段履きのスニーカーを履いてくるべきだった。客のまばらなオープン・スペースを通り過ぎると、パーティションで細かく区切られたスペースが出現して、どのテーブルも半ば個室のようになっている。その半個室の一つに、池谷樹生《いけたにみきお》がいた。ラップトップモードにしたタブレットから目を上げ、浮かんでいたフレーズに句点を打つように瞬きをすると、すっくと立ち上がった。気さく、とも言いたくなる笑みを浮かべながら「池谷です」と言い、手を差し出してきたので、こちらも「権藤です」と言いながらその手を握った。池谷も軽く握り返してきた。上背はおれとほとんど同じ——つまり、一七五センチ前後。陸上の中距離走選手のような良質な筋肉がついているのが、グレー地にペンシルストライプのスーツの上からでもわかった。サックスブルーのシャツを、一番上のボタンだけ外して着ている。何かの拍子にタイを外したのではなく、もともとタイをしていない、もとよりタイをする習慣がない、そんな雰囲気があった。そして、仕事を通して承認を得られている男にしか備わらない落ち着きと自信が後光のように優雅に放たれていた。

池谷の背後は大きな窓で、ニッポンの首都圏のどこまでも続く街並の向こうに、うっすらと富士山が見えた。暖かい日だったので、白い雪を戴いている姿がいささか幻想的だ。

椅子に座るなり、おれは切り出した。「さっそくお話を伺いましょうか」

「急かせて申し訳ない」そう言い、池谷は軽く頭を下げた。丁寧語の類いを使う気は毛頭ないようだが、電話での印象よりはるかに紳士的な物腰だ。「明朝から海外出張に出る。八日間。その間の妻の素行を調べてほしい」

おれはわずかに顎を動かした。あなたとはまだ雇用関係にはない、ということを相手にわからせたかった。

「もっとも、二十四時間張る必要はない」池谷は弁明するように言った。「妻は日曜を除き、昼過ぎまでは自宅で仕事をしている。わたしが知りたいのは午後からだ」

「奥さんのお仕事というのは？」そう言いながら、おれは上着の内ポケットからヴォイスレコーダーを取り出した。

「翻訳家。英語から日本語。最近はエッセイのようなものも書いているようだが」

「翻訳家、エッセイスト」と繰り返し、レコーダーの録音ボタンに親指を置いた。「録音させてもらいますよ?」

池谷は目の動きで承認し、すぐに話を続けた。「わたしと結婚するまでは大手出版社の編集者だった。結婚を機に退職して、フリーランスで翻訳業を始めた。何年も、小遣い程度にしかならない翻訳を続けてきた。しかし、去年訳した自己啓発系のエッセイ本が二冊、立て続けに売れた。翻訳本では異例のヒットらしい。今もそこそこ売れていると思う。もしかしたら、あなたも知ってるかもしれない」池谷は書名を言った。おれはそれを知らなかった。池谷はおれが知らないことにはとくに何も言わずに、先を続けた。「売れたことで、彼女の生活がずいぶんと変わった。自由に使えるお金……というのは、わたしがなんら関与しないという意味だが、そういうお金が格段に増えた。人付き合いも増え、外出することが多くなった」

そりゃあ、そうでしょ——と言いたくなったが、抑えた。

「いや、そんなことはいいんだ」池谷も同じようなことを思ったのかもしれない。「しかし、スマートフォンやタブレットのパスワードを変更するってのはどういうことだ? 何かあるってことだろう?」

語尾が上がったので相手への問いかけなのだろうが、それには答えずに、おれは尋ねた。「パスワードを知っていたんですね?」

「ああ。以前は安易なパスワードだった」

「いずれにせよ……日頃から奥さんのスマフォやタブレットをチェックしていた」

「いや……そうじゃない」急に歯切れが悪くなった。「まあ、何かの折に、という程度だ」

「でも、ある時からそのパスワードでは入れなくなった」

「そのとおり」

「それはいつです？」

「今年の四月」

「四月……けっこう経ちますね」

素朴な感想を言っただけなのだが、池谷はこちらの物言いに何かを感じ取ったらしい。「じつは初めてじゃない」

「初めてじゃない」相手の言葉をなぞりながら、頭の中で主語を探した。「探偵を雇うことがですか？」

「ああ。六月と九月。同じようにわたしが海外出張した時に」

「なるほど。その時の結果は？」

「何も出なかった」池谷は淡々と続けた。「部屋に盗聴器も仕掛けたが、電話でやりとりする習慣はないようだ」

おれは小さくうなずいた。この男とは友人になれないな。そう思いながら。「しかし、疑念は晴れない」

「晴れないどころか、いっそう疑わしい」

「何があったんです？」

「この秋に二度、旅に出た。十月に香港《ホンコン》。十一月に長崎。香港は一人旅、向こうに学生時代の友人が住んでいる。長崎へは担当編集者と。どちらも妻の言うことを真に受ければ、だが」

「真に受けられない理由があるんですか？」

「写真を一枚たりとも見せないんだから、疑うのは当然だろう?」

「なるほど。インスタなどにもあげていない?」

「妻はSNSを嫌っている人間でね。やっていない」

「夫が知る限り」

「まあ、そういうことになるな」

「一応、お尋ねしておきたいんですが……そういうことって、池谷さんの会社では調べられないんですか?」

「ようするに、妻のスマートフォンをハッキングするということか?」

「ええ、まあ、極端に言えば」

「技術的にはできなくはないだろう。そういったことに通じた技術者に頼めば」

「……しかし?」

「モラルの問題だ」

「だって、盗聴器はお使いになったじゃないですか?」

「盗聴器とハッキングじゃ」池谷は、無教養な者に対する憐れみともとれる表情を浮かべながら言った。「大違いだよ」

「そんな……もんですか」

「何事にも越えてはいけない一線がある」

「なるほど」と言ってうなずいた——その一線というものを正確に理解したわけではなかったが。

池谷はおれの目をひたと見据えていた。そうすることで、自分の情けなさを別のものに変換できるとでも思っているかのように。

「二、三確認させてください」おれは話題を変えた。「お子さんはいらっしゃらない？」

「猫が二匹。我々より年上だが」池谷は表情を崩さずに言った。「不妊治療を受けてまで子どもを作ろうとは思わなかった。そのうちに、妻は四十になった」

つまり、その時点で子どもを持つことはあきらめた、ということなのだろうか。「じっさい、夫婦関係はどうなんです？」

「それは……ようするに、セックスのことを言ってるのか？」

「含めてです」

「セックスはない。もう三年近くになるだろう。寝室も別だ。もっとも寝室が別になったのはもっと前だが」

黙って続きを待った。

「平日はわたしの帰りが遅い。さっきも言ったが午前中は妻が仕事をしている。土日もなんだかんだと予定が詰まっている。夫婦二人で過ごす時間は少ない。しかし、二人で過ごす時はおおむねスムーズだ」

「……スムーズ？」

「罵詈雑言《ばりぞうごん》が飛び交うようなことはない」

「食器が飛び交うようなこともない」

「食器？」

「いや、気にしないでください。自分の体験を言ったまでです」

池谷は失笑し、急に人なつっこい表情になって言った。「電話の時から思っていたが、権藤さん、あなた、変わってるね」

「そうですかね？」

「探偵業は長い？」

「いえ……独立したのは最近です」内心おろおろしながら言い、詫びを入れた。「失礼しました。話を戻しましょう」

池谷は真顔に戻ってうなずき、話題を戻した。「過去二回の調査によると、妻は午後一時二十分から午後三時までの間に、家を出ている。その時間に外出しなかったのは、十四日のうち三日のみ。しかも三日とも雨の日で、終日を家で過ごした。外では編集者と打ち合わせをしたり、スポーツジムに行ったり、新宿や渋谷に買い物に出たり……まあ、いろいろだ。そして、夕方にいったん帰ってきて、夜になってから再び出かけるというパターンが多い。より重要なのはこっちの外出だろう。帰宅するまでのリポートが欲しい。もし、そのようなことがあれば……つまり、男がいっしょならば、その写真も撮ってくれ」

池谷は妻の習性についてもいくつか付言した。免許は持っているがペーパードライヴァーであること。音楽を聴きながらの長い散歩が好きなこと。近所と代々木と下北沢に、ひとりでも飲みに行く行きつけのバーがあること。飲みに出るのは好きだが、生活のリズムを乱すことを好まない人間で、夜は遅くとも十二時までに帰宅し、翌朝の仕事に備えて早めに床につくこと。それから、比較的最近の妻の写真を数枚と、三年前のクリスマスにニューヨークで撮ったらしい動画を、その場でこちらのスマートフォンに送信してきた。池谷紗希子《さきこ》。一六五センチ、推定五十キロ。

知性を感じさせる美女だ。グラマラスとかゴージャスとかいうタイプではないが、手足が長く、小顔。四十二歳ということだが、画像や動画ではせいぜい三十五歳くらいにしか見えない。日テレかどっかの人気アナウンサーだと言われても——テレビに疎いおれなら——真に受けただろう。またしても天は二物を与えている。

「さて」池谷は軽く息を吐きつつ、椅子の背もたれに背中を預けた。「料金はいくらだ?」

おれはひと呼吸置いた。置いたのは『決定版・探偵術入門』に、「厄介な会話では沈黙をうまく取り入れろ」と書いてあったからだが。「どれくらいが妥当でしょうね」

「定額というのはないのか?」

「うちはクライアントの足元を見て商売をするんですよ」

ふんっ、と池谷は鼻で笑ってから言った。「じつに、面白いよ、権藤さん」

「それはどうも」と言った。「ビジネスパーソンの感覚としてはどうです?」

池谷は数秒考えた。あるいは考えるフリをした。「一日五万。経費込みで」

「いや」今度は即座に言った。「必要経費は別にいただきます」

「わかった、それでいい。一日五万、必要経費は別」

「不倫を裏付けるような写真が撮れた場合は、報奨金として別途二十万」

「……ふむ」

「……なにか?」

「いや……わかった」

「八日間ですから四十万。そのうちの半額と、必要経費を仮払いで十万、合計三十万円を、前金としていただきます」

「権藤さん」池谷樹生は片頬をゆるめながら言った。「見た目よりも格段にしっかりしてるね」

そうして権藤探偵事務所の二人目の依頼人は破顔した。心なしかさみしそうな笑顔だった。

3

依頼人と別れたその足で、依頼人夫婦の住居である〈ロイヤルコート代々木上原〉に赴いた。張り込み／尾行調査は翌日からだが、事前に立地を調べておかなくてはならない。

場所が場所だけに地価は高いのだろうが、そこそこ名の知れたＩＴ企業の執行役員夫婦――しかも、妻のほうも今やベストセラーを出した翻訳家――が暮らしているとは思えない、シンプルな造りの七階建てマンションだった。もちろんオートロックだし、エントランス・ホールは広々としているし、地下には機械式の駐車場も備えられていたが、しかし、これ見よがしな高級感は漂っていなかった。そのシンプルさこそを洗練と呼ぶのかもしれないが。

正面玄関の筋向《すじむ》かいに小さな街区公園があった。隅っこのベンチから正面玄関の出入りを監視できる。過去に雇われた探偵もここで張ったのだろう。ラッキーだ。向かいのビルの外壁にスパイダーマンよろしくへばりついて待機するとか、往来をひたすら行ったり来たりしたあげくに石頭の警察官に尋問される、なんてことにならなくて済む……と安堵し、引き上げかけたところで、マンションの傍らから初老の婦人が忽然と姿を現した。思わず舌を打った。反対側に通用口があったのだ……まあ、当然といえば当然か。街区公園から通用口は見えない。正面玄関と通用口の両方を見張るには――。

「ふむ。なるほど」その晩の遅く、長ったらしい名前のノンアルコールカクテルをストローで啜ってからカゲヤマは言った。「だけど、ふつうは正面玄関を使うでしょ」

「ふつうはね」おれはワシントン州産IPAを飲みながら。場所は新宿通りのスポーツ・バー〈インディペンデント〉。モニターで放映されているのは昨シーズンの欧州チャンピオンズリーグ準決勝だ。「ふつうじゃなかったら？　現に他の住人がそこから出てきたんだ」

ふむ、とカゲヤマは再び唸り、そして、今度はベイプを吸いながらイグアナタイプのギョロ目を閉じ、考え込んだ……いや、じっさいのところは知らないが、少なくとも考え込む素振りを見せた。

「どうしたって人手がいる」おれはじりじりしながら言った。「だいいち、ひとりでの尾行はリスクが高い……おまえがくれた探偵術のテキストにもそう書いてあったぞ。それに、忘れているのかもしれないが、おれは免許取り消し中だ」

「ああ、そうだったよね」カゲヤマは目を見開いて言う。「免取り中の探偵……笑える」そうして、カゲヤマはじっさいに、カカカカ、と声を立てて笑った。

「ようするに」カゲヤマの笑いをスルーして言った。「ここは代表取締役の出番じゃないのか？」

「……え？　ぼく？」

「おまえ以外に誰がいる？」

「いやいや、無理だよ、ぼくは」カゲヤマは綽々《しゃくしゃく》とした口調で言う。「午前も午後も取材、夜は打ち合わせを兼ねた会食」

「なんとかしろよ」

「ならないな、残念ながら」

ちっ。おれは舌を打ち、それからふと思いついて、カゲヤマの会社に勤めるライターの名前を出した。「柿沼《かきぬま》くんとかどうだ?」

「彼は今週いっぱい大阪」

再び舌を打った。「他に誰かいないのか?」

「つーか、さあ」カゲヤマは言う。「ゴンちゃんこそ、誰かいないの?」

数秒考えてからこたえた。「いないいな、平日の真っ昼間からあいてるようなやつは」

「昔はたくさんいたのにね」

「ああ、昔はいくらでもいたよ」

みんなどこかへ行ってしまった。あるいは、どこかへ行ってなくても、もう昔のようではない。

当たり前だ。当たり前だが、あらためて思えば、やはりさみしい。

「オーケー」おれが感傷のぬるま湯に耳たぶまで浸かりかけたところで、カゲヤマが言った。

「なんとかするよ」

「明日の午後からだぞ?」

「早急になんとかする」

翌日、火曜の昼前、身支度をしているとカゲヤマから電話があった。残念ながら本日は適任者を見つけられなかった、今日のところはひとりで頑張って、やればできるさゴンちゃんなら、余裕余裕、などとカゲヤマは言う。おれが憮然《ぶぜん》として何も言い返せないでいると、いつも手持ちの札が揃ってるとは限らない、今持ってる札で勝負するしかない時もあるんだ、欠乏こそイノベーションの原点だ、とかなんとか、インターネットの浅瀬から簡単に拾えそうな文言をいけしゃあしゃあと言い募って、こちらの返答も待たずに電話を切った。くそっ。

4

午後一時五分前に〈ロイヤルコート代々木上原〉に到着した。

助っ人がいないなら仕方がない。正面玄関前と通用口前を行ったり来たりする、原始的な戦術をとることにした。おおよそ八対二くらいのバランスで正面玄関のほうに、心の重心を置いて。小春日和……と呼ぶにはちょっと遅すぎるが、穏やかな冬晴れの午後だった。

ぶざまな行ったり来たりを延々と繰り返すこと約一時間、午後一時五十四分に、正面玄関から調査対象者である池谷紗希子が現れた。昨晩と今朝、画像と動画を繰り返し見ておいたので、すぐに本人だとわかった。黒髪を高めの位置で結わえて団子を作り、ベージュのダウンジャケットに濃紺のジーンズ、グレーのニューバランスという恰好だった。背中に黒のノースフェイスのデイパック。すっぴんではないが、薄化粧。

紗希子はダウンジャケットのサイドポケットに収めたスマートフォンと白いコードで繋がったイヤフォンを両耳に突っ込んだまま、住宅街を縫うように歩いた。一度、井の頭通りを渡る時に足を止めた以外は、立ち止まることも振り返ることもなく、ほぼ一定のスピードで歩いた。

約十二分後、池谷紗希子は笹塚《ささづか》駅近くのスポーツジムに入っていった。

ジムのウィンドウには〈見学・体験、随時歓迎〉と記されている。見学を装って入ろうか――少し迷ったが、やめた。初日なのだ。派手な動きは控えたほうがいい。

近くのコンビニエンスストアのイートインで、ハムカツサンドと半熟ゆで卵を食べながら、ラージサイズのコーヒーを飲み、グーグル検索した。そうして、代々木上原のジムではなく、笹塚のジムまで歩いて通う理由を、歩くのが好きだという以外にもっともらしい理由を、突き止めた――上原のジムにはプールがないし、プールを設《しつら》えたジムで池谷紗希子の自宅から一番近いのがここなのだ。

イートインで半時間ほど過ごした後は、スポーツジムの向かいのビルの陰に身を潜め、時に往来をうろうろしつつ、エントランスを見張った。何人かがなんらかのエクササイズをするためにジムに入り、何人かがなんらかのエクササイズを終えて出てきた。おれは出入りする彼らの年齢や職業、ひいては社会的属性などを推量して楽しんだ――いや、べつに楽しいわけではないが、退屈しのぎにはなった。二十七歳／看護師／一人暮らし（女）、三十八歳／フリーランスのウェブデザイナー／バツイチ（男）、七十四歳／無職元都庁職員／妻と二人暮らし（男）、五十五歳／賃貸マンションを複数所有する不労所得者／老父と二人暮らし（女）、三十五歳／非番の消防士／実家暮らし（男）……。

四十二歳／翻訳家およびエッセイスト／IT企業執行役員の夫と二人暮らし（女）が出てきた。ジムに入ってから二時間と五分が経っていた。来た道を同じくイヤフォンで両耳を塞ぎつつ引き返し、代々木上原駅近くの輸入食料雑貨店に入り、ショートパスタの乾麺とレンズ豆とトマト缶とアンチョビ缶とビオワインを二本買い、それから次に駅に隣接したスーパーマーケットに寄り、玉ねぎとキャベツとパセリとアサリとしめじと納豆と豆腐を買って、自宅に戻った。午後四時五十八分。冬の日はすでに暮れていた。

次に池谷紗希子が自宅マンションから出てきたのは、約三時間半後の、午後八時二十五分。今度は代々木上原駅から新宿行きの普通電車に乗った。南新宿で下車。代々木駅方面へ歩き、駅から明治通り方面へ延びる細い通りに面した小さなバーに入った。カウンターがファサードと平行に作られた、奥行きの浅い、ガラス張りのバー——行きつけのバーのうちの一軒だろう。

およそ十五分に一度、おれはバーの前を往復し、それ以外は駅前広場から通りを見張った。最初に通り過ぎた時に店内を一瞥すると、紗希子はカウンターの端から二番目のストゥールに座って、四十がらみのマスターやマスターと同年代の女性スタッフ——マスターの妻だろうか？——と談笑していた。そこに、入れ替わり立ち替わり他の客が加わった。近所の住人らしき初老のおっさんから、会社帰りのOL風まで。じつに楽しそうだった。もし仕事中でなければ、おれも仲間に加わりたいくらいだ。この案件が穏便に終わった暁にはおれも行きつけにさせてもらおう。穏便に終わる、というのが正確にどういうことを指すのかわからぬままに、そう思った。

池谷紗希子がバーから出てきたのは、おれが駅前広場を囲むガードレールに腰掛けていた時だった。紗希子は十数メートル歩き、折よく後ろからやってきたタクシーに乗り込んだ。慌ててあたりを見回したが他にタクシーの姿はなかった。駅前のタクシー乗り場にもタクシーの姿はなかった。くそっ。さっきまではやたらと空車のタクシーが目についたのに。思うに、空車のタクシーとラーメン屋と美しい女性は欲していない時ほど目に入る。

おれがタクシーをつかまえられたのは、池谷紗希子を乗せたタクシーが西方向へ去ってから一分近く経ってからだった。運転手には池谷夫妻宅の住所を告げた。

池谷紗希子が帰宅するのを街区公園のベンチに座って待とう。そう思っていたのだが、おれを乗せたタクシーが〈ロイヤルコート代々木上原〉の前の通りに入ると、正面玄関からエントランスに入っていく紗希子の姿が見えた。その先には紗希子を乗せたタクシーのテールランプも見えた。どこにも寄らずに帰宅したということだ。午後十一時二十四分。

およそ一分後、五階の角部屋に明かりが灯った。それを確認してから、おれは帰路についた。

不倫はしていないだろう。寝床に戻る別のタクシーの中で思った。もし、しているならば、旦那不在の初日に相手と会うはずだ。そうじゃないか？　おれならそうする。

近所の中華食堂で晩飯をとった。肉野菜炒め、ギョウザ、中華スープ、そして瓶ビールを二本。飲み食いしながら、随所でスマートフォンのヴォイスメモに吹き込んでおいた概況を聞いた。ノートには補足事項も書き込んだ――最後にリポートにまとめなくてはならない。それからグーグル検索して、池谷紗希子がどこの媒体にエッセイを書いているのか突き止めた。月刊の女性ファッション誌『アルバ』。エッセイのタイトルは「日々の泡」。明日、書店で入手しよう。それにしても、とおれはやっかみ半分に思っていた。朝から昼すぎまで自宅で仕事、午後はスポーツジムで汗を流し、夕食は自ら料理したものをビオワインを飲みながら食べ、その後行きつけのバーに行って二時間ばかり談笑、電車が動いている時間にもかかわらずタクシーで帰宅、おそらく入浴、そうして、寝心地の良いベッドの中でひとくさり読書をし、ほどなく眠りにつくのだろう。素晴らしい。ブラヴォー。理想的なトーキョー・アーバン・ライフじゃないか。

一方、人様の理想的なトーキョー・アーバン・ライフをひねもす追いかけた駆け出し探偵は、ひどく惨めな気分で、くたくたに疲れきっていた。尾行がこんなに体力を消耗するとは。カゲヤマに電話を入れたものの留守電応答で、どんなことであれマシン相手にしゃべる気にはなれなかった。午前一時すぎ、冷えきった部屋に戻り、熱いシャワーにしばし打たれると、寝心地が良いとはけっして言えないパイプベッドに倒れ込んだ。目覚ましを九時半にセットして、泥のように眠った。

5

泥のような眠りからおれを引きずり出したのは目覚ましのアラームではなく、シロフォンの着信音だった。

「……もしもし、権藤探偵事務所」と応答しながら、おれは枕元の時計を見た。午前九時十二分。およそ。

「ゴンちゃん？」女の声が聞こえてきた。「グンモーニン！」

「……えっと」カゼが治りかけているかのような、かすかに掠《かす》れた声には聞き覚えがある。たしか……夜の世界で。「誰？」

「もー、失礼ね。リサコだよ」

「おお……リサコ……ごめん……おはよう……どうした？……こんな朝っぱらから」おれは生温

かい泥濘《ぬかるみ》から這い出しながら、言った。朝っぱらから、というより、そもそも、リサコが電話してくるなんて初めてのことじゃないか。

「あれ？　カゲヤマさんから何も聞いてない？」

「いや、なにも」

「電話しとくって言ってたのに」

「きてないな……どうした？」

「カゲヤマさんがゆうべ、お店にやってきて。探偵のバイトしないかって」

なんと。カゲヤマはそんな荒技を。一気に目が覚め、おれは思ったままを口にした。「なんと、リサコが」

「まだ、やるとは言ってないよ」

「……ん？」

「時給についてはゴンちゃんと相談してくれってカゲヤマさんが」

「ふむむ」

「いくらいただけるのかしら？」

おれは考えた。何かを考えるのにふさわしい状態ではなかったが。「千五百円でどうだ？」

「ちょっと〜！　冗談やめてよ〜！」たちまちカゼをぶり返したリサコが言った。「あたし、夜の仕事、休むんだから」

「つまり……〈シオン〉でもらってる時給は最低でもほしいと」

「まあ、そこまでは言わないけど。でも、あたし、車も出すんでしょ？」

「ん？　リサコ、車なんて持ってるのか」

「持ってるよ、おさがりだけど。運転だって得意だよ」

「それはナイス」おれは言った。運転手付きの車、あるいは車を運転する相棒こそ、喉から手が出るほどに欲しかったものだ。「お店の時給は？」

「他の子には言わないでね。けっこうデリケートな問題だから」

「わかった。言わない」

「三千五百円」

うっ。あんがいと高いんだな。あんな場末にある店でそんなにもらってるのか。おれは声に出さずにつぶやいた。依頼人から入ってくるのは、一日五万、プラス経費。人件費はさすがに経費には組み込めないだろう。「二千五百円、別途ガソリン代でどうだ？」

「いや」

「二千七百円」

「もう一声」

「二千八百円」そうして間を置かずに続けた。「リサコ、これ以上は勘弁してくれ。おれがただ働きってことになる」

「じゃあ、食事もつけてね」

「もちろんだ」食事代は必要経費として計上できるだろう。計上させてもらうよ、池谷さん。

「ラーメンに半チャーハンなんてイヤよ。糖質制限してるんだから」

「なんでも好きなものを食べてくれ」

それで決まった。

リサコに現地に午後一時に来るように言い、住所を伝えた。じゃあね〜、のちほど〜。まるでピクニックに行く約束を取りつけたかのようにリサコは言って、電話を切った。

6

書店に寄って件《くだん》のファッション誌を入手し、代々木上原へ向かう電車の中で読んだ。ダイアリー形式のエッセイだった。某月某日、朝はいつものように六時半に起床、雨音が真っ先に耳に入ってくる、とかなんとか。とくに字数を割いているのは料理と読書についてのようだ。なるほど、それで旦那が不在にもかかわらず外食ではなく自炊をするのか。

午後一時ちょうどに現地につくと、街区公園の傍らにはすでに黒のフォルクスワーゲン・ゴルフが停まっていた。運転席にはラウンド型のサングラスをかけたリサコが収まっていて、おれをみとめると、右手をあげて破顔した。

リサコの身なりは、オリーブグリーンのマウンテンパーカにオフホワイトのタートルネックセーター、黒のスキニーデニムに黒レザーのジャックパーセルという、そのまま高原へのピクニックにでも出かけられそうなものだった。そんなカジュアルな装いのリサコを初めて見るせいもあってか、お店でのドレスアップした姿よりも――そちらでは色気も商売道具のひとつなのだが――むしろ色っぽさを感じて、不覚にもおれの心は乱れた。というか、そもそも、自然光の中でリサコを見ること自体が初めてだし、さらに言えば、完全にしらふでリサコに会うのも初めてなのだ。

　助手席の本革シートに収まると、乱れる心をひた隠して、依頼人や依頼内容や調査対象者や彼女の前日の行動について、知っている限りのことをリサコに話した。買ってきたファッション誌のエッセイも読ませた。

「それにしても、奥さんのスマフォを勝手に見るなんて、ありえなくない？」こちらの話が終わるとリサコは言った。

「おれもそう思うけど、その行為を戒めるのは探偵の仕事じゃない」

「ま、そうだけど……」リサコは腑に落ちない様子ながらも続けた。「それに、今の話を聞くぶんには、依頼人のほうこそ不倫してそう」

「想像でものを言うのは良くないが……愛人のひとりやふたり、いてもおかしくはないな」

「自分は外で好き放題やってるくせに、奥さんには品行方正を求めて束縛する、旧弊なスケベ男の典型みたい」

「ま、あたらずといえども遠からず……かな」

「でも、そこを突っ込むのも探偵の仕事じゃないのよね」

「ああ。探偵の職分ってのは、ものすごく限定されてる」

「ホステスみたいなもんね」

「……ん？」

「だって、お客さんとはお酒飲んでる場でしかしゃべらないんだよ。たとえ諭しても、翌日になったら忘れてる。そもそも真面目に受け取らない」

「客を諭す?」

「うん、時にはね。エラそうな言い方かもしれないけど、あたしたちにしか見えないこともあるから」

「……なるほど」

「ゴンちゃんのことだって前に諭したよ」

「え? そうだっけ?」

「ほら、忘れてる」

リサコはそう言って、むくれたふりをしながら、笑った。その笑顔や笑い声もいつもとは違う気がして、おれの心はいっそう乱れた。


その日の池谷紗希子は午後一時五十一分に、昨日と同じく——というか、彼女には通用口を使う習慣はないのだろう——正面玄関から現れた。

ベージュのダウンジャケットは同じだったが、ボトムスは黒のロングスカートに、つま先の尖ったアイボリーのパンプスという服装だった。ノースフェイスのリュックではなく、焦げ茶色のトートバッグを肩にかけている。

リサコを車に残して、紗希子の後をつけた。

約五分後、代々木上原駅近くのトラットリアに紗希子は入っていった。小さな中庭にテラス席も備えたガラス張りのオープンな店で、おれが中をのぞいた時には、紗希子は角《すみ》のテーブル席に着くところだった。席に案内したホールスタッフがテーブルの上に置いてあった〈RESERVED〉

と印字されたステンレス製のプレートを取りのけた。

その約二分後、二十代後半と思しき、ネイビーのスラックスにベージュのステンカラーコートという出で立ちの男が駅方面から小走りでやってきて、トラットリアに入った。男は角のテーブルに歩み寄り、何度か恭《うやうや》しくお辞儀をすると、紗希子の向かいに着席した。

隣のブロックにコインパーキングがあり一台分だけ空きがあったので、リサコに電話をかけて、ゴルフを運転してこちらに来るように指示した。

ゴルフをパーキングに停め置くと、おれたちもトラットリアに入った。ホールスタッフに案内されたのは、偶然にも池谷紗希子たちの座るテーブルの二つ隣のテーブルだった。二人はすでにランチを食しながら会話していた。ランチのオーダーストップが二時半という店だったので、おれは日替わりのランチプレートを、リサコはサラダランチを注文した。ランチプレートはドリンク付き二千五百円、サラダランチはドリンク付き二千三百円。消費税別。普段の昼飯代の約三倍だ。経費は別にするに限るとあらためて思った。

二人の会話が時々洩れ聞こえてきた。お互いに敬語を使って話していたし、とくに男のほうは紗希子に対して、一貫してへりくだっていた。やがて、男はバッグから二冊の洋書——一冊はハードカヴァー、もう一冊はペーパーバック——を引っぱり出した。

「打ち合わせ。真面目な」とリサコがおれを見て小声で言った。

「仕事の依頼。新たな」とおれもリサコを見て小声でかえした。

「ねえ」リサコは声音と表情を素早く変えた。「ちょっと訊いてもいい?」

「……なんだ?」

「結婚について」

「結婚について？」おれは不意を突かれて鸚鵡《おうむ》返しに言った。「尋ねる相手を間違えてるんじゃないか？」

「だって、ゴンちゃんって二回も結婚してるじゃない？」

「そして、二回とも失敗に終わってる」

「結果はともかく……二回も結婚した」

「……まあな」

「どうして、結婚しようと思ったの？」

「どうしてって……いっぱしの大人になって誰かを愛したら、結婚したくなるじゃないか」

「そうお？」リサコは驚きを隠さずに言った。「そんなもん？」

「少なくともおれはそうだ」おれは正直にこたえた。「愛してるという気持ちだけじゃ足りなくなる」

「へえ」リサコは珍獣を見つめるかのようにおれを見つめた。「でも、結婚っていろいろと大変じゃない？」

「そうでもないよ」

「そう？」

「離婚の方がずっと大変だ」

「ああ、それはそうかもね」リサコも得心したようだ。「じゃあ、その大変な離婚を経て、二回目の結婚をする時って怖くなかった？」

「おれは忘れっぽいんだよ」

リサコは声を立てずに笑った。

「ていうか」おれは思い返しながらこたえた。「愛ってのは恐怖を凌駕するんだろうな」

「ゴンちゃんにとって結婚はあくまでも愛の延長なんだね？」

「そうだ」当たり前だろう？と思ったが、口には出さなかった。

「そして、愛が終わると――」

「いやいや、終わってはいないんだ、おれの中では」おれは言った。「とくに二回目は」

リサコは意味深げにうなずいた。「今でも奥さんのことを思い出す？」

「ああ」

「そんなに深く愛してたのね」

それはリサコの心の呟きであり、おれへの質問ではないと思ったので、おれも黙っていた。

「もうやり直せないの？」

「それは……無理なんだ」

「どうして？」

「彼女はすでに人妻だ」

「……そっか」

「ああ」

池谷紗希子と青年編集者とのランチミーティングは一時間二十分ほどで終わった。紗希子は店先で編集者と別れると、そこから歩いて三分ほどのところにある、リラクゼーション・サロンに入っていった。

「あたしも施術受けてきてもいい？　ひょっとしたらセラピストとの会話を盗み聞きできるかもしれないし」と言うリサコにその場を任せ、おれは近くのコーヒースタンドで待つことにした。

五分後にリサコからテキストが届いた。「彼女が出てくるのは、六十分後か九十分後か百二十分後。三つのコースがあるの。オプションをつけたらもう少し時間がかかる。せっかくだからあたしは百二十分のコースにしました。経費でよろしくね♡」

九十八分後に池谷紗希子はリラクゼーション・サロンから出てきた。そうして、オーガニックをうたう食品店に立ち寄って、雑穀米や調味料や野菜を買い、駅前のスーパーマーケットに寄り、そこでも少々の買い物をして、自宅マンションに戻った。

おれは仕方なく街区公園のベンチに座って待った。リサコは半時間後にゴルフを運転して戻ってきた。

「すっきりした～」おれがゴルフに乗り込むとリサコは悪びれずに言った。「気に入ったわ、あそこのサロン。また行っちゃおう」

「仕事だってこと忘れてたんだろ？」

「最初のうちは覚えてたんだけどね」そう言って、リサコはぺろっと舌を出した。

「池谷紗希子は今夜も自炊」おれは仕事の話に切り替えた。「エッセイのネタにするんだろうな。仕事熱心だ」

「というより……」とリサコ。「単に外食が好きじゃないんだと思うけど。あたしもそういう時期があったからよくわかる」

「リサコも自炊してたのか」

「今でもけっこうするよ。外で食べるものって何が入ってるかわからないじゃない？　自分で作るのがいちばん安心」

「なるほど。それで彼女はオーガニックの食料品店に」

「そういうことだと思う」

「きりがないだろ、そんなことを気にし始めたら」

「そうね。だから、あたしは大概にしようと思ったの」

「そういうのって他のことにも現れるよな。――〝食事が人生を形作っていく〟」

「そう書いてたよね、さっきのエッセイにも」

「どう思う？」

「おおむね合ってるんじゃない？」とリサコは言い、しばし考えてから、言い添えた。「でも、ちょっと面倒くさい女ってことは間違いないね」

「ということは、以前はリサコも？」

「以前も今も」リサコは節をつけるようにして言った。「あたしは面倒くさい女よ。知らなかったの？」


池谷紗希子は午後八時すぎにマンションから出てきた。二日連続の夜の外出。ただし、昨晩とは違って今晩は電車には乗らずに、夜道を歩いた。腹ごなしも兼ねているのだろうか。とくに有酸素運動を意識したような歩行には見えなかったが、足取り自体は昼間よりもいくぶん早かった。

夜になって急に増した寒さも影響しているのかもしれない。

約二十五分後、下北沢の入り組んだ路地にあるバーに入っていった。ここも行きつけの一軒なんだろう。

待機中のリサコに電話すると、十分後にやってきた。路地の奥にコインパーキングがあったので、そこにゴルフを停めさせた。パーキングからはバーの入口は見えなかったので、斜向かいの雑居ビルの入口で交替で張ることにした。十五分交替を提案すると、あたしは女子なんだし時給制なんだから少しは手加減してよ、と言うので、おれが十五分、リサコは十分ということになった。おかげで計算がややこしくなったが。

何回目かの交替時、パーキングから待機場所に歩いて向かっていくおれをリサコが手で制した。足を止めた。約三十秒後、リサコがそれまでは制していた左手で、逆におれを呼び寄せた。

「どうした？」

「男が帰っていった。ほら、あの男」

数十メートル前方に、スポーツ刈りのような短髪をブロンドに染めた男の後ろ姿が見えた。シルバーのダウンジャケットに九分丈のスリムジーンズ、真っ白のナイキ・エアジョーダン。「それで？」

「ドアの外まで彼女が送りに出てきてたの」

「なるほど」

「明後日《あさって》の十時に」

「……は？」

「明後日の十時に――そう言ったのよ、彼女が。どうやら、明後日の十時に彼女の自宅まで迎えにくるみたい。そこのところははっきりしないけど、たぶん、男が車で」

「そう言ってるのが聞こえたのか？」

「ううん、全部は聞こえない。唇の動きも含めての話」

驚いた。「唇……読めるのか？」

「昔、手話の勉強をしてたことがあるの。手話を勉強すると唇の動きも気をつけて見るようになるから」

「なんと」おれの口からはそんな言葉しか出てこなかった。

「なんと、でしょう？」リサコは得意げに言った。「やっぱ、時給、安くない？」

池谷紗希子はその晩もタクシーで帰宅した。代々木上原の自宅に帰り着いたのは午後十一時三十三分。まるでシンデレラ。余裕たっぷりのシンデレラ。慌てて階段で靴を落とすこともないだろう。

おれとリサコは、二十四時がラストオーダーの神宮前のビストロに駆け込み、カウンターに並んで晩ご飯を食べた。こんな時間にご飯食べるのにお酒なしではいられない。車で来ているにもかかわらず、そう言ってリサコはなかなかに値段の張るブルゴーニュ産の白ワインをボトルで注文した（だって経費でしょ、とリサコ）。ほろ酔いになったおれは……まあ、婉曲表現をするならば……リサコと同じ場所に帰って同じベッドで眠りたくてたまらなくなり、リサコにもその気持ちを率直に伝えたのだが、リサコは「ダメよ。あたしたち、今や相棒なんだから」と言って片目をつぶった。「それに」とおれの太腿を指の腹で撫でながら言い添えるのだった。「我慢するほうがずっと官能的じゃない？」

7

木曜。特筆に値することはなし。池谷紗希子は、午後一時二十五分に自宅マンションを出て、午後二時きっかりに神保町《じんぼうちょう》の出版社に到着、約一時間半後に出版社から出てくると、その足で笹塚のスポーツジムに行き、二時間強をジムで過ごし、いつものごとく白いイヤフォンを耳に入れながら歩き、いつもとは違ってどこにも寄らずに帰宅。午後七時四十分に再び外出、駅近くのおばんざい料理をうたうダイニングバーで食事して、午後九時四十九分に、帰宅。おれたちは午後十時半まで張り込んだが、その日はもう動きはないと判断して、引き上げた。

そして、金曜。おれたちは朝の九時半から張り込みを開始した。リサコの読唇術に狂いがなければ、一昨日の男が十時に迎えにくるはずだ。もっとも、十時というのは、午後の十時である可能性もないわけではないのだが、池谷紗希子の生活のリズムを考えれば、午前十時であるのは、ほぼ間違いないだろう。

果たして、午前十時三分、青のミニ・クーパーの5ドアがマンション前に停まった。短髪をブロンドに染めた男がハンドルを握っていた。

二分後、池谷紗希子がマンションから出てきて、助手席に乗り込んだ。その場面をおれはスマートフォンで撮影した。車に乗り込む場面だけでは、約束の報奨金を獲得するのは難しいだろうが。

ミニは初台《はつだい》から首都高速に入って中央道へと抜けた。別の車をできるだけ一台あいだに挟みつつ、おれたちのゴルフはミニの後をつけた。

リサコの運転はたしかにこなれていた。ハンドリングやブレーキングのやわらかさ、ウィンカーのタイミング、車線変更の滑らかさ……女でありながら、というのはきょうび、非難を浴びそうなフレーズだが、しかし、こんなにこなれた運転をする女性をおれはほかに知らない。

池谷紗希子とブロンド男は談合坂《だんごうざか》サービスエリアで小休憩を取った。二人ともトイレに行ったあと、それぞれに買ってきたコーヒーをテラス席で飲みながら談笑している。

「ただの友達ね」二人の様子を遠目に見ながらリサコが言った。「付き合ってるとかそういうんじゃなくて」

「だな」おれも同じことを思っていた。二人の距離感が恋人同士の、あるいは肌を合わせたことのある男女のそれではない。「しかし、今後どうなるかはわからない」

「うーん……どうかな」リサコは首を左右にゆっくり振りながら言った。「あたしには、そういうふうにも見えないけど」

「いやいや」おれは言った。「男と女というのは、ちょっとしたきっかけで、深みにはまっていくんだ」

「ふふふ」

「なにがおかしい？」

「おかしいっていうか、感心したの」

「……感心？」

「やっぱ、経験豊富な男の人は違うなあって」

「経験豊富って……そんなふうに言われると、おれも小恥《こっぱ》ずかしいんだが」

「まあ、でも」とリサコ。「どっちにしても、異性と二人きりでドライヴしていることにはかわりないよね」

「ああ」

「旧弊な依頼人はどう思うんだろう？」

「そりゃあ、気に食わないだろうな」

「ゴンちゃんは平気？」

「うむ……」だしぬけに振られて、おれはまごついた。「……難しいところだ」

「そうよね……」リサコも自分に置き換えて考えたような口ぶりだった。「簡単なことじゃないよね……たいていの人にとっては」


その後、ミニは小淵沢《こぶちさわ》で中央道を降り、県道を十分ほど北上して、切妻《きりづま》屋根の赤いコテージに到着した。十二時四十五分。コテージ自体はさほど新しくないが、〈Café & Restaurant BLISS〉という野立て看板は比較的最近に作られたもののようだ。

ミニから紗希子とブロンド男が降りてくるのとほとんど同じタイミングで、コテージのエントランスからモスグレーのエプロンをつけた小柄な女が出てきた。四十がらみ、つまりは池谷紗希子と同世代。互いに歩み寄り、エプロンの女はまず紗希子と抱擁、それからブロンド男とも抱擁を交わした。そうして、カフェ・レストランの中に二人を招き入れた。

おれたちはその様子を見届けてから、最寄りのコンビニエンスストアを検索し、そこで食べ物や飲み物を買って、再びカフェ・レストランの見える道路脇まで戻ってきた。

「こういう食事って」リサコはプラスチックパックに包まれたレタスとチーズのサンドウィッチを食べながら不満げに言った。「人の心をどんどん荒ませるんだから」

「仕方ないだろ」おれはホットドッグ頬張りながらこたえた。「任務遂行中なんだから」

「あたしたちも入っちゃえば良かったのに。会話だって盗み聞きできたかもしれない」

駐車場にはミニの他に車が一台しか停まっていなかった。「混み合っていれば、それも悪くないアイデアだけど」

青く澄んだ初冬の空に浮かぶ雲は片手で数えられるほどで、コテージの向こうには雪を被った八ヶ岳《やつがたけ》が見えていた。

池谷紗希子とブロンド男が食事を終えて出てくるのを待つあいだ、おれは、リサコのリクエストに応えて、二人目の元妻との結婚生活——馴《な》れ初《そ》めから破綻にいたるまでをダイジェストで語った。情けなさと後悔でのたうちまわりたくなるのを、リサコの手前、どうにか押さえ込みながら。

8

その晩は、カゲヤマを加えた三人で外苑《がいえん》東通り沿いのスペイン・バル〈テルモ・サラ〉へ行き、晩ご飯を食べた。はじめはいつものごとくテラス席に座っていたのだが、あまりの寒さに音を上げたリサコに引き連れられて店内のテーブルに移動した。

リサコはよく食べ、よく飲む女だった。こんなに食べて飲んで、よくも太らずにいられるものだ。本人が言うには、月に一度は絶食しているらしいが。

トイレから戻ってくるなりカゲヤマが言った。「さて、それで？」

おれは二分前まで続けていた話を再開した。「そのカフェ・レストランには結局、二時間半ほど滞在した。帰る際にはオーナー夫妻が見送りに出てきた。彼らがレストランのオーナー夫妻なのは間違いないと思う。池谷紗希子とブロンド男の、共通の友人夫妻ってとこだろう。ウェブサイトによると店がオープンしたのは十月の最終週。初めての訪問だったんだろうね」

「ふむ」カゲヤマは先を促した。

「で、池谷とブロンド男は車で五分くらいのところにある、私設のポップアート美術館に行って、そこには約二時間。美術館を出るとすぐに中央道の下りに乗って、途中サービスエリアでのコーヒー休憩を挟み、午後八時すぎに代々木上原に到着。ブロンド男は池谷紗希子をマンション前で降ろすとあっさり去っていった」

「そのポップアート美術館ってのがくさいな」カゲヤマはヒゲのない顎を指の腹で撫でながら妙に楽しげに言った。「ホテルを併設してるとか？」

「併設はしてないけど、すぐ奥にホテルはあったよ」とおれはこたえた。「でも、そこには出入りしていない」

「秘密の地下通路で繋がってるとか？」

「秘密の地下通路か……オーケー、百歩譲ってそうだとしよう。でも、どうしてわざわざそんな真似をしなくちゃいけない？　道玄坂《どうげんざか》のホテル街じゃないんだぞ」

「まあ……そうだよね」

「そうだよ」

「じゃあ、つまり……なんてことのない、日帰りのドライヴだったってこと？」とカゲヤマはいささか不満げに。

「なんてことない、どころか」それまでは黙っていたリサコが会話に加わった。「晩ご飯までには必ず帰っておいでって母親に言われた小学生みたいなドライヴ」

ははは。カゲヤマは自分の小学生の息子を思い浮かべたのか、イグアナの目を細めて笑う。

「しかし、そのブロンド男なんだけど……なあ？」おれはリサコに振った。

「うん、おそらくね」リサコが話を継いだ。「あたしが見たところ、ストレートじゃない。バイでもない」

うむむ。カゲヤマは低く唸り、しばし考え、それからリサコに問いかけた。「それ、どのくらい自信がある？」

「けっこう、あるよ」リサコは平然と言った。「カゲヤマさんが足フェチだってことと同じくらい自信がある」

おれは吹き出した。

「え、なんで？」とカゲヤマ。

「だって」とリサコ。「カゲヤマさん、いっつも女の人の足を見てるもん」

カゲヤマは半ば戯《おど》けて肩をすくめてから、話題を戻した。「しかし、ゲイだという決定的な証拠がない限り……」

「そうなんだよな」カゲヤマが言葉をとめたので、おれがあとを引き継いだ。「依頼人へのリポートには、男とドライヴ、と記すことになる。ゲイだろうとストレートだろうと、見た目は男なんだし」

「しかし、依頼人にとって、その男のセクシャリティは巨大な問題だ」

「依頼人に提案すれば？」とリサコ。「ご希望でしたらお調べしますって」

「だな」とおれはリサコに同意した。「それがいい。乗ってくるだろう」

「そりゃ乗ってくるよ」とカゲヤマ。「少々吹っかけてもいいんじゃない？」

「もちろん、経費は別途で」

「いいね」とカゲヤマは言い、まるで底に金貨が沈んでいるかのようにおれの目をのぞき込んだ。

「ゴンちゃん、人が変わってきたよね。やっぱ、プロの探偵ともなると――」

「いやいや」おれはカゲヤマを遮った。「おれはもとからこんな人間だ」

「そうだっけなあ」そう言って、四半世紀の付き合いになるカゲヤマは意味深げにニヤリと笑った。「ともあれ、今回は黒字になりそうだ」

「リスクヘッジとしての新事業」

「そう。リスクヘッジとしての事業多角化」

「は？　リスクヘッジ？　事業多角化？」横からリサコが怪訝そうに口を挟んだ。「いったい何の話をしてるの？」

なにはともあれ、この案件は思いのほかスムーズに片付きそうだ。そう思って、おれは早くも安堵していた。

9

翌日は土曜日で、リサコは昼間は外せない私用――どんな私用かは明かさなかったし、おれも訊かなかった――があり、夜はどうしても〈シオン〉に出なければならず探偵バイトには来られないと言うので、初日同様に単独で張り込んだ。しかし、初日とは違って、緊張感は激減していた。残すところあと四日。この先にドラマチックな展開――カゲヤマに言わせれば、ワクワクするような展開――があるようにはとうてい思えなかった。リポートを作成するためだけに労役に服しているかのような気分……比喩的に言えば、敗戦処理をしているかのような……いやいや、これだって立派な仕事なのだが。ワクワクがなければ、探偵業など……あれ？　これじゃあ、まるでカゲヤマじゃないか。

午後二時八分に、ネイビーのダッフルコートに白のバギーパンツという装いで池谷紗希子はマンションから出てきた。玄関先で空模様を確かめるようにさっと天を仰ぐと、駅方面に向かって歩き出した。おれは街区公園のベンチから腰を上げた。と、やにわに彼女は足を止めた。そうして、くるりと半回転して、逆方向に歩き出した。逆方向――つまり、街区公園の方角に向かって。それだけじゃない、なんと、彼女の二つの目はおれの二つの目をしっかり捉えていた。

「おつかれさま」砂場の脇で立ち止まると、彼女は言った。ほかの誰でもなく、このおれに向かって。

「……はい？」おれはそう言ったつもりだが、音声にはなっていなかったかもしれない。ただ、あんぐりと口を開けていただけかもしれない。

「張り込みに尾行、毎日ごくろうさま」彼女はさらに言って、今度は笑った……いや、笑ってなんかいない。多少なりとも笑いの形に崩れたのは口元だけで、目には苛立ちが毒蜘蛛のように蠢《うごめ》いていた。

探偵が何も言えずにおろおろしていると、彼女は続けた。「夫に雇われてるのね？」

「いえ……その……なんというか……」

「まあ、いいわ」彼女はしどろもどろになっている中年男を見限って言った。「そういうことは明かせないんでしょうし」

数歩先を行かれている。そう思いながら返事の一つもできないでいた。

「いずれにしても」彼女はきっぱりと言った。「何日もつけまわされたわたしは気分が悪い。これ以上つけまわしたら、警察に連絡します」

「わ、わかりました。申し訳ありません」このような緊急事態に、非を認めて謝罪することが探偵として適切な振る舞いなのかどうかわからないままにおれは言って、腰を折り頭を下げた。深々と。長々と。傍《はた》から見れば、ひどく情けない姿だったろう。

彼女が立ち去るまで頭を下げているつもりだったが、おれの視野に入っている真新しいアディダスのスタンスミスはびくともしなかった。仕方なく頭を上げると、彼女は声のトーンをいくぶん変えて言った。「なんだったら、コーヒーでも飲みます？」

まったく想定外の言葉だった。口の中にたまった唾液を飲み込んだ。彼女のしなって伸びるような視線におれは両手を上げて降伏したい衝動に駆られた。「ええ、じゃあ」と舌が勝手に動いていた。「コーヒーでも」

駅近くのこぢんまりとした昭和風の喫茶店で、駆け出し探偵は張り込み・尾行の対象者と向かい合うことになった。

喫茶店までの数分間、あれこれ考えてはみたものの、いったいどういうふうに話が進んでいくのか見当がつかなかった。あるいはこっちに多少なりとも主導権があるとして、どのように話を持っていけばいいのか。どんなことなら譲れて、どんなことなら譲れないのか。なにを最優先すべきなのか。そんな基本的なことすらわからなかった。池谷紗希子はだんまりを決めこんでいたが、そのだんまりの理由も皆目わからなかった。こんな事態でどう振る舞えばいいのかは『決定版・探偵術入門』には書かれていなかった。想定外なのだろう。この窮地から探偵は挽回できるのだろうか。

「いつ、気づきました?」おれはだんまりに堪えかねて口を開いた。こんな時、タバコをやめたことを後悔する。まあ、どのみち店内は禁煙なのだが、喫煙者であれば、おのれの欲求に促されて席を外し、気兼ねなく深呼吸ができる。有害な深呼吸ではあるが。

少し間を置いてから池谷紗希子はこたえた。「火曜日。スーパーでの買い物中に」

うっ。ほとんど初っ端じゃないか。恥ずかしさのあまり顔が火照った。

「火曜が初日……よね?」まるで、能なし探偵をからかうような言い草だ。

今さらじたばたしても仕方がない。おれは小さくうなずいた。

「火曜はあなたひとり」彼女は朝日新聞の〈首相動静〉欄を音読するかのような口ぶりで言った。「水曜からは女性もいっしょ」

「しかし……」おれはどうにか口を開いた。「本日は土曜」

「ええ」彼女はおれがなにを言わんとしてるのかをたちまち理解して言った。「放っておくことにしたの。だって、わたしには何もやましいことなんてないんだから。そのまま事実を報告してもらえば、わたしにとっても都合がいい。自分で主張するより、よっぽど説得力がある。じゃない？」

少々捩《ねじ》れた発想だがちゃんと筋は通っている。おれはうなずいた。

「でも、だんだんこたえてきた。昨日のドライヴなんて、あなたたちのことが気になってちっとも楽しめなかった。つけまわされるのがどんな気持ちか、あなた、わかる？」

「……お察しします」そう言って、座ったまま腿に手を置いて再び低頭した。

そのあらためての謝罪で池谷紗希子はついに溜飲を下げたようだった。おれが頭を上げた時にはそれまでは険しかった表情がずいぶんと和らいでいた。表情が和らぐと顔立ちの美しさが前面にせり出してきた。いわゆる〝キツネ顔〟なのだが、右の目尻の小さな泣きぼくろが、キツネ顔にありがちな〝キツさ〟をほどよく緩和していた。

「それと、もう一つ」と池谷紗希子は言った。発する声も柔らかくなっている。「今朝、ふいに思ったの。そんなことに気づいてなかったのが、自分でもバカみたいなんだけど……昨日の行動は、あなたたちにはふつうの男女がデートしているように見えたんじゃないかって」

あえてコメントは差し挟まずに、続きを待った。

「でもね、彼は」と彼女は軽妙な、やがてメロディが紡がれそうな口ぶりで言った。「ゲイなの。バイセクシャルでもなく、正真正銘のゲイ」

「じつは……そうなんじゃないかと……ぼくらも」

彼女は目をまるくした。こちらの反応が意外だったのだろう。

「相棒が」とおれは続けた。「なんというか、まあ、鋭いタイプで」リサコのことを、相棒、と呼ぶのは面映ゆかったが、それはこっちの問題だ。

「なら、いいの」そう言って彼女は満足げにうなずいた。「そのことをわかってもらえれば。彼とは同性の友人のような感覚で付き合ってる。知り合ったのは、ほんの数年前だけど、まるで高校時代の同級生と再会したみたいな……そんな感じなの」

「秋に長崎に行かれたのは……彼と？」

「はあ？」池谷紗希子は語尾を上げ、ややあって、ため息を漏らした。「そういう情報まであなたに伝わってるのね。長崎に行ったのは、編集者と。今度、旅もののエッセイを始めるので。そのことは夫にも言ったはずだけど」

「そうなんですか……失礼しました」おれはみたび頭を下げた。

「とにかく、昨日の彼はゲイで、わたしたちはとても気の合う友人だということ。それ以上でもそれ以下でもない」

「わかりました」

「わたし、浮気も不倫もしていません。残念でした」そう言って、おどけるように笑った。

それはもはや敵に見せるような笑いではなかった。彼女の中でのおれのポジションが上がったのだろう。少なくとも〈やや下〉あたりまでは漕ぎ着けたようだ。

「夫には」いったんそう言ってから、彼女は「いいえ、あなたの依頼人には」と言い直した。「男友達と出かけた、しかし、その男はゲイだと報告してください。必要ならば、証拠も提出します」

「……証拠?」

「ええ。彼と彼の恋人は、渋谷区からパートナーシップ証明書を交付されているの。わかります? パートナーシップ証明書」

おれはうなずいた。「そういう呼称だとは知りませんでしたが」

「取引しませんか?」彼女が声音を変えて言った。

「……取引?」

「だって、あなただって困るでしょ? わたしにバレた事実が依頼人に伝わるのは」

「それは……はい、非常にまずい」

「素行調査はいつまでの予定?」

わかってるだろうに。そう思いつつも、彼女の話に調子を合わせた。「今日を入れて、あと四日です」

「じゃあ、今日から四日間、尾行を一切やめてもらうかわりにわたしはその日自分がとった行動をあなたにメールなり電話なりで教えます。それをあなたは依頼人に報告する。写真も必要?」

おれは首を振った。

彼女はうなずいて先を続けた。「そうすれば、あなたは探偵としての信用を失わずに済む。どんな契約を交わしているのかは知らないけど……こういうのって前払いなの？」

「半分は先に」と正直に答えた。「残りは報告のあとに」

「残りの半分って大きいでしょう？」

「その半分がないと、生業《なりわい》として成立しません」

「じゃあ、そうしましょう。わたしは終日つけまわされる不快から解放される。あなたは信用を失わずに約束の報酬も手に入れられる。利害の一致ってことで」

おれは三度息を吸って三度吐いた。それから言った。「正直、よくわからないんですが」

「よくわからない？」彼女は再び目を丸くした。「さっきも言ったように、わたしは事実を報告してほしいの」

「そこはまあ、わかるんだけど」とおれは言った。「でも、ふつうは……どう言えばいいのかな……」

「依頼人に憤慨する？」

「ええ。どうして素行調査までされて、そんなに冷静でいられるんですか。ぼくだったら――」

「わたしはあなたじゃない。わたしにはわたしの考えがある」

「おっしゃるとおり」と言った。おれはすでに自分が探偵であることを忘れていた。ただの中年男だった。負け組の。この世の徳俵《とくだわら》に足がかかったことのある。「しかし、奇妙だ。不気味だ。探偵まで雇って調べられてるっていうのに」

「そこまで言うなら」と池谷紗希子は言った。おれの心にわだかまっている疑問を見通そうとするかのように、こちらの目をしかと見据えた。そうして、思い出したようにジノリのカップに入ったコーヒーを一口啜ると、再び口を開いた。「じつは、わたし、三年ほど前に、性嫌悪障害と診断されました。性嫌悪障害……わかります？」

その言葉を耳にするのは初めてだったが、漢字で綴れば意味はわかる。おれは頭の中に字面を浮かべてうなずいた。

彼女はおれがうなずくのを待って続けた。「月に一度、カウンセリングを受けてるけど、今のところ改善は見られない。もちろん夫にもこのことは知らせてあります。けれど、彼はわたしの言うことに一〇〇％の確信を持てないでいるんだと思う。つまり、わたしがダメなのは夫との性行為であって、よそでは可能なんじゃないか。そういう考えを捨てきれないでいるってこと。わたしが夫に『外でしてきて』って言ってあるのが、疑いを生む要因になっているのかもしれない」

「外で？」おれは思わず口を挟んだ。

「ええ、外で」彼女は事も無げに言った。「男の人ってお金さえ払えば簡単にできるでしょ？」

「いや、しかし……」

「褒められた方法じゃないかもしれないけど、現実的ではある。ちがう？」

「まあ……そうですね」おれはひとまず同意した。「現実的、といえば、たしかに」

「わたしは現実的に考えるようにしています」

「なるほど」おれは言い、さらに問うた。「たとえそのような状態でも、ご主人との結婚生活は維持したい？」

「ええ」と彼女はきっぱりと言ってから、おれに尋ねた。「あなたは結婚されてる?」

「かつては」とおれはこたえた。「バツが二個」

「あら……」

「ぼくのことはかまわずに先を続けてください」

「バツ二のあなたにこんなこと言うのもどうかと思うけど……夫婦ってなによりも同志——わたしはそう思ってる」

「ええ、わかりますよ」おれは胸に焼けるような痛みを覚えながら言った。

「互いに対するリスペクトがなければ同志にはなれない」

その通り。

「彼っていけ好かない男に見えるでしょ?」

おれは肩をすくめた。そんな問いには答えられない、という意味だ。

それが伝わったのかどうかはわからないが、彼女は続けた。「たしかに、傲岸《ごうがん》なところはある。疑り深いし、嫉妬心も強い。でもね、ああ見えて、倫理《りんり》観の強い人なの。ノーブレス・オブリージュという言葉をご存じ?」

おれは再びうなずいた。あえて訳せば——高貴なる者の義務。

「ノーブレス・オブリージュというものを意識している、珍しい日本人だと思う。わたしは五歳から十三歳までアメリカで過ごしたので、さほど違和感は覚えないけど……彼はいくつかの非営利団体に関わっています。とりわけ、ホームレス救済のNPOや子どもの貧困問題に取り組むNPOに」

おれは少なからず驚きながら言った。「そのせいもあって……お忙しい？」

「ええ。お金を出して終わりじゃないの、彼の場合」

「なるほど」

「こういう行動に胡散臭さを覚える人もいるけど」

「まあ……いますよね」

「……あなたもそう？」

「いいえ、ぼくは……」いきなりの振りにうろたえながらもおれは言った。「感服します」

「ほんとに？」

「ほんとです」

「嬉しいわ」池谷紗希子はそう言って微笑んだ。偽りのない微笑みだった。少なくともおれにはそう見えた。「ええ、わたしも彼のそんなところをとても尊敬しています。もちろん、それとこれ、つまり、人としての尊敬があるからといって、夫婦関係がうまくいくとは限らないんだけど」

そこで彼女は言葉を切り、下唇をかんで目を伏せた。微笑みはすでに別のものに変わっていた。次の一手が非常に重要なことはわかっているが、その一手が決まらない棋士のような表情といえばいいだろうか。

「だけど」と彼女は顔を上げて再び話し始めた。「わたしはなんとかこの時期を——夫婦としての過渡期を——人生も後半に入った男女の危機を——乗り越えたいと思っています。どうやったら乗り越えられるのか……わたしの性嫌悪障害を治すことが先決なのか、あるいはわたしたちが性愛を超えた別な形の夫婦関係を作っていくことが賢明なのか、それはまだわかりません」

再び彼女は間を置いた。言いたいことはあるが、それを言ってしまうべきか、言わずにおくべきか、迷っているような様子だった。おれは両手を開いて先を促した。

「こんなことを言うと」彼女はおもむろに話し始めた。「まるで自分の性嫌悪障害を棚に上げているみたいだけど……四十を越えた夫婦にそんなにセックスが重要なんだろうかって近頃のわたしは思うの。重要だって思い込まされてるだけじゃないかって。たとえセックスレスでも尊敬や信頼で繋がった夫婦関係があるはずだって――夫はそのへん、どう思っているのかわからないけれど」

彼女は、つい過言した時に浮かべるような、羞恥と後悔の混じったような表情になっておれを見つめた。なんらかの意見を求められているような気もしたが、少なくとも現時点では人生の敗残者であるおれの頭に浮かぶのは、いたって陳腐なものばかりだった。陳腐な意見を披露して相手を落胆させるくらいなら黙っていたほうがいい。

彼女もおれから気の利いた意見を引きだすのは諦めたようだ。「いずれにしても」しなやかな口調に戻って彼女は続けた。「わたしは夫を尊敬していますし、深いところで愛しています。そして、これからも夫婦として暮らしていきたいと強く願っています」

そうして、あらためておれの目を見据えた。彼女の視線は弓から放たれた矢のように飛び立ち、やがておれの心の更地に突き刺さった。

「ごめんなさい」彼女はいささか照れ臭そうな微笑を浮かべながら言った。「こんなんじゃ、あなたが抱く疑問にこたえたことにはならないわね」

「いいえ」とおれは言った。「じゅうぶんです」

10

一週間が過ぎた。その間にクリスマスも過ぎた。クリスマスなどどうでもいいといくら思っていても、街に出てまったく影響を受けずにいるのは難しい。だから、二十四日から二十五日にかけては部屋からほとんど出ずに過ごし、二十五日の夜もだいぶ更けてから〈シオン〉に出向いた。飲み過ぎた。泥酔まであと数センチというところまでいった。リサコに言い寄って、軽くいなされ、最後はこんこんと諭された記憶がある。その内容はうろ覚えだが。

暮れも押し迫った金曜日に、ロンドン出張から戻った依頼人に調査結果を報告することになっていた。

おれは朝方までかかってリポートをまとめた。数時間眠り、午後一に六本木の複合商業施設内の会員制ラウンジに向かった。

挨拶もそこそこにおれはプリントアウトしてクリップで綴じたA4の報告書を手渡した。画像も数枚添えてある。

池谷樹生は数分かけてそれに目を通した。そして、言った。「この男についての情報は?」

「もちろんお調べすることはできます」

「ふむ」と唸ってから池谷は言った。「別料金ってことだな?」

「そりゃあそうでしょう」

「いくらだ？」

「十万ってことでどうです？　今回は経費込みで」

「わかった。頼む。早急に」

まさに早急におれは鞄から別の報告書を取り出して、池谷に差し出した。

「ん？」と依頼人。

「頼まれることを見越して、調べておきました」

「ほう。やるね」

その薄っぺらい報告書を読むのに、池谷樹生は二十秒とかけなかった。「竹下晶《たけしたあきら》、というこの男は……ゲイなのか？」

「ええ。次のページを」

次ページには、池谷紗希子を通じて入手した竹下晶と、そのパートナーである宮城善則《みやぎよしのり》という男のツーショット画像を貼り付けておいた。さらには、渋谷区から交付されているパートナーシップ証明書のコピーを。

おれは言った。「竹下さんの交友関係も調べましたが、女性の友人のほうが圧倒的に多いようです。女性のほうが付き合いやすいんだと思います。奥さんもそのうちの一人かと」

「バイセクシャルだという可能性は？」

「可能性で言えばゼロではないでしょう。もし、遠い過去にまで遡って、女性との経験の有無を調べてほしいというなら――」

「いや、いい。わかった」

「バイセクシャルのほうがいいんですかね？」おれはいささかムッとしながら言った。「まるでそんな言い方ですけど？」

「いいや、そうじゃない」池谷はばつが悪そうに言った。「たしかめただけだ」

しばし沈黙があった。おれは池谷の背後にうっすらと聳《そび》えている富士山に目をやった。それから、椅子に座ったまま軽く背を伸ばして、眼下に広がる東京の街並を見下ろした。美しい。遠くから見れば、たいていのものは美しい。

「ひとつ、個人的にお訊きしますけど……」おれはそう言い、池谷の返事を待った。

「続けてくれ」と池谷は促した。

おれはうなずいた。「もし、奥さんが不倫をしているとわかったら、池谷さん、どうするつもりでいたんです？　離婚訴訟でも起こす気だったんですか？」

「いや」と池谷は即答した。「そんなに単純な話じゃない」

「単純じゃないのは愛があるから……でしょう？」

池谷はおれを見、それから視線を外し、指の腹で顎をさすり、もう一度おれを見て、静かにうなずいた。「そうだ。わたしは妻を愛している。だから複雑なんだ」

「わざわざ複雑にしているように見えますけど」おれは、言わずに済めば何よりだとここに来る前に思っていたことを言った。「奥さんを愛しているなら、ただ信じればいい。信じて悠然としていればいい。そこから始まることがあるんじゃないですか」

池谷はじっとおれを見ていた。深い森に棲む小動物でも観察するみたいに。それからふっと息を吐くと、言った。「権藤さん、先日も言ったけど、あなたは変わってるよ」

「まあ、否定はしませんよ」とおれは言った。「しがない探偵のくせに、差し出がましいことを言う」

「ああ。そのとおり」

池谷は大きな笑みを見せた――笑い声こそ立てなかったが。おれもその声のない大きな笑いに付き合った。

笑いが引いた。話は終わったと判断しておれは「では、これで」と言って、立ち上がった。

「のちほど明細書をメールでお送りします」

「ああ、すぐに振り込むよ」と池谷も言って、立ち上がった。そうして、おもむろに右手を差し出した。

おれはその手を握った。池谷も握り返してきた。厚かましくもなく冷ややかでもない、ほどよい力加減だった。初対面の時と同様に。そのほどよい力加減に、池谷樹生という人物の徳が表れている気がした。

「あ、そうだ」おれが去りかけたところで池谷は言い、鞄の中から包装紙に包まれた厚さ三センチ強の平たい正方形の箱を取り出した。「忘れるところだった。これ、ロンドンのおみやげ。事務所の皆さんで」

11

依頼人にちょうだいした英国産の高級チョコレートは、深夜の〈テルモ・サラ〉で、オーナーやスタッフにふるまいつつ、デザート代わりに食べた。

「ようするに、依頼人に説教したってことか」おれの話を聞き終えると、いつになくぎらついた笑みをイグアナの目に浮かべながらカゲヤマは言った。「やるねー、ゴンちゃん」

「説教したつもりはないけど」おれはこたえた。

「しかも、詐欺まがいの追加料金まで――」

「おい、人聞きの悪いこと言うなよ」聞き耳を立てている人間が周囲にいないのは確実だったが、それでもおれは声を潜めて言った。「なんとか利益を出そうと、おれなりにベストを尽くしてるんだ」

「いいね。素晴らしい心構えだ」カゲヤマはプレジデントチェアでふんぞり返るワンマン社長よろしく満足げに応じた。「ともあれ、一件落着」

おれは満足してなかったが、落着したことをみとめるのはやぶさかではなかった。探偵仕事がはじめて成立したってことだ。

「怪我の功名ってやつ？」カゲヤマはからかうような口ぶりで言った。「尾行がバレて、しかもその当人とお茶するって……ウケるわ」

おれは肩をすくめた。「恥じ入ってるよ、おれは」

「ま、持ってるってことじゃない？」

「……と言われてもね」

「運っていうのは、何をするにしても大事な要素だし」

「まあ……たしかにね」

「しかし、ゴンちゃん、恥じ入ってるってことは」とカゲヤマは言った。「探偵としてのプライドは芽生えてるんだよね」

「まあ、そうなのかもな」とおれは言った。プライドのようなものはたしかに芽生えてるような気がする。「しかし、プライドだけなら――」

そこで「はーい。お待たせ～」と頓狂な声をあげながら、そしてサルサでも踊っているかのようなリズミカルなステップを刻みながらリサコが店に入ってきた。その夜は〈シオン〉での勤務を終えてから合流することになっていたのだ。着替えずに店を出てきたのだろう、ベージュのラップコートの下には赤い膝丈のパーティドレスを着ていた。

カヴァでひとまず乾杯し（カゲヤマのグラスにはペリエが注がれていたが）、それからおれはカゲヤマに報告したことをもう一度ざっとリサコに話した。

「終わり良ければすべて良し」というのがリサコの感想だった。「それに、たっぷり儲かったんでしょ？」

「たっぷり、とまではいかないが……まあ、それなりに」

「じゃあ」おれが言い終わらぬうちに、リサコは声を弾ませて言った。「今からぱーっと打ち上げしにいこうよ！」

「ていうか、これが打ち上げだ」とおれは言い、カゲヤマにも振った。「なあ、社長?」

「こちらのお嬢さんは」カゲヤマはリサコを横目で見ながら、ここの仕切りは自分じゃないと言いたげな様子で応じた。「こんなんじゃ不満なようだけど」

「不満です」カゲヤマの後ろ盾を得たリサコはきっぱりと言った。「これじゃあ、いつもの晩ご飯といっしょじゃない?　メリハリをつけなくっちゃ」

「いったい」おれは仕方なく言った。「どこに行きたいんだ?」

「温泉!」リサコは即座にこたえた。ここへ来る間に企てていたのかもしれない。「温泉に行ってお風呂に浸かりながら飲もっ!」

「風呂で?」とおれ。

「どこの?」とカゲヤマ。

「神奈川の山ん中にあるの、とっておきの秘湯が」

そう言うと、リサコはすっくと席を立って颯爽と店の外に出ていった。

おれとカゲヤマは無言でその姿を目で追った。店内にはマデリン・ペルーの『Instead』が流れている。悪く感じる代わりに嬉しく思って――そんな歌だ。

お店の窓越しにタクシーを停めようと必死に手を振っているリサコの様子が見えた。

「まじかよ」おれはつぶやいた。「まじに行く気なのか」

「今夜は付き合うしかないんじゃない?」とカゲヤマは言った。なかば呆れつつも、同時に楽しんでいるかのような口調で。「ぼくも入りたくなってきたよ、温泉に」

「まあ」とおれも言った。「おれも温泉には入りたいな」

「風呂に浸かりながら飲もうってことは……混浴なのかな？」

「てことだろ？」

「ぼくは……足だけでいいんだけど」

おれは吹き出した。「しかし、手間と金のかかる女だ」

「能力はあるけどね」

「たしかに」とおれは言った。「リサコは探偵に向いている」

カゲヤマは得意げな笑みを浮かべながら言った。「それは間違いない」

夜はまだまだ始まったばかり。年甲斐もなく、そんなことを思い、俄然気が大きくなった。この夜がどこに行き着くにせよ、たまにはこんな祝祭じみた夜があってもいい。

上着を羽織ったついでにスマフォを手に取って何の気なしにメールアプリを開いた。すると、「思い出したことがあるんです」――そうタイトルの付いた岩澤めぐみからのメールが届いていた。

第三話

1

「年明け早々に、お呼び立てしちゃって、すみません」

新年の挨拶のあとで、岩澤めぐみはそう言って、ぺこんと頭を下げた。

彼女からのメールが届いたのは年の瀬だった。おれはすぐにでも訪問するつもりだったが、年末年始は外泊許可をとって山梨の実家で両親と過ごすことになったので年明けに、と言われたのだった。

岩澤めぐみに会うのは三度目だ。場所はいずれもK大学医学部付属病院の婦人科病棟のデイルーム。初めて訪れた時にはデイルームの窓から見えるプラタナスに黄色の葉っぱがついていた。今は完全な裸木。季節は確実に移ろい、時は刻々と流れている。時の流れの速さを、最近はそら恐ろしくさえ感じるようになった。

「とんでもない」とこたえた。おれはむしろ岩澤めぐみに会える口実ができて嬉しかった。そのことをそれとなく伝えたかったが、遠慮やら面映ゆさやらがあってぐずぐずしているうちに彼女は尋ねてきた。

「権藤さん、お正月はご実家に？」

「いえ、ずっとこっちに」おれはこたえた。しばらく実家には帰っていなかった。母の大のお気に入りでもあった二人目の妻と別れて以来、母とはなんとなく顔を合わせづらくなっていた。

「なんだかんだと忙しくて」

岩澤めぐみはおれがそのあたりの話題を避けようとしてることを察したのか、さっそく本題に入った。「先日のメールにも書きましたが、唐突に思い出したんです」

「ええ」とうなずき、おれも気持ちを入れ替えた。うらぶれた中年男から駆け出しの探偵に。経験はめっぽう浅く、腕っ節にも才知にも情報処理能力にもまるで自信はないが、せめて、しぶとさと相手への共感力だけでもワールドクラスの探偵に。「浅沼裕嗣さんの高校時代のバンド仲間のことを――」

「そうなんです、一度お会いしたことがあったんです」この日の岩澤めぐみは濃いグレーの千鳥格子のパジャマの上に薄いグレーのパーカを羽織っていた。顔色は……可もなく不可もなく、といったところだろうか。「その男性が、権藤さんが先日おっしゃっていた連絡の取れない方じゃないかと」

「その男の名前は覚えてる？」

「たしか……タクミ――浅沼から、そう紹介されたはずです。ただ、苗字が記憶になくて……もしかしたら、苗字はもとより聞かされてなかったのかもしれません」

おれは浅沼捜しのための諸々の情報を入力したiPad miniを持ってきていた（年の暮れに購入

したばかり——権藤探偵事務所も着実に進化しているのだ)。守屋拓巳《もりやたくみ》、浅沼の高校時代の同期生かつバンド仲間、ヴォーカルとギター、卒業後は札幌にある北海学園大学へ、現在は連絡先不明、家族もすでに函館にはいない——そのように記してある。「守屋拓巳。間違いないですね。会ったというのは、いつのこと?」

「大震災の少し前だったはずです。浅沼のバンドのライヴが終わったあと、お客さんがいなくなった後のフロアで紹介されました。下北沢のライヴハウスだったと記憶しています」

「ふむ。大震災の少し前、というと、二〇一一年の春先」

「年明けだったかもしれませんが、いずれにせよ、寒い時期だったのは間違いないです……服装をなんとなく覚えているので」

「どんな服装?」

「ベージュのコーデュロイのズボンに黒か濃紺の厚手のジャケット、というような恰好でした。首に巻いたマフラーが色鉛筆のセットみたいなカラフルな柄物で、黒縁の眼鏡をかけていました——バディ・ホリーとかエルヴィス・コステロとかがかけているような。お洒落な人だなあと思いました。場慣れしてる雰囲気もありました。でも、眼鏡の奥の目がそんな場慣れ感とはうらはらに少年っぽい、というか、シャイな感じだったのが印象に残っています。うろ覚えですけど……たしか、広告プランナーの仕事をしているって言ってた気がするんです」

「なるほど。会ったのはその一度だけ?」

「ええ、一度だけです」

「その、拓巳っていう人物は、東京在住なのかな?——当時は、ってことだけど」

「東京だと思うんですけど、そういう話をした覚えがなくて。わたしがそう思い込んでるだけなのかもしれない。印象で……つまり、なんていえばいいんでしょう？」

「地方在住な雰囲気はなかった」

「そうそう。もしかしたら、広告プランナーという職業とセットになってるのかもしれません」

「ああ、なるほどね。広告プランナーと東京暮らしは容易に結びつく」

「でしょう」と岩澤めぐみは言い、少し間を置いてから、申し訳なさそうに首を傾げた。「でも、これだけなんです。わたしが思い出したことは。わざわざ、権藤さんをお呼び立てするほどのことではなかったかもしれません」

「いやいや」とおれは彼女の言葉を否定した。「大切な情報です。現在は行方がわからなくなっている男が、九年前には浅沼さんのバンドのライヴに来ていたってことだから。浅沼さんは、他の友人たちが知らない守屋拓巳さんの連絡先を、少なくとも当時は知っていたということになる。今も連絡を取り合っている可能性だってなくはない」

もしや、浅沼と守屋は現在もいっしょにいるのでは？　ふと、おれはそんなふうに思ったが、まったく根拠のない思いつきなので、口にはしなかった。おしゃべりな口を閉じて耳を澄ませろ——正月の間に読んだハードボイルド小説にもそう書いてあった。アルコール依存症の探偵が自分自身に向かって言う言葉だ。

その後、しばし雑談したあとに、おれは暇《いとま》を告げた。

岩澤めぐみが別れ際に微笑しながら言った「寒いですから、お体にはくれぐれもお気をつけて」という、なんてことのない言葉が、胸に染みた。痛いくらいに。癒えていない切り傷に冷たい海水が流れ込んだみたいだった。

2

昼過ぎには住み処である荒木町の峯《みね》ビルに戻った。

エレベーターが四階で止まって扉が開くと、そこには、あずき色の婦人帽子で頭部を、白い大きなマスクで鼻から下を覆った老女がいた。おれは驚いた。四階で人に会うことは稀だから、誰であればったり会うといつも驚いてしまうのだが、この時はいつにも増して驚いた。

老女も相当に驚いていた——おれに見えるのは彼女の目と目の周囲だけだが。

おれは相手の驚きが自分の驚きよりもいくぶん上回っていることをさとって、咄嗟に笑みを浮かべた。ホテルのエレベーターだとか国際列車のラウンジだとかで見知らぬ人と目が合った時に笑みを浮かべるジェントルな欧米人よろしく。「わたしはけっして怪しいものではありませんし、敵意などこれっぽっちもありませんよ」という意味をさりげなく込めた社交的な笑みだ。

そうして、老女の脇を通り過ぎた。通り過ぎてしまうと、老女はおれの意識からたちまちフェイドアウトしていった。その直前まで考えていた岩澤めぐみの案件に頭を戻しつつ、廊下を歩いていちばん端の自室のドアの前に立ち、ズボンのポケットから鍵を引っぱり出して、鍵穴に差し込んだ。そこで「あのう、すみません」というくぐもった声が背後から聞こえた……気がした。

おれはビクッとし、鍵を鍵穴に差し込んだまま、振り向いた。とっくにエレベーターに乗りこんだと思っていた老女が、おれのほんの数メートル後方に立っていた。この老女は幽霊なのか。足音はまったく聞こえなかった。気配すらなかった。幽霊、もしくは足音や気配を完全に消すことのできる老女は、マスクを右の指先で摘んで顎の位置に下ろすと、か細い声で言った。「もしや……権藤さん……でしょうか？」

文節ごとに息継ぎしているかのような話し方だが、発音はしっかりしている。たぶん幽霊じゃない。おれは口の中にたまった唾を飲み込んでから「はい、そうです、権藤です」とこたえた。

「探偵の……権藤さん？」老女はさらに尋ねてきた。

「ええ、探偵の権藤です」おれはこたえた。こたえながら、まるではったりを利かせてるみたいだと思わずにいられなかった。

「じつは……ご相談が」と老女は言った。色のほとんどない唇の奥で銀歯が鈍く光った。

おれはうなずきで応じた。おれの保険適用の銀歯もあんなふうに安っぽく光っているのかもしれない。「どなたかのご紹介で？」

「いいえ……この名刺を」そう言って、老女は上着のポケットに入れていたらしい権藤探偵事務所の名刺を印籠のように右手に持っておれのほうに突き出した。数メートル離れていてもそれがおれの名刺だとすぐにわかるのは、老女は——故意ではないと思うが——名刺の裏面をこちらに向けており、その裏面にはクレイジーなイラストが描かれているからだ。まさか、こんな時のためにイラストを描いたわけじゃないだろうが……。「娘の旦那が、どこかでもらってきたようです」

「そうですか」どこか……たぶん、中央線沿線の接待飲食店だろう。高円寺の〈シオン〉かもしれない。

おれはドアの鍵を回した。カッタン、という解錠される音がいつになく周囲に響きわたった。部屋の内部は、オフィス、とは口が裂けても言えない空間なのだが、今さらじたばたしても仕方がない。ドアを開け、おれは老女に向き直って言った。「どうぞ、中へ」

3

老女は通された部屋が探偵事務所のオフィスらしくないことには別段驚いた様子は見せなかった。探偵事務所のオフィスらしかろうと、そうでなかろうと、そんなことには端から関心がないのかもしれない。

おれはひとまず老女にソファに座るように言い、それからキッチンに行って、ガスコンロでお湯を沸かした。キッチンの脇の窓からは下の通りが見下ろせるようになっている。双子用のベビーカーを押した同じような背恰好の男女の姿が見えた。

お湯が沸くのを待つ間に、トイレに入って用を済ませ、それから洗面所でうがい薬を使ってうがいをした。喉が少々いがらっぽかったので、戻ったらすぐにうがいをしようと電車に乗っている時から思っていたのだ。岩澤めぐみにかけられた「お体にはくれぐれも……」という言葉が胸に染みていたせいもあるだろう。うがいが済むと、鏡の中のやさぐれた中年男の顔を睨みつけながら、思案した。老女が名刺に記された住所を頼りに事前連絡なしでいきなり探偵事務所を訪問する――その事実からわかるのは何だ？　三十秒ほど考えてわかったのは、一、電話で会話するのが苦手、あるいは電話嫌い、二、地図を見ながら――老女がグーグルマップのナビ等を使ったとは思えなかった――目的地を訪ねられる、つまり方向音痴ではない――その二つだけだった。ダメだ。おれはやっぱり才知に欠けている。致命的かもしれない。いったいぜんたいおれは何をやっているのだ？

二つのマグカップにティーバッグを入れ、やかんから熱湯を注いだ。トレイはないので、右手にマグカップを二つ持ち、左手には取り出したティーバッグを置くための小皿を持ち、部屋に戻った。

老女の前のローテーブルにマグカップ一つと小皿を置き、「砂糖を切らしているもので。豆乳で良ければありますけど？」と言った。老女は「すみません。このままで。どうかお気を使わずに」とこたえた。

おれはイケアのチェアに腰掛け、デスクの上のPCの横に自分のマグカップを置いた。おれはいつもティーバッグをマグカップに入れたまま紅茶を飲む。徐々に味が濃くなっていくのを楽しむとかではなく、単に不精なのだ。

iPadとペンシルを用意しながら、さりげなく老女を観察した。すでに婦人帽子とハーフコートを脱ぎ、自分の隣のスペースにひとまとめにしてあった（早急に来客用のコートハンガーを買わなければ、と思った）。こしの弱くなった銀髪は中途半端に伸びていた。少なくとも二か月は美容室に行ってないだろう。薄灰色のズボンとえび茶色のハイネックのセーターは、スーパーマーケットの衣料品売り場に売っていそうだ。靴下の白さがいやに目立った。焦燥と不安と疲弊とが顔に、そして全体の佇まいにも影を落としている。八十には届いていないが七十はゆうに越えている――おれは老女の年齢をそのように推測した。ふいに我が母の姿が思い浮かんだ。いま母が住んでいるのは母の故郷であっておれが生まれ育った街ではなく、いっしょに暮らしているのも再婚相手――自分の離婚以外に、そういう事情もあって、つい足が遠のいてしまうのだが……しかし、母は母だ。たまには会いに行かなくては。わかってる。春がきて暖かくなったら会いに行こう。春がくれば。おれのところにも。

「さて」とおれは切り出し、ヴォイスレコーダーの録音ボタンを押した。相手に許可を取る必要はないだろう。いくらそう見えなくともここは探偵事務所のオフィスなのだ。「どういったご相談でしょうか？」

「息子のことが心配で心配で」老女はそれを言うのを長いこと待ちかねていたように言った。「それはもうたまらないのです。自殺するんじゃないかと」

息子――ふつうに考えれば、そいつとおれは同世代だろう。いずれにしても十歳は離れていないはずだ。「自殺？　なぜです？」

老女は最初は訥々と、だんだんと勢いを増しながら、語った。

理路整然とした話し振りではなかった。おまけに気持ちばかりが先走り、老女がどう感じているかはよくわかるが、その元になっている肝心の事実がわからなかったりした。何度となく聞き返さねばならなかった。追加で質問もしなければならなかった。まとめると、おおよそこんな具合だ。

息子は四十歳。しばらく一人暮らしをしていたが、二年ほど前に実家に戻ってきた。大学を出たあとは大手アパレルメーカーに就職し、生産管理の仕事をしていた。直属の上司との間にトラブルがあり、最終的にはその上司に暴力をふるってしまい、自ら退社した。その後、中途採用で二度就職したが、一度目は何度か抑うつ状態になって休職したあげくに退職、二度目は三か月も続かなかった。今は無職。求職活動はしていないようだ。そもそもほとんど口をきいてくれない。最近は目すらめったに合わない。食事も二階の自室に持っていって一人で食べている。その他トイレや入浴の際におりてくる以外はほぼ二階の自室にこもっている。部屋から息子の話し声が聞こえたことはない。映画やドラマを観ている音はよく洩れ聞こえてくる。外出することはあるものの行き先は教えてくれない。一週間連続で家にこもっていることもあれば、外出して三、四日戻らないこともある。このひと月ほどは早朝に出かけることが多くなった。あまりに不規則すぎて、行動が把握できない。自殺をするのではないかと心配でならない。あるいは、取り返しのつかないことをやらかすのではないかと心配でならない。取り返しのつかない、というのは、世間を恐怖でおののかせる無差別殺人の類いだ。それらが心配で心配で夜もおちおち寝ていられない。なんとか息子を助けてくれないか。どうか、お願いします――そう言って、老女はついに嗚咽を漏らし始めた。

「ややや……」おれはうろたえながら、ティッシュペーパーを箱ごと差し出した。

「お願いします……権藤さん」老女は涙をティッシュで拭いながら懇願してきた。「どうか、どうか。ほかに頼れる人はいないのです」

「あの……お母さん」まだ名前を聞いていなかったので、おれは老女をそう呼んだ。「お気持ちはわかりますが、ぼくはこう見えても、探偵なんです」

「もちろん、知っています」

「探偵の仕事というのは……例えば……行方のわからなくなった人間を捜したりですね……ある

いは、浮気の調査をしたりですね……あるいは……」

おれの話が終わらないうちに老女はナイロン地の肩掛け鞄の中から二つ折りになった何枚かのA4の紙を取り出して、こちらに突き出した。

それは権藤探偵事務所のウェブサイトをプリントアウトしたものだった。開業以来見ていなかったそれを、おれは改めて、しかも初めて紙に印刷された状態で、見た。一か所に、赤のサインペンで下線が引いてあった。老女が自分で引いたのだろうか。そこにはこう書かれていた――

〈さまざまなお困りごとに随時対応しています。諦める前にぜひ一度ご相談ください〉

この文句を考えたのはカゲヤマだ。そもそもおれはウェブサイト制作にまったく関与していない。

「そこに、書いてありますよね？」はなを擤《か》み終わった老女は言った。「さまざまな困りごとに対応している、と。それから、諦める前に、と」

「たしかに、そのように書いてはありますが」おれは言った。「しかし、息子さんを助けてほしいと言われてもですね……」

「助けていただけないのですか」

「息子さんを助けるのは、ぼくのような探偵よりも……例えば、区役所などに行けば、相談に乗ってくれる人間が――」

「市役所には何度か行きました。ソーシャルワーカーさんにもお会いしました」

「ソーシャルワーカーさんはなんと？」

「いくつか助言はいただきました。精神科の病院も紹介してもらいました」

「診察は受けられました？」

「いいえ。行ってくれないのです。娘も――というのは、息子の妹ですが――言い聞かせてくれたのですが。こんな時に父親がいれば……」

「息子さんの父親……つまり……」

「主人は一昨年に他界しました。深夜にトイレに立ったと思ったら、そのまま……虚血性心疾患でした」

「そうでしたか」こんな時、何と言えばいいのか。「それはそれは……」

おれは型通りのつまらぬ言葉を続ける代わりに頭を下げた。頭を下げながら、今一度考えた。おれに何ができる？　四十歳、無職、ある種のひきこもり――もしくはニートと呼ぶべきなのか――である息子の動向を、あるいは、今後の人生を、寡婦でもある老いた母親が案じている。とりわけ、自殺するのではないか、取り返しのつかない犯罪を犯すのではないか、と案じている。その気持ちはわからないでもない。しかし、気持ちはわかってもおれの力ではどうすることもできない。言うまでもなく、おれはスーパーマンでもマジシャンでもない。奇跡を起こす神の子でもない。それどころか、弁護士でも精神科医でも宗教家でもない。駆け出しの探偵だ。才知にも欠けた探偵だ。いったいなにをやってんだと自問してしまう探偵だ。

「心苦しいのですが」おれは言った。「ぼくにできることは何もありません」

そうして今一度、深々と頭を下げた。

その深々としたお辞儀で、老女は観念したようだった。というか、理解してくれたのだろう。ひきこもってしまった四十歳の息子を再生させるのは探偵の仕事ではない、ということを。

老女は自分が歩んできた人生そのものみたいに重い溜め息をつくとソファから腰を上げた。

4

午後は部屋で音楽を聴きながらネットで調べ物をしたりメールを書いたり読書をしたりして過ごし、夜になってから食事をとりに出かけた。久々に下北沢へ足を延ばすつもりだったのだが、地下鉄の駅まで歩くあいだに急に面倒になって、たまに行く定食屋で手短に済ませた。生姜焼き定食に単品でインゲンの胡麻和え、それにヱビスの瓶ビール。さみしい土曜の夜だった。年明け早々だし、きっとカゲヤマも家族と過ごしているはずだ。リサコは昨日からウズベキスタン旅行に出かけていた。どうしてウズベキスタンなんかに行く気になったのかは帰国してからじっくり聞くことになっている。一人旅だと言っていたが、おれは大いに疑っている……。

定食屋から戻ってきて峯ビルのエレベーターに乗り込む前にふと、集合郵便受けに目がいった。昼すぎに戻った時に郵便物やチラシを回収して、それきり。そりゃそうだろう。よほどのことがない限り、一日に何度も郵便受けをチェックしたりはしない。しかし、その時はどういうわけか引っかかった。まるで郵便受けから見えない釣り糸が延びていて、その先端の釣り針がおれの前頭葉に引っかかっているかのような感覚。その感覚をどうにも無視できなかったので、四〇一号室の郵便受けを、暗証番号を左右にダイヤルして開けた。引っかかりは気のせいではなかった——こういうのを科学ではどう説明するのだろう。近所にオープンしたばかりのスポーツジムのチラシの下に白い封筒を見つけた。縦書きで、権藤様、と記してある。油性のサインペン。達筆とは言えないが、几帳面そうな字だ。住所は記されていない。つまり、郵便ではない。誰かが直接、郵便受けに入れたのだ。

その場で開封した。三つ折りの便せんに包まれて、うっかりすると指の腹を切ってしまいそうな一万円のピン札が三枚。便せんにはこうあった。

権藤様

しつこくて申し訳ありません。でも、本当に頼るところがないのです。権藤さんを一目見た時に、この人ならなんとかしてくれるはずだ、そう思いました。どうか考え直していただけないでしょうか。心よりお願い申し上げます。

廣田寿子

西東京市＊＊＊3-1 2-7
電話　0 8 0-＊＊＊＊-5 9 2 0

こういう時はボスに助言を乞うのがいい。

部屋に戻るなり、すぐに電話した。予想に反して一つ目の呼び出し音で応答した。

「悪いな、家族との大切な時間に」新年の挨拶はしなかった。過去にもした記憶がない。

「いや、今日は出社してるんだ」とカゲヤマは言った。「年末にやり残しちゃった仕事があって」そして、やおら声音を変えた。「どうしたの？」

おれは説明した。簡潔に。老女――廣田寿子《ひろたとしこ》が取り乱したことについてはいささか誇張が過ぎたかもしれない。

「なにかできることはあるんじゃない？」カゲヤマは言った。気もそぞろな口調に聞こえた。真剣に考えているとは思えない。

「そりゃあ、なにかはあるだろうよ。でも、『息子を助けて』と言われてもな」

「まずは、そいつの挙動を調べたら？」

「どうやって？」

「……やっぱり、尾行するのが手っ取り早いでしょ」

「いつ外出するのかもわからないのに、じっと外で待っているのか？　こんな真冬に？」おれはかすかに苛立ちを覚えながら言った。「リサコはいないんだ。つまり、車もないんだ」

「じゃあ、リサコが帰国してからにすれば？　一刻を争うっていう案件でもなさそうだし、依頼人にもそのへんの事情をうまく説明して」

「まあ、それはおれも考えたが……しかし」

「しかし……何？」

「これはやっぱ、探偵の仕事じゃないだろう」

「どこまでが探偵の仕事で、どこからはそうじゃないのかっていうのは――」

「なんでも引き受けていたら、しまいに、ただの便利屋になるぞ」おれはボスを遮って言った。

「探偵としての最低限のプライドは保たなければ」

「おお〜」とカゲヤマ。爬虫類系のいやらしい笑みが目に浮かぶようだ。「言うねえ、ゴンちゃん」

「しかも、そんなに儲かる仕事とも思えない」

「まあ……それはそうかも」カゲヤマの長所は切り替えが早いところだ。「手付金が三万、じゃね」

「一日分にもならない。我が社の規定では」

「え？　規定なんかあったっけ？」

「作ったんだ、このあいだ。張り込み、尾行は一日五万円から」

「ほう。なかなかラグジュアリーな探偵社だ」とカゲヤマはいささか皮肉っぽい口調で言ったが、異議は唱えなかった。

「それに……」と口に出してから、おれは続けるのをいささかためらった。

「それに……なに？」

「岩澤めぐみのほうに少しでも力を注ぎたい」

「新しい動きがあったの？」

「動きというほどのものでもないけど」

「ふうん」とカゲヤマは素っ気なく言い、黙った。あまり感心していないのだろう。

「というわけで」しかし、おれはかまわず言った。「この案件は辞退させてもらうぞ」

「……ま、そうだね」カゲヤマは数秒考えてから言った。「しかたないね、今回は。りょうかい」

　このようなボスからのお墨付きが欲しかったのだ。おれは今さらながらにそう思った。

「お金は書留で返送すればいい」

「ああ。そうするよ」それからおれはボスとしてではなく、マブダチとしてのカゲヤマに尋ねた。

「正月は実家に帰ったのか？」

「一泊だけね」

「どうしてもっとゆっくりしない？」

「どうしてって……忙しくて。それに実家ってなんか落ち着かないんだよな」

「おふくろさんを大切にしろ」

「ど、どうしたの、急に？」

5

　三万円を現金書留で返送するのはやめた。添える手紙を書くのが面倒だった――おれは相手が誰であれ手紙を書くのが苦手だし、手紙も添えずに紙幣だけを返送するのはあまりに冷淡だと思った。それに、その日は見事な冬晴れだった。ここ数日の冷え込みもじゃっかん緩んでいた。真冬には違いないが、すでに冬至は過ぎていることを世の人々に告げ知らせるかのような朗らかな陽射し。そう、ふらりと、見知らぬ街に出かけたくなるような。試しに、グーグルマップで検索してみると、我がオフィス兼住み処から西東京市の廣田家まで、東京メトロ丸ノ内線と西武新宿線を乗り継ぎ、ドア・トゥ・ドアで五十九分だった。近すぎず、遠すぎず、ちょうどいい。

西武柳沢《やぎさわ》駅で電車を降りたのは午前十一時すぎだった。グーグルに導かれるままに東京郊外の住宅街を歩いた。主に二階建ての一軒家と低層の集合住宅が乱杭歯のように建ち並んでいる。一軒家にしろ集合住宅にしろ、質素というか地味なものが多かった。芸能人やどこぞのＩＴ長者や、あるいは何代も世襲で続く悪徳政治家が住んでいるような、これ見よがしの豪邸や瀟洒なマンションは見当たらない。初めて訪れた街だが、初めてという気はしない。カゲヤマに拾われる前まで暮らしていたのもこんな街だったし、その街に越してくる前に住んでいたのもこんな街だった。ていうか、おれが生まれたのもこんな街だ。つまり、日本の大都市郊外にいくらでも存在していそうな街。

廣田家には十分ほどで着いた。子猫の額ほどの狭い庭と小型車一台分の駐車スペースがついた二階建ての木造家屋は、少なく見積もっても築四十年はいっているだろう。老女が懸念する息子は今日は在宅しているのだろうか、などと考えながら、二階を見上げた。二階にはどうやら二部屋あるようだが、どちらの窓にもカーテンが引かれていた。まだ寝ているのか、と思い、すぐに、いや、そんなことはどうでもいい、と思い直した。おれは依頼を受けにきたのではない。勝手に置いていかれたお金を返しにきただけなのだ。アルミ製の門扉の脇についたインターフォンを押した。

「はーい」とインターフォンから聞こえた声は、明らかに昨日の老女の声ではなかった。もっと若い声だ。

「権藤と申します」とおれは告げた。「廣田寿子さんは、ご在宅でしょうか？」

「権藤さん？」女は語尾を上げた。若いといっても思春期ではないのは確実だが、おそらく中年期には達していないだろう。

「そうです、権藤です」とおれは繰り返した。探偵の、とはあえて言わなかった。「昨日、廣田寿子さんが……事務所にお見えになりまして……」

「ああ……はい、はい」ようやくおれが浄水器を売りにきたセールスマンではないことがわかったのだろう、女は言った。「お待ちください」

玄関ドアが開いて、中肉中背の女が出てきた。おれの胸までの高さもない門扉から玄関ドアまではたった二歩ほどの距離だ。いかにも普段着といった感じの履き古したチノパンに深緑の丸首セーター。踵のあるつっかけサンダルをひっかけている。靴下は白。三十代後半だろうか。メロンパンみたいな丸顔に団子鼻、切れ長の目……ぶっちゃけ、器量はあまり良くないが、感じはけっして悪くない。最初の微笑でそれがわかる。「寿子の娘です。母は今、外出してまして……」

「そうですか」とおれは言い、ウールジャケットの内ポケットから封筒を取り出し、それを門扉越しに差し出した。「これ、お母さまに。それでわたしの用件もわかるかと……」

彼女は差し出された封筒とおれとを見比べるかのように視線を二往復させた。そして、封筒には手を伸ばさずに言った。「そろそろ母も戻るころですので、中でお待ちいただけませんか」

思いがけない提案におれはまごついた。「……いや、それは――」

「さあ、どうぞ」廣田寿子の娘はおれを遮って、再び微笑んだ。繰り返すが、不思議と感じのいい微笑みだ。人を疑うことを知らないかのような。おれを根っからの善人だと決めてかかっているかのような。彼女は門扉を引き開けながら言った。「掃除中だったので、ちょっと散らかってますけど……さあ、どうぞ」

いったい、おれはなにをやっているのだ。玄関先で封筒を渡してすぐに帰るつもりだったのに、居間のダイニングテーブルに座り、だされた緑茶をおめおとすすっているとは。

「母はどんなふうに言っていたのですか？」向かいの椅子に座ると廣田寿子の娘——そして、権藤探偵事務所の名刺をどこかで入手してきた男の妻——は言った。

「えっと……息子さんのことなんですけどね」おれは声を潜めて言った。「もしや……二階にいらっしゃる？」

「いいえ」彼女は首を振って、また微笑した。「兄はさきほど出かけました。どうやら新宿に買い物があるらしくて」

新宿に買い物？　おれは腑に落ちなかった。「行き先は言わないということでしたが……お母さまの話だと」

「わたしが尋ねたんです。わたしだとこたえてくれることがあります。時と場合によりけりですが。今日はわたし、朝からこちらに来ていました」そして、自分は近所に住んでおり、夫と六歳の娘がいると教えてくれた。「申し遅れましたが、三好尚美《みよしなおみ》といいます」

そこで、おれは最初の質問——「母はどんなふうに言っていたのですか？」——にこたえた。

老母が取り乱していたことを、またしても誇張してしまったかもしれない。

「わたしも同行すべきでした」三好尚美は言い、詫びを入れるかのように軽く頭を下げた。「今日なら一緒に行けると母にも言ったのですが……母はひどく焦っていて……おわかりかと思いますが」

「なるほど、そうでしたか」

「それで」と彼女は口調を改めた。「お引き受けいただけないのでしょうか？」

おれは説明した。探偵の仕事とはどういうものであって、どういうものではないかを。昨日廣田寿子に話した時よりは的確に話せたはずだ。

「母の言い方が悪いんですよ」おれの説明——あるいは弁明——を聞き終わると三好尚美は言った。「ようは、兄がこの家を出たあと、いったいどこへ行って、何をしているのか、それを調べてほしいということなのです。素行調査、と今おっしゃいましたよね？　それです、母が権藤さんにお願いしているのは」

おれは三好尚美から視線を逸らした。籐のバスケットの中には艶のないリンゴが三個とデコポンが二個入っていた。壁にかかった、白地に黒の数字だけが記されたシックなカレンダーがごちゃごちゃした部屋全体の雰囲気から浮いていた——このカレンダーは彼女が買ってきて取りつけたのかもしれない。「申し上げにくいことなんですが」とおれは彼女に目を戻して言った。素行調査——探偵仕事の範疇どころか基本中の基本——を依頼されたら、これはもう権藤探偵事務所の弱点を打ち明けるしかないだろう。いくつもある弱点のうちの一つを。「じつは、ぼく、運転免許が取り消し中でして、春にならないと再取得できないんです。うちにはぼく以外にもう一人スタッフがいて、そいつがいつもは車を運転するんですが、あいにく、長期休暇に入っていまして」

尚美は、なにか考えるような目つきになって、うなずいた。

おれは続けた。「今回のような素行調査には、どうしても車が必要になります。いつ外出するのかわからないわけですから、車で待機することに――」

「あの、権藤さん」尚美はおれを遮った。「つかぬ事をお訊きしますけど……猫は大丈夫かしら？」

「……は？」おれは耳を疑った。「いま、猫、と言いました？」

「はい、猫。雑種が二匹なんですけど……大丈夫かしら？」

「大丈夫というのは、つまり……」

「猫アレルギーなどはありませんか？」

「アレルギーは……というか、昔、飼ってました」

「あら」尚美の、細い目がぱっと輝いた。

「好きですよ、猫は」おれはその目の輝きに釣られるように吐露《とろ》した。「犬や鼠よりも……人間よりも」

ふふっ、と短く笑い、彼女は言葉を続けた。「じゃあ、権藤さん。もう一つ、お仕事をお願いするわ」

「……え？」

「猫シッターをやってくださらない？」

「ね……猫シッター？」

「ええ、朝晩餌をやるのとトイレの掃除を――」

「ちょ、ちょっと待ってください」おれはにわかに目眩を覚えつつ言った。「先ほどから言ってますように、ぼくは――」

とその時、玄関ドアが開く音が聞こえた。尚美は「母と娘が帰ってきたようです」と言いながら立ち上がって、玄関に出ていった。

6

その晩、前日同様、新年早々から休日出勤していたカゲヤマと新宿通り沿いのスポーツ・バー〈インディペンデント〉でミーティングした。

「猫……シッター？」いくら見慣れてもイグアナを連想してしまう顔を左右非対称に歪ませてカゲヤマは聞き返した。

「まあ、そっちは、おまけの業務だけど」

「おまけの業務？　ぜんぜん話が見えないよ」

「ま、見えないよな」

おれはバーテンダーから供されたＩＰＡに口をつけ、四分の一パイントほどを一息に呷《あお》った。美味い。たまらん。カゲヤマは長ったらしい名前のノンアルコールカクテル――最近は〝モクテル〟とも呼ばれているらしいが――を二本のストローで啜る。美味そうには見えない。少なくともおれのような酒飲みからは。

「えっとね……」空きっ腹にビールが染み渡っていくのをしみじみ実感しつつ、おれは説明を始めた。「まず、昨日、事務所に突如やってきた老女が依頼人。名前は、廣田寿子。廣田寿子には懸念の息子のほかに、結婚して近所で暮らす娘がいるんだ。息子の名前は廣田和史《かずふみ》、娘のほうは三好尚美。で、妹の三好尚美は旦那や六歳の一人娘や旦那の両親や旦那の弟夫婦と、明日からオーストラリア旅行に行く……旦那の父親が昨年定年退職したらしく、その労《ねぎら》いを兼ねた三好家の家族旅行だとか」

「家族旅行でオーストラリア……いいねえ」零細企業の代表取締役にして、重度のワーカホリックでもあるカゲヤマは、山盛りの羨望の中にスプーンひと匙の蔑《さげす》みを混ぜ込んだような口調で言った。「それで？」

「三好家では猫を二匹飼ってる。留守の間は同じ沿線に住む尚美の幼なじみに、猫の世話を頼むことになっていた。家を空けるときはいつもそうしているらしい。ところが、今朝、その友人から連絡があって、子どもにインフルエンザをうつされて寝込んでいると。それで、尚美は母に猫の世話を頼んだが、母の寿子は生き物の面倒を見るのは責任が重すぎると言ってあまりやりたがらない。困っていたところに、折よくおれが現れた」

「猫には目のない孤独な探偵が」

「まあ、そういうこと」

「おおよそわかったけど……しかし、近所といっても――」

「三好家が暮らす分譲マンションってのは六階にあるんだけど、バルコニーの端から廣田家の二階の窓が見えるんだよ。まさに和史の部屋の窓が。まあ、見えるとは言っても、かろうじてなんだけど……明かりが灯っているかどうかはわかる」

カゲヤマはふむふむと何度かうなずいた。「三好家のマンションで和史の張り込みをしながら、猫たちのシッターもってことね」

「そう。明日の夜から九日間、おれは三好家のマンションで寝泊まりすることになる」

「なるほどね」とは言うものの、カゲヤマはいまひとつ腑に落ちないらしい。「しかし、マンションのバルコニーから二階の窓がかろうじて見えたところで……」

「そこは、廣田寿子……依頼人と密な連携をとって。和史が出かけそうになったら、即LINEで連絡が入ることになっている。廣田家から最寄り駅に向かう途中に三好家が暮らすマンションがあるんだ……他にも駅への道筋はあるし、だいいち常に最寄り駅から電車に乗るという保証もないんだけど。もちろん、了承は得てるよ。おれ一人では限界があると。二十四時間態勢での監視はどだい無理だと」

「それでも権藤探偵に頼みたいんだ？」

「ほかの探偵事務所にも相談に行ってたみたいだ。うちで四軒目だとか」

「しかし……料金の面で折り合いがつかなかった」

「そのとおり」

「ゴンちゃんはいくらで引き受けたの？」

おれは肩をすくめて、ＩＰＡで喉と心を潤した。

「いくら？」

「いいじゃないか、いくらでも」

「いやいやいや」カゲヤマはおれの酔いつつある目をしらふの目でじっと見つめた。「そういうわけにはいかないよ。ぼくが出資者であり、顧問――」

「というか、言い出しっぺだからな」

「なんでもいいけど……いくら？」

「どうしても言わなきゃダメか？」

「言って」

おれはこほんと咳払いをしてから白状した。「一日二万。猫シッターが二千五百円。必要経費はもちろん実費でいただく」

「に、二万⁉」

「そうだ」おれは開き直って言ってやった。「お買い得だろ」

「お買い得って……規定を作ったんじゃないの？　張り込み尾行は五万からって言ってなかった？」

「仕方ない」

「仕方ない？」

「断れなかった」

「……まさか、猫のせいで？」

「それも少しはある」おれは正直に言った。「でも一番の理由は猫じゃない」

「猫じゃなくて何？」

「老いた女の涙に弱いんだよ、おれは。くそっ」

カゲヤマは、二秒足らずのフリーズのあと、ふき出した。カッカカッカカッ――周囲の老若男女がひとり残らずこちらを振り向くほどの大声で。じっさいには誰もいなかったのだが。「好きだな、ぼく。ゴンちゃんのそういうところ。老いた女の涙に弱い……傑作だ」

くそっ。おれはもう一度、吐き捨てた。

7

月曜の夜、九時少し前におれは三好一家が暮らすマンションに到着した。玄関では、二匹の猫――オスの黒猫がアポロン、メスの雉《きじ》猫がムーサ――が迎えてくれた。名前こそやたらと威厳に満ちているが、二匹とも人懐っこい猫だ。やはりおれは猫に好かれる、猫には人間の心根を見通す力があるのだ――昨日、かれらに初対面した時におれはそう思って内心ほくそ笑んだのだが、あとで聞いたところによると、ほとんど誰に対してもそんなふうに振る舞うのだそうだ。アポロンもムーサも男神や女神のような雰囲気からは程遠い。下々の……いや、待て。神がいかにも神っぽい様子で存在しているとも限らない。こいつらはまさに猫をかぶっているのかもしれない。

三好尚美との打ち合わせ通り、さっそくおれはアポロンとムーサに夜ご飯を与えた。三好家の猫ご飯は、ウエットフードとドライフードを半々の割合で混ぜ合わせるというものだ。面倒だったらドライフードだけでも、と三好尚美からは言われていたが、猫をかぶった神々に対して手抜きなどできるわけがない。腹をすかせていたのだろう、二匹ともご飯に飛びついた。

昨日の午後、尚美の旦那とも顔合わせを済ませていた。三好秀晃《ひであき》は電子機器メーカーの研究職に就いており、家政については妻に一任しているようだ。探偵などという、自分で言うのもナンだが、あやしげな職業……というか、はっきり言って、どこの馬の骨とも知れない中年男、権藤研作が、留守のあいだ自宅に寝泊まりすることについて、秀晃はなんの異論も挟まなかった。歓迎えられた、とは言えないにしろ、とくにイヤそうな顔も見せなかった。一方、この春から小学生になるらしい六歳の娘、ほのかちゃんは、おれを見上げる目の底に警戒心を滲ませていた。そりゃまあ、当然だろう。ほのかちゃんこそが正しい。廣田寿子と三好尚美という母娘に信頼されすぎて、おれ自身が戸惑っている。なにか裏があるんじゃないか、もしやとんでもない虎穴《こけつ》に入り込んでしまったのでは、と勘ぐってしまうほどだ。

ダイニングテーブルの上に、尚美からの置き手紙がエアコンのリモコンを重しに置いてあった。

権藤さんへ
お口に合うかどうか心もとないのですが、チキンカレーを作っておきました。白飯や食パンは冷凍してあります。レンジで解凍してお召し上がりください。ビールなども冷蔵庫に用意してありますので、ご遠慮なく。なにか不明なことなどがございましたら、ＬＩＮＥにてご連絡ください。時差はほとんどありませんので、いつでもお気軽に。

三好

いやはや……。

おれは十二帖ほどの広いリビングルームと隣り合った和室で寝起きすることになっていた。清潔そうな布団一式が用意されてあった。オーガニックコットンとおぼしきバスタオルとフェイスタオルも。歯ブラシまでも。

ひとまず、昼の間にビックカメラで購入しておいた双眼鏡を持ってバルコニーに出て、寒さにうち震えながら、直線距離にしてざっと百五十メートルほど先の廣田家を見下ろした（近くに幼稚園がある上に、廣田家の真向かいが売り地になっていることもあり、暗闇の中でもさほど苦労せずに見つけられた）。二階の左側の部屋に明かりが灯っている。所定の位置についた旨を廣田寿子にＬＩＮＥで伝えた。一分も経たないうちに、お世話になります、よろしくお願いいたします、という返答が届いた。さらに三分後には、本日は、午後に一度コンビニに買い物に行ったようですが、それ以外は終日在宅していました、という報告も届いた。わかりました、とおれは返した。ふだんの手癖もあり、ゴリラのスタンプを送ってしまったが、すぐに老女もパンダのスタンプを送り返してきた。廣田寿子は初対面で受けた印象よりもよっぽど気さくだ。おれが推測したよりも若いのかもしれない。

着替えやらＰＣやらの入ったバッグの荷解きをし、布張りのソファに腰を落ち着けたおれは、物珍しさもあってテレビをつけて、ＮＨＫのニュースを流し見た。ニュース内容はともかく、男女のニュースキャスターのやり取りが気持ち悪かった。二人がふりまく笑顔も気持ち悪かった。そして、こんなことを、ふつうの人はなんとも思わないはずのこんなことを（だってそうだろう、多数の視聴者から「気持ち悪い」などという意見や感想が局に寄せられれば、キャスターは交替させられるに決まってる）、気持ち悪く感じてしまうおれは病気なのかもしれない、と何年か前に思ったことを久々に思い出して、うっすら寒気を覚えて、テレビを消した。それから、持参してきたBluetoothスピーカーで主にアメリカ産のポップ音楽を聴きながら、ラップトップＰＣでしばしニュースを閲覧した。こちらのほうがおれには合っている。

時計が午後十一時をさしたところで風呂のスイッチを入れて、足をめいっぱい伸ばせる大きなバスタブで湯浴みした。いい気分だった。この仕事はなかなかどうして悪くないんじゃないか、むしろラッキーな仕事なんじゃないか、という気がしてきた。週末は旧友たちを片っ端からこのマンションに招いて新年会などを催すのもアリかも――なんてことも考えつつ、入浴を終え、冷蔵庫を開けて缶ビールを取り出した。ビールの傍らにはチェダーチーズやオリーブの実のオイル漬けなどが置かれていた。遠慮なくいただいた。美味かった。すぐに、二本目の缶ビールを開けた。二本を飲み干した頃にはほろ酔いになっていた。

しかし、仕事のことを忘れたわけではない。日付が変わる間際にバルコニーに出てみた。……ん？　和史の部屋の明かりが消えていた。明かりを消してテレビや映画を観ていることも考えられるが、それらしき光はいっこうに洩れてこない。どこかに出かけてしまったのか？　スマフォをチェックしてみたが、依頼人からはなにも言ってきていない。就寝したということか。しかし……早い。早くないか？　早いだろう？　早い気がする。早寝早起きのひきこもりってのはちょっとイメージしにくい。おれは初日の依頼人の言葉を胸の内で反芻した。「最近は未明や早朝に家を出ていくことが多いんです。そんな朝っぱらからいったいどこに出かけるんでしょうか？仕事もしていないのに」

缶ビールをもう一本飲み、和室に布団を敷いて、持参したパジャマに着替え（おれはパジャマを着ないと寝つきが悪くなるのだ）、布団の中に入った。それを待ちわびていたかのようにアポロンが傍にやってきて、ミャウ、ミャウと鳴くので、掛け布団を浮かせてやると、するりと懐にもぐりこんできた。何度か位置と体勢を変えたあげく、最終的にはおれの脇腹に沿うように体を丸めた。ほどなくムーサもやってきて、彼女のほうは掛け布団の上、おれの臍のあたりに、乗っかった。二匹ともグルグルグルグルグルと喉を鳴らしている。

お買い得な探偵にして、趣味と実益を兼ねた猫シッターはほとんど身動きできない状態になったが、久しぶりに猫のぬくもりと匂いと重みを感じながら、そして、ささやかな幸福感に浸りながら、眠りに落ちた。

8

午前六時と六時十五分にアラームをセットしていたのだが、アラームが鳴る前に猫たちが奇声を発しながらそこらじゅうを飛び回っておれを起こした。腹が減ったようだ。五時五十四分。外はまだ暗い。

猫たちに朝ご飯を与えてから、パジャマの上にダウンジャケットを羽織ってバルコニーに出て、廣田家を見下ろした。明かりは灯っていない。廣田寿子からも連絡は入っていない。あるいは、すでに和史は出かけていて、おれが張り込んでいることでいくらか安心した寿子の眠りがいつになく深く、息子が出かけたことに気づかなかった、なんてことも考えられなくはないのだが、その場合はおれの手落ちではないし、そのようなエラーが生じる可能性を依頼人も認めた上での、一日二万円という価格設定なのだ。

布団の中に戻りたい、というヤワな気持ちをひねり潰しながら、おれは猫のトイレを掃除し、それから手と顔を洗って、着替えた。すぐにでも出動できるように。お湯を沸かし、紅茶を入れた。きれいになったトイレで用を済ませた猫たちは、ソファの上でそれぞれに毛繕いしている。

ほぼ五分に一度のペースでバルコニーに出て、廣田家を見下ろした。和史の部屋に変化はなかった。六時二十分を過ぎた頃から、徐々に空が白んでいった。

空腹を覚え、チキンカレーを温めようかと思い始めた六時三十七分、廣田寿子から「おはようございます。今、洗面所にいます。出かけるんだと思います」というLINEが届いた。バルコニーに出ると、和史の部屋に明かりが灯っていた。目を離したのはほんの二分程度なのだが。

「承知しました」と送り返して、ダウンジャケットを着、マフラーを巻き、靴を履いた。靴はすぐに履けるようにマジックテープ式のスタンスミスを履いてきていた。そうして、玄関の上がり框《かまち》に座って待機した。スポーツナビのアプリを開いて、海外サッカーに関するニュースを目で追った。FAカップでアーセナルが下位リーグのチームに辛勝していた。遠い世界のどうでもいいニュース。どうでもいいからこそ、その中に逃げ込みたくなるニュース。

六時四十八分、依頼人から「玄関でくつ。上着グレーくろのぼうし」というLINEメッセージを受け取った。あわてた文面だ。再び「承知しました」と送って、おれは立ち上がった。アポロンとムーサは見送りには出てきてくれなかった。

廣田家に繋がる通りまでおれはダッシュした。最寄り駅に向かうならこちらに向かって歩いてくるはずだし、逆方向に向かうなら遠ざかっていく後ろ姿が見えるはずだ。

男が歩いてくるのが見えた。黒のニット帽をかぶっている。路面に目を落としているので表情はよくわからないが、背恰好や歩き方は三十がらみの青年のようだ。おれは四つ辻を曲がって角の家のコンクリート塀のかげに隠れ、スマフォで一昨日三好尚美が提供してくれた廣田和史の写真を見た。全身写真と顔写真が二枚。ニット帽の男が横を過ぎていくのを待った。間違いないだろう。『決定版・探偵術入門』に太字で書かれていたように、長めの距離を取って、尾行した。

和史は西武柳沢駅七時二分発の西武新宿行きの準急に乗り込んだ。電車はまださほど混んでいない。座れはしなかったが、つり革は難なくつかめた。

新宿、もしくは高田馬場《たかだのばば》まで行くのだろうとおれは推測したのだが、和史は二つ隣の武蔵関《むさしせき》駅で下車した。しかし、下車したものの改札口には向かわず、というか、改札階にすら上がらず、下車したプラットフォームのベンチに腰を下ろした。そして、スマートフォンをいじり始めた。普通電車に乗り換えるということだろう。

二分後、普通電車がやってきた。しかし、和史は腰を下ろしたままだった。顔さえほとんど上げなかった。数分後、こんどは急行電車が通過していった。この時は、電車がやってくる方向を、つまり、下り方面に目を凝らし、やがて目の前を電車が通り過ぎていく様を呆然と見送った。次は、準急。それから、普通。そして、再び通過する急行。和史はスマフォをいじったり、通り過ぎていく電車を目で追ったりしていた。スマフォに関しては、たまに画面をタップしたりスクロールしたりはするが、ゲームをプレイしているような、せわしない手の動きではない――あるいは、せわしない手の動きを必要としないゲームをプレイしているのかもしれないが、そのようなゲームが存在するのかどうかおれは知らない。上半身を椅子の背もたれに預けたり、ふいにかがみ込んだり、足を前に投げ出したり、組んだり、組み替えたり、顎の先を指で摘んだり、首や肩の筋肉をほぐすような仕草をしたり。

自動販売機のかげから廣田和史のそんな様子を観察しながら、おれは思案した。いったい何をしているんだ？　プラットフォームのベンチに座って茫然と電車を見送るためだけにこんな朝っぱらから出かけてきたのか？　しかも最寄り駅ではなく、二つ隣の駅のプラットフォームで？……まさか。まじでそのつもりなのか？　踏ん切りがつかないだけなのか？

　三本の停車する普通電車と二本の準急電車、そして、三本の通過する急行電車を見送った後で、廣田和史はベンチから立ち上がり、エスカレーターを使って改札階へのぼり、トイレに入って用を済ませてから、改札口を出た。駅ビル内のベーカリーに入り、パン・オ・ショコラとコーンマヨネーズパンを買って、駅舎から出て行った。西へ数百メートル歩いてセブンイレブンへ。セブンイレブンではブレンドコーヒーのLサイズを購入。

　セブンイレブンを出た和史が向かった先は、武蔵関公園だった。冬のあいだは休業しているがボート遊びもできる富士見池《ふじみいけ》を中心とした練馬《ねりま》区立公園。そうか、いつのまにか西東京市と練馬区の境を越えていたのか――そこに重大な意味があるとは思えないが。

　子ども用の遊具に囲まれた広場のベンチに腰をおろし、駅舎内のベーカリーで買ったパン・オ・ショコラを食べ始めた。

　ベンチに座っていたのは、約十五分。

　立ち上がると、入ってきたのと反対の出入口から公園を出て、今度は線路沿いの細道をしばらく歩き、別のもっと小さな公園を横切り、それから住宅街を縫い歩き、途中信号無視を一度、そうして約二十分後に、廣田家に帰りついた。

　おれはそれを見届けるときびすを返して、三好家のマンションに走って戻った。走って戻ったのは、膀胱が破裂しそうになっていたからだ。マンションに戻り、放尿のカタルシスを味わい、温かいお湯で手を洗い、猫たちを抱き上げ、チキンカレーを温め、白飯を解凍した。冷蔵庫に福神漬けはなかったが、代わりにらっきょうの甘酢漬けを見つけた。それらを食した。朝に食べるカレーがおれはいちばん好きだ。ほどよい辛さ——しかし、学齢前の子どもにはちょっと辛すぎる。わざわざ中年男性向けにこしらえてくれたのだろうか。カレーを食べ終えると、『アナと雪の女王』の柄のマグカップに紅茶を注いだ。そして、ソファに座って紅茶を啜りながら改めて考えた。いったいなんなんだ、廣田和史の今朝の行動は？

いくら考えても、納得のいく答えは出なかった。

こんな時リサコがいればな、と思い、それから、恥ずかし気もなくそう思ってしまった自分がいささか情けなくなった。

9

廣田和史の翌日の行動はまたしても予想のつかないものだった。

午前七時五十六分に家を出て、西武柳沢駅八時九分発の準急電車に乗って高田馬場で下車し、山手線《やまのて》の外回りに乗り換えて、巣鴨《すがも》で下車——。

なぜ、巣鴨なんかに？

その晩、午後七時少し前に依頼人から、夕食はもうお済みですか？というＬＩＮＥが届いた。まだです、と返すと、では召し上がらずにお待ちください、と言ってきた。二十分後、廣田寿子は食材を携えて、三好家のマンションに現れた。

そんなわけで、探偵らしくない探偵と依頼人らしくない依頼人は、ダイニングテーブルで向かい合い、水炊き鍋をつつくことになった。

「なぜ、巣鴨なんかに？」そこに話が及ぶと寿子は言った。渋谷や池袋なら、こんなふうには言わないだろう。同じ山手線沿線でもずいぶんと扱いが違う。

「お母さん」とおれは呼んだ。いつのまにか別の呼び方がしにくくなっていた。「びっくりしないでくださいよ」

依頼人は菜箸を持った手を止め、息まで詰めたような目つきになって、探偵の次の言葉を待った。

「和史くんは」とおれは言った。「仕事をまったくしていないわけじゃないんです。ちゃんとお金を稼いでいるんですよ」

「どういう……こと？」

おれは簡潔にこたえた。「治験……わかりますか？」

「薬……ですか？」

「ええ、そうです。薬だけじゃないんですが。今日、和史くんが参加したのは食品のモニターですね。砂糖水を摂取して、血糖値の変化を測るというものなので、おそらく特定保健……俗にいう、トクホ食品のモニターだと思われます。その会場が巣鴨に」そして、おれはすぐに言い足した。「じつは、ぼくも昔、何度か参加したことがあります」本当は昔ではない。ほんの二年くらい前の話だ。

「そうなの？　権藤さんも？」

「ええ」おれは依頼人を安心させようとにっこり微笑んだ。「治験に参加するには、まず治験を運営している会社に会員登録をするんですが、いまだに会員だったんですよ、退会するのを忘れてまして。今日、和史くんがどんな治験を受けていたのか、難なく調べることができたのも、そのおかげ——つまり、ぼくと和史くんは同じ運営会社に登録しているようです」

「そうなんですか……」寿子の表情からはまだ戸惑いは消えていなかったが、声音はだいぶ安定した。「そういった治験に参加すると……アルバイト代っておいくらいただけるものなの？」

「ものにもよりますけど……和史くんが参加した今日の治験は、拘束時間が五時間で、一万五千円でした。バイト代とは言わずに、負担軽減費というんですが」

「負担……軽減費」寿子は頭の中で漢字を綴るようにゆっくりと繰り返した。

「ええ」おれは続けた。「三日も四日も家に帰らないことがあるっておっしゃってたじゃないですか。それはおそらく、治験で医療施設に泊まったんだと思います。あるんです、泊まり込みでの治験というのが。三泊四日とかになると、負担軽減費もけっこう高いですよ。三泊で七、八万ほどもらった記憶があります」当時のおれは受けられる治験を片っ端から受けて、なんとか糊口を凌いだのだ。

「そうなのねえ……でも」寿子は苦笑いを浮かべた。「仕事とは言えませんよね」

「まあ……」自分が責められているようで、つい首を引っこめてしまった。「たしかに、仕事とは言えません。でも、何もしてないよりはマシじゃないですか」

「それはそうですけど……」廣田寿子は浮かない顔のまま、エノキを鍋に加え、それから言った。

「では、昨日の、プラットフォームのベンチに座っていたというのは……どういうことなんでしょう？」

「それは……まだなんとも……」

「もしや……恐ろしいことを考えてしまいます。つまり……」寿子は言いかけて躊躇《ためら》い、やがて意を決したように言った。「あの子、電車に飛び込むつもりなんじゃ――」

「お母さん」おれは遮った。「はじめはぼくもぎょっとしましたが、おそらくそれはないでしょう。そんな人が治験を受けますか？　小遣いとはいえお金を稼ぎますか？」

「そうですけど……」寿子はなおも疑念を捨てきれないようだ。「でも、自殺する人って……いかにも自殺しそうに見えるものなのかしら」

さあどうなんでしょう、という意味を込めておれは肩をすくめた。身近に自殺した人間はいない。自殺を考えてしまう心境はわからないでもない……いや、よくわかる。しかし、頭の中で考えるのと実際にそれを遂げるのとではだいぶ違いがあるだろう。

「わたしの知人のご主人が数年前に自殺したんですが」と廣田寿子は言った。「前日までまったくふだん通りに通勤してたんです」

「あの、お母さんね」おれはやや声を高めた。「息子さんのことをそんなふうに考えるのはやめるべきです」

「どうしても考えてしまうのです」

「お母さん、ここはひとつ」おれは言うしかなかった。「良いほうに考えれば、じっさいの物事も良いほうに引っぱられる、そう信じてください。悪いほうに考えちゃダメです」

「権藤さんって……」依頼人は探偵をからかうかのような目で見て先を続けた。「探偵らしくないことを言うんですね」

たしかにそうかもしれない。しかし、おれはいつも探偵として発言しているわけではない。探偵としてしか発言できないなら、おれはおそろしく寡黙な男になるだろう。いや……それでいいのかもしれない、おれはもっと寡黙になるべきなのかもしれない。

「わたし、時々思うんですよ」廣田寿子は、そんなおれの胸の内の自問にはかまわず、言った。「和史の育て方を間違えたんじゃないかって」

さっそくおれは寡黙になった。そんなことを言われてもおれにわかるわけがない。ていうか、そもそも、育て方が正しいとか間違ってるとかってどういうことなんだ？　間違った育て方をすると子どもはひきこもりになるのか？　由緒正しき家柄のクソッタレな権力者は正しい育てられ方をしたのか？

さらに、おれの感覚で言えば、そうは——廣田寿子が子どもの育て方を根本的に間違えたとは——どうしても思えなかった。つまり、和史の妹である三好尚美のことを考えると。彼女はとてもちゃんとしている、珍しいくらいにちゃんとした女性のように見える。間違った育て方をされた女子が三好尚美のような大人の女性になるだろうか？　そして、言うまでもなく、尚美と和史は同じ母親に育てられているのだ。そうだろう？

おれがめったにない寡黙さを保ち続けたことで、その話題は立ち消えになった。しばしの沈黙のあとで、別の話題に流れていった。「権藤さん、ぐっすり眠れている？」とか「オーストラリアにはわたしも誘われたんですが」とか「三好さんの一家は本当に仲の良い家族でして」とかそんな話題に。そうして、ごく自然とおれの身辺の話題に移行していった。結婚はしているのか。両親が健在なのかどうか。生まれや育ちはどこなのか。探偵になる前は何をやっていたのか。積極的に話したいことではないが、ノーコメントを貫くようなことでもないので、おれは尋ねられるままにこたえた。まあ、ぜんぶの問いに正直にこたえたわけではないが。廣田寿子の声に突如熱がこもったのは、おれがこの正月は実家に帰らなかった、かれこれ二年近く母親には会っていないと明かした時だ。

「それはダメじゃない。帰らなくちゃ。顔を見せるだけでいいの。それが子どもの務めってものよ」

10

翌日。廣田和史に動きはなかった。

おれは一日じゅう三好家のリビングルームで、ネットをしたり、読書をしたり、ぼんやり考え事をしたりしていた（もちろん、念頭にあるのは浅沼裕嗣捜しの件だ）。その合間には、リビングと和室以外の部屋、すなわち、夫婦の寝室と、寝室から続くウォークインクローゼットと、それに子ども部屋に、侵入してみた。褒められた行為じゃないのはわかっている。道義的にも問題があるかもしれない。しかし、三好家というのは、猫たちが自由に動き回れるように、室内のすべてのドアが開いた状態で固定されているのだ。それで、おれも猫たちについてまわってみたわけだ。

侵入および、手早く（罪悪感が膨らまない程度に）探索してわかったことは、夫婦はけっこうな量の本を所蔵していて、三好尚美は比較的最近の日本の小説を愛読しており、とくに伊坂幸太郎と佐藤正午のファンだということ、旦那の秀晃は風景写真集と世界各地の地図を蒐集《しゅうしゅう》していること（……いや、反対だろうか、つまり夫が伊坂幸太郎のファンで、妻が地図フェチ……その可能性もないではないが）。それから、ほのかちゃんはピアノと英語を習っていること、去年の十一月半ばの時点での将来の夢は「かしゅになる」こと、子ども部屋で時に（あるいは、常に？）母親が寝ていること。

夜の十時十八分だった、依頼人からＬＩＮＥでメッセージが届いたのは。出かけるようです、と。おれはビールとスパークリングワインですでにほろ酔い……いや、ほろ酔いの段階をじゃっかん過ぎていたが、服装だけはいつでも出かけられるようにしていたので、すぐにダウンジャケットを羽織り、マフラーを巻き、ニット帽をかぶり、玄関で靴を履いて、次の連絡を待った。午後十時二十三分、いま玄関です、という連絡が入った。

廣田和史は西武新宿行きの普通電車に乗り、二日前と同じく武蔵関駅で降りた。しかし、二日前とは逆の方向へ二百メートルほど歩き、べつのコンビニ——ファミリーマート——に入った。雑誌コーナーで漫画雑誌を立ち読みし始めた。どうしてわざわざ電車に乗ってやってきたコンビニに入って立ち読みするんだ？　コンビニなら家の近くにいくらでもあるだろうに。武蔵関駅周辺と廣田和史身辺にどんな関係があるのだ？　おれはコンビニの外で待機しながらそんなことを思い巡らせた。ヒートテックの長袖シャツにタイツに厚手のソックスを着込んでいるので、寒くはない。いいや、寒くないわけではないが、これくらいなら平気だ。おれはどちらかというと寒さに強いほうなのだ。

七分ほどが過ぎ、和史は雑誌コーナーを離れ、冷蔵庫の前でドリンクを選び始めた。この近所に友人でも住んでいるのか？ これからその友人宅へ行くのか？ それなら合点がいく。和史は緑茶系のドリンクを選んでレジに向かった。

おれは目立たぬ位置に後退して、和史がコンビニから出てくるのを待った。

一分経過。

二分経過。

あれ？

おれは元の位置、コンビニの全体が見渡せる位置に戻った。ん？ 和史の姿が見えない。

あわててコンビニに入った。店内を一周したあとに、トイレに向かった。しかし、トイレにも和史はいない。

は？ どうなっているんだ？ 店から出てくるのを見逃したのか？

コンビニを出て、左右の通りを見渡した。それらしき人影はない。コンビニの脇の小道にも入った。誰もいない。

再び店内に戻って、レジに向かった。レジカウンターの内側では、浅黒い肌の、おそらく南アジア出身とおぼしき青年男子が首から下げたタブレット型コンピュータを操作していた。タバコの発注作業をしているようだ。

「あの、黒い帽子の男が」とおれは早口で言った。「さっき店に入ってきたと思うんだけど……」

名札によるとナラヤンくんは、きょとんとした顔でおれを見た。

おれはもう一度、いくらかスピードを落として、くり返した。「黒い帽子をかぶったお客さんがさっき、この店に入ってきて……雑誌をしばらく立ち読みして……それからドリンクを買って」そこまで言うと、ナラヤンくんはあからさまに眉をひそめた。おれも彼の立場だったら眉をひそめたかもしれない。たしかに要領を得ない話ではある。しかし、ほかにどう言えばいいのか？「その、黒い帽子をかぶった男を捜してるんだ」

「……お客さん……男……ですか？」ナラヤンくんはようやく口を開いた。かなりたどたどしい日本語だ。

「うん。ここに入ってきたのは十分くらい前。レジで会計したのはほんの三分くらい前」

ナラヤンくんは首を左右に振った。「わたし、ちょっと、わからない」

そうか。日本語がちゃんと通じていないのだ。おれは言った。「申し訳ない、他の店員さんはいますか？　日本語がわかる人はいますか？」

ナラヤンくんは困惑したような笑みを見せながら「ちょっと、待って」と言い、レジ裏の事務室らしき部屋に入っていった。

ナラヤンくんを待っている間に、おれはもう一度店内をぐるりと一周した。再度外に出て、周囲を見渡した。……おかしい。消えた。はあ？　消えた？　そんなバカな。

おれが店の中に戻ったところで、ナラヤンくんも事務室から出てきた。

ファミリーマートの制服に着替えた廣田和史を引き連れて。

探偵と調査対象者はこうして初めて対面した。

「どうしました?」と廣田和史は言った。

「いや……その……」あまりの驚きに探偵の頭の中では砂嵐が吹き荒れていた。「週刊大衆は何曜日の発売だったかと……いや、でも、いいです。すみません」

おれは逃げるようにしてコンビニから退去した。

くそっ。最高に間抜けな気分だった。世界中からせせら笑われているような気分だった。

11

「やあ、リサコ。楽しんでる?」

翌日の正午前、ああでもないこうでもないと考えているうちに脳天から白煙が上がりはじめたので、たまらずにリサコにLINEした。

ウズベキスタンとの時差は四時間、つまり、現地は午前七時五十六分。まだ眠っているだろうか? あるいは朝食中? あるいは祈ってるとか? なんといっても、ウズベキスタンだ。ウズベキスタンでの午前七時五十六分に、人はどんな行動をとるものなのか、おれにはさっぱり見当がつかない。それに、リサコは旅の最中《さなか》だ。人はどうして旅に出るのだ? なにはともあれ、日々のルーティンから抜け出したいからだろう? あるいは、本当の自分に出会うために? はははは。

いや、笑っちゃいけない。まあ、ようするに、旅の最中なのだからたとえ目覚めているにしてもLINEは既読にならないだろうとおれは思っていたのだが、予想に反して、三分も経たないうちにリサコから返信が届いた。「楽しんでるよ～」そして、やたらアッパーなスタンプが三つ連続で。……あやしい。もしやこんな朝っぱらからキマってんのか？

「朝からパーティ？」

「ううん。部屋でぼんやりしてた。今朝は雪が降ってるの。とってもきれい」

「ん？　ウズベキスタンに雪なんか降るのか？」

「けっこう降るよ。ハワイかどっかと勘違いしてない？」

「おおいに勘違いしてるよ」

「さて……どうしたの？」

「どうにもこうにも」

「どうにもこうにも？」

「おれは探偵になんて向いてない」

「またしても尾行がバレたとか？」

「いや、そうじゃないんだが」

「はじめから話してよ」

「ひきこもりの息子を救ってほしいという依頼があった」

「救う？　何から？」

「自殺するんじゃないかって母親は心配で仕方がないんだ。あるいは、新宿の雑踏で日本刀を振り回すんじゃないかって。日本刀ではないが、以前、金物屋で包丁を物色している姿を見かけたらしい」

「ふうん……いくつの息子？」

「四十」

「四十か……たしかに、アブナい年頃ではあるよね」

「アブナい年頃……か」

「だって人生の勝ち負けがおおむね確定する年齢じゃない？」

「うーん、どうだろうな……まだまだ闘いは続くんじゃないか」

「それは決勝トーナメントに進んだ人。予選リーグで負けた人は脱落する。そして、つましく敗戦処理をするか……」

「……自棄《やけ》を起こす？」

「そうそう。自棄を起こす気力や体力はまだ残ってる」

「自棄を起こす気力と体力が残ってるなら、敗者復活だってできそうだが」

「できなくはないだろうけど、そっから敗者復活するのはものすごく大変……でしょ？」

「う……グサッとくるぜ」

「とくにあたしたちの島国では」

「ハワイやウズベキスタンでは違うのか？」

「だいぶ違うと思うけど……そこらへんの話は帰国してからゆっくりしよ。それで？」

「なんだっけ……」

「……その四十歳の息子だよ」

「おう、そうだった。昨夜は午後十時半ごろ家を出たのを、尾行した。電車に乗って二つ隣の駅で下車」

「うん、うん」

「コンビニに入った。しばし雑誌を立ち読み、それからドリンクを購入」

「それで……どこへ？」

「どこへも行かない」

「？？？　わざわざ電車に乗ってコンビニに行って雑誌を立ち読みしてジュースを買ってまた電車に乗って家に戻った？」

「そうじゃない」

「どういうこと？」

「そのコンビニで働いてるんだよ」

「な〜んだ。あははは」

「かつがれた気分だ」

「母親はコンビニで働いていることを知らないの？」

「知らないんだよ。一つ屋根の下で暮らしてるのに」

「へんなの」

「まったく、どうなってんだか」

「いずれにしても、コンビニで働いてるんだったら、ひきこもりじゃないじゃん」

「もしかしたら、働き始めたばかりなのかもしれないが」

「だとしても」

「だよな。治験のモニターもやってるし」

「母親が心配しすぎなんじゃない？　子離れできない母親w」

「ま、そういうことか」

「そんな気がするけど」

「しかし、ひとつ、不可解な行動もあって」

「どんな？」

「クソ寒い早朝に、プラットフォームのベンチに座り込んでいるんだ。火曜は三十分。今朝は一時間超え」

「なにもせずに？」

「まあ、スマフォはいじってるけど、それ以外はとくになにもせず……通過する電車をただ見送ってる」

「うーん……」

「実はおれ、懸念を完全には払拭できないでいるんだ」

「つまり、自殺の機会を窺ってるんじゃないかって？」

「ああ。変な言い方だけど、魔がさすのを待ってるんじゃないかって」

「ゴンちゃん……そんな経験があるの？」

「ないよ。ないけど、よくわかる」

「そう」

「まあ、おれの話はともかく」

「ねえ、その四十の息子ってずっと実家暮らしなの？」

「いや、実家に戻ってきたのは二年前だ」

「それまではどんな生活を？」

「かいつまめば、アパレル会社の生産管理部門で十年以上働いてた。パワハラにあい、逆上してパワハラ加害者の上司を殴って自主退職、その後、二度転職。二度とも長続きしなかった」

「けっこうまともなんだね」

「まとも？　上司を殴ってるんだぞ？」

「まともだよ。まっすぐじゃん、怒りの向かう先が」

「まあ……。たしかに、そういう意味では」

おれはさらに、彼に結婚歴はないこと、父親は二年前に急逝していること、母親とはほとんど口をきかないが、夫と娘とともに近所に住んでいる妹とは少しコミュニケーションがあること、などを教えた。

「ふうん。わかった。ちょっと考えてみる。何か思いついたら連絡するよ」

「サンキュー。旅の最中に悪いな」

「あとで賃金を請求します。じゃあね～」

数時間後、ここ数日の寝不足を補う午睡から目覚めるとリサコからこんなＬＩＮＥが届いていた。

「彼、誰かを待っているんじゃない？　気になってる女の人がいるとか？　あたし、高校の時に、別の高校の男子に朝のプラットフォームで待ち伏せされてたことがあったんだけど（結局、その男子に告られて、ちょっとのあいだ付き合ったｗｗｗ）、それ系じゃない？　彼の視線をよーく辿ってみて。グッドラック。タシュケントより愛を込めて」

ん？　愛を込めて？

12

金曜から日曜にかけての廣田和史は、近所のコンビニと新青梅《しんおうめ》街道沿いのブックオフとファミレスに出かけたくらいで、電車にも乗らず、散歩にも出かけず、注目に値するような動きはなかった。尾行に費やしたのはトータルでも二時間に満たない。それ以外の時間、おれは三好家のリビングルームでインターネットや読書をしていた。オンデマンドでアメリカのテレビドラマも観た。ドラマのプロットよりもニコール・キッドマンのセクシーさのほうが印象に残った。アポロンやムーサとさらに交流を深めた。土曜の夜は休みをもらって——という言い方も妙だが——路線バスに乗って吉祥寺に出て、しばらく足が遠のいていたバーで軽く飲んでから、何か月か前にカゲヤマと連れ立って行って深酒した接待飲食店を訪れ、またしても少々飲み過ぎ、少々ぼられた気もするが、深夜にタクシーで帰宅した。日曜の朝、八時半に目覚めると窓の外では雪が舞っていた。おれは雪が好きだ。雪が舞っているのを窓から眺めるのがすごく好きだ。もっと降れ、降りまくれと念じた。降りまくってこの世界を真っ白に塗りこめろ。しかし、午前九時には雪は止んでしまった。昼を過ぎた頃には雪が降った形跡さえほとんど消えていた。はかない夢を見たかのようだった。

そうして、週が明けた。火曜の夜に三好一家がオーストラリアから戻ってくる。つまり、おれの任務は今日を入れて残り二日だ。もっとも、任務が延長される可能性もないではないが……。終わりにしたい、というのが正直な気持ちだ。疲労が積み重なって体が重い。猫との暮らしは心癒されるが、しかし、他人の家で寝泊まりすることにはいいかげん飽き飽きしている――良かったのは最初の二、三日だけ。峯ビルの住み処はなにかと問題はあるものの、やはり、我が家だ……いや、正直なところ、我が家だという意識は希薄だったのだが、こうして一週間以上にわたって他人の家に寝泊まりしてみると、あの不完全なスペースこそが今や我が家なのだと思えるようになった。とっとと我が家に戻りたい。我が家に戻って、おれの猫と暮らしたい。すでに里親募集のサイトで当たりはつけてある。なにがペット禁止だ。時代錯誤も甚だしい規則に縛られるのは御免被る。

月曜の朝、廣田和史は六時四十八分に自宅を出て、西武柳沢駅を七時二分に発車する西武新宿行きの準急電車に乗り込み、二つ隣の武蔵関駅で下車し、降りたプラットフォームの後方に位置するベンチに座り込んだ。そして、スマフォをいじりはじめた――まるで、先週火曜の自分の行動を律儀になぞっているかのように。

おれもまた先週同様に自動販売機のかげから和史を見守った。リサコのアドヴァイスに従って、和史が顔を上げた時は、その視線がどこに向かうかに注意を……もちろん先週だって注意していたが、よりいっそうの注意を払った。しかし、和史の視線が向かう先はまちまちだった。おまけに、午前七時台の上り方面プラットフォームにはたくさんの通勤客が行き交っていた……いや、正確には、わらわらと人が集まってはやってくる電車に乗り込んで都心方面へと去っていった。和史が特定の誰かを監視していたり、あるいは特定の誰かを捜したりしているようには、見えなかった。

普通電車が二本と準急電車が一本、武蔵関駅に停車しては発車し、その合間には二本の急行電車が通過していった。おれは苛立ちはじめていた。なぜなのかは自分でもよくわからないのだが、膨れ上がってくる苛立ちを抑えることができなかった。こんな朝っぱらから不可解な行動をとる和史に対してはもちろん、御門違いとも言える仕事を依頼してきた廣田寿子に対しても、そして、そもそも自分の出る幕ではないと思っていたくせに依頼人の涙にほだされてまんまと引き受けてしまった自分にも苛立ちを覚えずにはいられなかった。

寄りかかっていた自動販売機でホットの缶コーヒーを買い、一口飲んだ。ぬるい上に不味かった。余計に苛立ちが増した。くそっ。おれはここでいったい何をしているのだ？　今この時は誰の人生の時なのだ？　おれはおれの人生の時を生きるべきではないのか？　苛立ったおれはそんなことまで考えはじめた。

「まもなく二番線に参りますのは西武新宿行き準急電車です」

そんなアナウンスがプラットフォームに流れた。スマフォから顔を上げた和史の視線がプラットフォームの端にまっすぐに伸びた。おれは和史の視線を辿った——。

そこではたと気づいた。電車を待つ人々の列から少しはみ出すようにして、プラットフォームの壁際に、ＯＬ風の女子がぽつねんと立っていることに。グレーのノーカラーコートを着て、紺と赤のタータンチェックのマフラーを巻き、黒髪おかっぱ頭の、白いマスクで口元を覆った、小柄な、背格好や横顔から推測するに、二十代半ばくらいの女子が。

和史の視線は明らかにその女子を捉えていた。いや、おれだってその女子から目が離せなくなっていた。なぜって、その女子の佇まいが、あまりにも、はかなげ……誰かが繋ぎ止めておかないと、別世界に引きずり込まれてしまいそうな、そんな雰囲気だったから。見ようによっては……まさに……。

プラットフォームの向こうに準急電車の姿が見えはじめた。と、くだんの女子が、頼りなげな足取りでするすると前方に移動しはじめた。列に並ぶ人たちが気づかないほど静かに、まるで線路に吸い込まれていくみたいに――。

あ！　――とおれが思うが早いか、和史は女子に向かってダッシュしていた。おれも和史のあとを追うようにダッシュした。

悲鳴が聞こえた。電車の耳障りなブレーキ音が響き渡った。

あたりが騒然となっていた――つんのめった女子を和史もまたつんのめりながら抱え込み、そんな二人をさらにおれがつんのめりながら不格好に抱え込み、三人は解けかけたチェーンのごとく少しずつ繋がりながらプラットフォームの縁に近いところに倒れ込んだのだった。

聞いたことのないブザーがプラットフォームに鳴り響いていた。誰かが駆け寄ってくる振動が体に伝わる。ちょっとしたヒーローになったかも――冷え冷えとした点字ブロックの凹凸を頬に感じながら、おれはそんなことすら考えていた。

13

女子は失神していた。和史は帽子が脱げていた。おれはどういうわけか片方の靴が脱げていた。駅員がやってきた。ほどなく救急隊員もやってきた。

のちに警察官から聞いた話では、女子は激しい目眩がして立っていられなくなったらしい。少なくとも——真偽はともかく——本人はそのように主張しているそうだ。

大事を取って女子は救急車で運ばれていった。廣田和史とおれは駅長室に呼ばれた。そうして座面の合皮がところどころ剝がれて中綿がのぞいた長椅子に並んで座らされ、かけつけた三人の私服警官からいくつかの質問を受けた。三人の刑事のうちの誰が質問者なのか、そして、誰がこの件における責任者なのかがちっとも明確でなく、すでに説明したことを後で別の刑事に再度説明しなくちゃならなかったり、刑事同士の連携がちぐはぐだったり、それどころか彼らの意見が食い違ったりで、ほとほとげんなりさせられたが……それはまた別の話。

おれたちの言い分は同じだった。女子が線路に飛び降りるように見えたのだ。その点についてはどの刑事も認めてくれた。しかし、おれたちがどんな人間で、なぜこの時間に武蔵関駅のプラットフォームにいたのかを納得してもらうためには、もう少し言葉を要さなければならなかった。

廣田和史の説明はおよそこんな感じ——自分はコンビニエンスストアで働いている。くだんの女子の姿を初めて見かけたのは二か月ほど前の早朝。コンビニの深夜番を終えて、帰宅するところだった。つまり、初見時は、相対式プラットフォームの反対側、下り方面のプラットフォームから彼女の姿を目にしたのだった。その時の、女子の佇まいや表情、つまり、ひどく意気阻喪《いきそそう》した様子が、気にかかって仕方がなかった。というのも、自分は勤めていた会社で上司からの執拗なパワハラと見て見ぬふりを続ける薄情な同僚や後輩たちに深く思い悩んだ経験があり、その頃は毎朝のように、線路に飛び降りてしまえば楽なのに、と考えていた。もしや、その女子もその時の自分と似たような心境なのではないかと想像した。それで、コンビニの深夜番が終わった後は、プラットフォームに女子が現れるのを待ち、現れたらその様子を見守っていた（現れない時もあった）。コンビニでのシフトが入っていない時でも、朝の散歩がてら武蔵関駅にやってきて、女子の様子を窺うことがあり、今日がまさにその日だった。いつも電車に乗り込むまでしか見ていない。それ以上、女子を追いかけたことはないし、追いかける気もない。話しかけてみようかと思ったことはあるが、どんなふうに切り出せばいいのかわからなかったし、話しかける勇気も出なかった。警察は和史の説明に納得した。おれもおおむね納得した。細部はいざ知らず、根本的なところで嘘を言ってるとは思えなかった。

おれは嘘をついた。そりゃそうだろう。自分は廣田和史の母親に雇われた探偵であり、今朝も尾行していました……なんて言えるはずがない。おれはこんなふうに言った――自分は広告制作会社と嘱託契約を結ぶコピーライターだが、副業で猫のシッターをやっている。この一週間、知人一家が北海道にスキー旅行に出ており、留守のあいだ彼らの猫の面倒を見るよう頼まれていた。自分は朝方の人間なので、今朝も早くに来て、猫に餌をやり、トイレを掃除し、ちょうど新宿区の自宅に戻るところだった、と。警察はおれにも和史にも身分証明書の提示を求めてきた。運転免許欠格中のおれは写真付きの身分証明書を持っていなかった。国民健康保険証を提示したが、これでは不十分だと言われ、嘱託契約を結ぶ広告制作会社の代表取締役であるカゲヤマに電話して身分を保証してもらわねばならなかった（カゲヤマの「ウチの契約ライターです」という一言がおれの身分を保証することになるのか、おれにはわからない、ただ警察の要請に従っただけだ）。そのようなやり取りを経て、警察はようやくおれの話を受け入れた。いやいや、冷静に考えれば、おれはべつに犯罪を犯したわけではないので……どころか、勘違いだったとはいえ（勘違いではないとおれは思っているが）、むしろ良き行いをしようとしたのだから、刑事たちもそれ以上の詮索はしなかった、というのが、正しい表現かもしれない。

警察から解放されて駅長室を出ると、おれは和史に声をかけた。コーヒーでも飲まないかと。特段の企みがあったわけではない。言ってみれば、直感だ。ここは和史と面と向かって話しておいたほうがいいだろうという直感だ。和史は、さも他人に興味なさげな、とろんとした目でおれを見てから、いいですよ、と言った。あなたとコーヒーなんか飲みたくないけど断るのが面倒なので受け入れた、そんなニュアンスが感じとれた。いずれにせよ、和史はおれが数日前にコンビニで週刊大衆の発売日を尋ねてきた男だとは気づいていない……らしい。

「いやあ、大変だったね」駅ビル内のカフェで向かい合うとおれは言った。今や、おれと廣田和史はちょっとした同志でもある……そうだろ？「あの子、大丈夫かなあ」

「……心配ですよね」真意の読み取りにくい表情を浮かべて、和史はつぶやくように言った。

「あれは、どう見ても……ねえ？」

「……ですよね」ぼそっと言ったきり、和史は黙り込んだ。しばしコーヒーカップの中をのぞき込んでいたが、ややあって、ふいに思い出したように訊いてきた。「えっと……権藤さんだっけ？」

「うん、権藤。あなたは……廣田さんだったよね？」

「ええ、廣田です」と和史はこたえ、ようやくおれの目に視点を定めた。「権藤さん、さっき、コピーライターをやってるって言ったよね？」

「ああ。業界、最底辺の」おれは、探偵業を始める前を思い出し、自嘲を混ぜ込みつつ言った。

「最底辺……といっても、けっこう儲かるんでしょ？」

「いやいや、とんでもない」おれはそう言いながら頭を巡らせた。和史は仕事の口を探しているのか？「ひょっとして……コピーライターの仕事に興味がある？」

「いや……そういうわけじゃないけど」と和史は言った。「ちょっと訊いてみただけ」

きっと興味はあるのだろう。しかし、今はこのトピックを深追いするような時ではない。おれは声音を微調整した。「廣田さんは、近くのコンビニで働いてるって言ってたね」

「いい歳して――そう言いたいんでしょ？」

「いや、そうじゃない」おれは和史のふて腐れつつも挑発するような物言いにいささか驚きながら言った。「おれも昔コンビニで働いてたことあるし……いろんな仕事で食いつないできたから、妙な親近感が湧いて」

「……そうなんだ」

「まあ、自慢できるようなことでもないけど」

「……権藤さん、いくつ？」

おれはこたえた。和史は「ふうん」と言った。表情がいくぶん有機的になっている気がした。

「若く見えるね」

「それはどうも」とおれは言い、相手にも歳を訊いた——もちろん知っているのだが。

「じつは、コンビニにはたまにしか入ってないんだ」廣田和史は年齢を明かした後で、自ら話し始めた。「そこの店主が高校時代の同級生で……人手が足りない時だけ呼ばれて、バイトしてる」

「へえ、そうなのか」おれはさりげなく促した。「他には何を?」

「うーん……治験のモニターをやったり……あと、アフィリエイトでも少し稼いでる」

「アフィリエイト?」

「格安SIMカードとかについてのサイトをやってて」

「そういうのってどのくらい稼げるものなの?」

「いちばん多い時は十万超えたけど……平均したら、三万くらいかな」

「へえ」とおれは言った。「それで、やっていける? つまり——」

「おれ」和史は知られたくない秘密を打ち明けるみたいに声を落とした。「実家暮らしなんだよ」

「ああ、なるほどね。それはラッキーだ」

「どうかな。考えようによってはアンラッキーかも」

「どうして?」

「だって、実家があるから頼っちゃうわけだし。子ども部屋おじさんって言葉知ってるでしょ?」

おれはうなずき、そして想像してみた——都内に一軒家の実家があって、おれが使っていた子ども部屋がそのまま残されていたら？　たいして考えるまでもない。ピンチに陥るたびにしれっと親元に戻っていただろう。あるいは、今だって――そう、まさに、和史のように――親元で暮らしているかもしれない。そして、親元での生活をずるずる続けているうちに……。しかし、現実には、おれの実家は東京にはない。もっと言えば、実家という概念がおれにはない。ないというか……変形している。なぜなら、父親はとっくに他界しているし、母親はべつの男と再婚しているし、彼らが暮らしているのはおれの生まれ育った横浜じゃなくて彼ら自身が生まれ育った新潟の長岡だ。そんな事実をベースにしておれは生きている。

そんなことを頭の隅に思い浮かべていると和史が再び打ち明けるように言った。「おれ、からっきし向いてないんだよね」

「向いてない？　なにに？」

「どう言えばいいんだろう？」自分の頭の中をのぞきこむかのように上目使いになって言った。

「この世の中に？　理不尽を受け入れて生きていくことに？」

「理不尽を受け入れる？」

「だって……」心なしか強い目つきになって和史は言った。「会社で働くってそういうことでしょ？」

「ぜんぶの会社がそうだとは思わないけど」

「おれはぜんぶで三つの会社で働いたけど」と和史は言った。「どこもそうだった」

「おれもぜんぶで四つの会社で働いたけど」とおれも言った。「どこもそうだったかもしれない」中には会社とはいえないものもあったが、こういうのは言葉の綾《あや》というものだ。厳格な事実が必要な時ではない。

廣田和史は対面してからはじめて頬をゆるめた。こちらが注意してないと見逃すほどのゆるめ方だったが。「おれより上手《うわて》なのか、権藤さんは」

おれも頬をゆるめた。相手にもはっきりとわかるように。「向き不向きってのはあるよな……たしかに、うん」

「権藤さん、独身？」

「そう」すぐに付け加えた。「バツ二」

「バツ二？」和史の頬のゆるみが目尻のほうまで広がった。「へえ、いろいろと経験してんだね」

「まあ、いろいろとあったね」と応じた。そして、なんとか話題をそっちのほう……おれの身辺ではなく、おれの職務のほうに持っていくべく尋ねた。「ご両親はご健在なの？」

「いや、親父は二年前に死んだ。今はおふくろと二人」

「お母さんも息子がそばにいて心強いんじゃない？」

「うーん……そんなふうには思ってないね」

「……そうかな？」

「おれのことで気を揉んでるよ」

「まあ……」おれは頭の中で言葉をより分けた。「お母さんの気持ちもわかるな」

「……だよね。おれもおふくろの立場だったら気が気じゃないかも」

「でも、いいんじゃないの」おれはつとめてさりげなく言った。「生き方なんてそれぞれなんだし。正解があるわけじゃないし」

「たしかに。正解はないよね」和史は呟くように言い、肩をすくめた。そして、その仕草が一連の話題のピリオドだったかのように、声のトーンをはっきり変えて、おもむろに続けた。「それはそうとさ……今度、自主映画の製作に関わるんだけど……共同脚本と撮影助手って立場で」

これには驚いた。まったく予期せぬ方向からテニスボールが飛んできた。ラケットに当てるのが精一杯だ。「え……そうなの？」

「じつは、おれ、大学の時はシネ研に入ってたくらい映画好きでさ。就職してからも、こっそり映画学校に通ったりしてたよ、いつか映画を撮るつもりで。いつのまにか諦めちゃってたんだけど……その映画学校時代の友人が、去年、久々に連絡してきて……映画を撮るから手伝ってくれって」

「へえ……撮影はいつから？」

「そいつ、四月から三か月間、リフレッシュ休暇とやらを取るらしくて……その間に撮影するんだ」和史は言い、すぐに畳み掛けるように続けた。「というか、権藤さん、おれが言いたいのはさ」

「……ん？」

「その映画に出てくれない？」

「はあ？」おれは思わず声を張り上げた。今度はドッジボールがおれの顔面めがけて飛んできた。

「あ、いや、ごめん……先走ってる、おれ」和史は自らを諫《いさ》めるように言い、ちろっと舌を出した。「おれにキャスティングの権限があるわけじゃないんだけど……その友人の監督に、こんど紹介してもいいかな？」

「いやいや。演技なんてしたことないから、おれ」

「素人のほうがむしろいいんだ」そう言う和史の目に光が宿っていることに、おれは気づかないではいられなかった。「ケン・ローチとかダルデンヌ兄弟とかって知ってる?」

「ああ。けっこう好きだよ」

「お」和史の目がさらに輝いた。「ひょっとして……権藤さんってシネフィルとか?」

「とんでもない。まあ、平均的な人よりは観てるかもしれないけど」

「いずれにせよ、話が早いね。彼らってよく素人を使うでしょ」

「いや……素人って言ったって、ちゃんと選ばれてるんだし――」

「最初っから思ってたんだよね……最初ってのは、さっきの駅長室でのことだけど。いいキャラしてるなあ、この人って。脚本に出てくるんだよ、冴えない中年の私立探偵が。その役が、まだ決まってなくて」

「は? ちょっと待って」おれは我が耳を疑った。というか、椅子からずり落ちそうになった。もしコーヒーを飲んでいるところだったら、吹いていただろう。「今なんて言った? 冴えない中年の探偵?」

「そう」和史は悪びれることもなく。「でも、誤解しないで。権藤さんが冴えない中年だって言ってるわけじゃなくて……冴えない中年の探偵役にばっちりはまりそうだってことをおれは言ってるわけ――」

「なあ、その二つはどう違うんだよ?」

和史は数秒考えてから、にやっと笑った。見ているこっちまでにやけてしまいそうな笑いだ。

「……紙一重だね」

14

おれと廣田和史はすっかり打ち解けてしまった。別れ際には、今度飲みに行こう、と言い合った。言い合うだけじゃなくて、ちゃっかりＬＩＮＥも交換した。不覚にも、というべきなのかもしれない。立場や職務を鑑《かんが》みれば、浅はかな行動でさえあるかもしれない。しかし、正直に言おう。おれと廣田和史はなかなかどうしてうまが合ってしまったのだ。

歩いて帰るという和史と改札口で握手して別れ、おれは下り電車で西武柳沢駅に戻って、コンビニに寄り、便せんと修正ペンを買って、三好家のマンションに戻った。そして、朝ご飯を手早く済ませると、廣田寿子宛に手紙をしたため始めた。久しぶりに手書きかつ縦書きでしたためる手紙だ。手書きにも縦書きにも慣れていないのと、書きながら趣意をじゃっかん変えたせいもあり、便せんを八枚も無駄にした。午後遅くに、宛名の当人からＬＩＮＥで「また出かけるみたいです」という連絡が入ったが、「承知しました」と返答するだけで、行動には移さなかった。いずれにしろ、調査対象者に面が割れているのだから、もはや尾行はできない。宵の口に手紙を書き終えると、今度はＰＣを起動して請求明細書を作成した。それらがすべて終わると、午後九時をとうに過ぎていた。猫たちもおれも腹ぺこだった。

その夜も三好家の和室で猫たちに癒されながら眠り、目覚めると猫たちに朝ご飯をやり、おれも朝ご飯を食べて、食器を洗い、猫のトイレを掃除し、ゴミ収集日だったのでゴミをまとめ、布団をたたみ、掃除機をかけた。そして、三好尚美宛の書き置きをダイニングテーブルに残し、依頼人の廣田寿子には、ひとまず事務所へ戻ること、そして、詳細については後日あらためて連絡する旨をＬＩＮＥで送り、昼過ぎには荒木町の住み処兼事務所に帰り着いた。大急ぎで身支度を済ませてから、前日作成した請求明細書をプリントアウトし、書いた手紙とともに封筒に入れて、依頼人の住所氏名を記し、近所の郵便局に行って、速達で投函した。

その足で、東京駅へ行き、母親に会うために、上越新幹線に乗った。

約二時間後、雪がひらひら舞う中をおれは上機嫌で歩いていた。なぜっておれは雪が好きだから。雪が降っているのを窓から眺めるのも、雪が降っている中を歩くのも、大好きなのだ。

15

カゲヤマやリサコと顔を合わせたのは週末になってからだった。場所はいつものスペイン・バル〈テルモ・サラ〉。

「なるほどね」プラットフォームでの顚末とその後の和史とのやり取りについて話し終えると、カゲヤマは言った。

「あたしの勘、すごくない？」前夜にウズベキスタンから帰国したばかりのリサコはそう言った。

「もちろん、報酬が出るのよね？」

「それについては、後ほどね」おれはリサコを宥《なだ》めるように言った。たしかにリサコの助言は大いに役立ったが、この手の助言にいちいち報酬が発生するとなると……零細探偵事務所としては悩ましい。だいいち、今回の助言の対価はいったいいくらが相応しいのだろう?

「それで」ペリエを口に含み、カゲヤマは話を先に進めた。「依頼人にはどんなふうに説明したの?」

「迷ったけど、結局、事実を書いたよ」おれは赤のビオワインを飲みながら。

「書いた?」リサコはカヴァを飲みながら。

「ああ、手紙を書いたんだ。目の前で泣かれても困るから。涙もろい依頼人なんだよ」

「歳を取ると……」なにやら感慨深げにリサコ。「程度の差こそあれ、みんなそうなるのかもしれない」

「まあね」おれは頭の片隅で、なんだかリサコらしくないセリフだな、と思いながらも同意した。おれ自身、母親が号泣するのを目の当たりにしたばかりだ。

「事実を書いたっていうのは」カゲヤマが話を戻した。「ゴンちゃんと和史の間に個人的な関係ができたことも?」

「ああ」おれはうなずいた。「ぼくらはうまが合うようです。今度飲みに行くことになりそうです。どうやら就職する気はないようですが、お金を稼ぐ気はありますし、いずれにせよ、お母さんの懸念はまったくの杞憂です。エラそうなことを言うようですが、人それぞれにそれぞれの生き方があるんじゃないでしょうか。ぼくがお母さんに雇われていた探偵だってことは伏せておいてください。いずれ明かさなくちゃいけない時がくるかもしれませんが——まあ、だいたいそんなようなことを書いた」

「仲良くなってしまえば、言い様もあるし」とリサコ。

「ああ」とおれ。「そう思って」

「それで、依頼人からはなんて？」とカゲヤマはさらに訊く。

おれはその日届いたばかりの依頼人からの手紙を上着のポケットから取り出した。「読むか？」

「かいつまんで話してよ」カゲヤマは封筒に一瞥をくれながらもそう言った。

リサコは何も言わずにおれの手から手紙を抜き取り、さっそく読み始めた。

「かいつまんで言うなら」おれはカゲヤマに向かって話した。「不安ではあるけど、安心はしたって。不安なのは、息子に就職する気がないようだから。安心したのは、しかしながら、取り返しのつかないことをおかす可能性は限りなく低いということがわかったから」

「なるほど」カゲヤマはそう言って、いやに厳《いか》めしくうなずいた。「映画については？」

「映画については書かなかった。余計な心配の種になりかねないから……だろ？」

「ま、そうだね」とカゲヤマ。「ある種の人からすれば、四十歳にもなって自主映画を撮るなんて——」

「うわっ」廣田寿子からの手紙を読んでいたリサコがだしぬけに声を張り上げた。「新事実が」

「新事実？」とカゲヤマ。

「なんと、なんと」とリサコ。「この親子、血は繋がってないんだって」

「え？　ほんとに？」

「そうなんだよ」おれはこたえた。「この手紙でおれもはじめて知った。寿子は和史の父親の後妻なんだ。和史の実の母親は、和史を出産してまもなく亡くなっている」

「和史はそれを知らないんだ？」

「いや、知ってるんだ」とおれは言った。

「妹さんも知ってる」とリサコは手紙を目で追いながら言った。「腹違いのきょうだいだってちゃんと知ってる」

「依頼人はどうしてそれを先に言わない？」とカゲヤマ。

「それを言っちゃうと、その事実に引っぱられて、肝心なことが見えなくなるから――そんなふうに手紙には書いてある」おれは説明を続けた。「つまり、寿子は自分が産んだつもりで和史を幼い頃から育ててきたし、今だってそのつもりで接しているんだ」

「しかし、和史だって」とカゲヤマ。「ゴンちゃんに打ち明けるチャンスはあったんじゃないか？」

「うん、間違いなくあったね。それは本人に訊いてみないとわからないけど……和史のほうも寿子こそ実の母親だと思い込んで、生きてきたのかもしれない」

「たしかに……実家でひきこもるとか、母親と口をきかないとかも含めて、ほんとの母親と息子みたいだ」

「ああ、おれもそう思う」

と、リサコが洟《はな》をすすり始めたのにおれは気づいた。「あれ？　どうした？」

「え……泣いてるの？」とカゲヤマも。

「だって……これ」リサコはすすり泣きの合間にどうにか言葉を並べた。「……感動的。この手紙……とっても感動的よ」

「そうか？」たしかに殊勝な手紙を受け取ったとは思っていたが、それが泣くほどに感動的だとは思っていなかった。

「すごいよ……」とリサコはすすり泣きながら。「愛……親子の愛……」

「まあ……血の繋がりはないんだが」

「なのに……親子……親子よりもすごいの……」

リサコのすすり泣きはいっそう高まった。なにかを言いかけるが、それは言葉になる前に嗚咽へと変わった。そして、席を立つと、洗面所のほうに駆けていった。

その様子を呆然と見送ってから、おれはカゲヤマに言った。「リサコ、なにかあったのかな？」

「そういえば」とカゲヤマは言った。「今日は最初から少し変だった」

「そうなんだよ」リサコの様子がいつもと違うことにはおれも気づいていた。「ウズベキスタンでなにかあったのかな？」

「かもね」

おれたちは顔を見合わせた。

カゲヤマは神妙にうなずき、しかし本人がいないところでその話を続けても意味がないと思ったのだろう、話題を変えた。変えたというか、振り出しに戻した。そもそもの振り出しに近いところに。「しかし、調査対象者と友達になるとは……ゴンちゃんの探偵業ってのは型破りだな。ぜんぜん探偵らしくなくて――」

「おれは探偵になんて向いてないんだ」

「いやいや、べつに貶《けな》してるわけじゃないんだ――」

「貶したきゃ貶してもいいぜ」おれはカゲヤマのフォローを遮って、しみじみと繰り返した。

「どうせ、おれは探偵になんて向いてないんだ」

第四話

1

「そろそろ閉店……つーことだよね？」

カウンターの中で微笑みを絶やさないママにおれは尋ねた。すでに酔ってはいたものの、じゃっかんのきまり悪さを感じ取れるくらいにはまともだった。

立て看板と館名板のデザインに惹かれて一時間ほど前にふらりと入った時には、おれのほかに八名もいた酔客が、一人また一人と退去し、そんな客の動向を追うように三名いたホステスも一人また一人と姿を消し、午後十一時を十数分過ぎた今〈ラウンジバー 沈丁花〉の店内にいるのは一見客の旅人と和服姿の女店主だけになっていた。水曜の夜とはいえ、客の引きが早い。もっとも、ウィキペディアによると、このまちの人口は八万ほどだし、真冬……つまり、どう考えても観光シーズンではないのだから、そんなものなのかもしれない。

「看板は下ろさせてもらいますけど」ママは微笑を一段階深めて言った。「せっかく東京から来られてるんだから、どうぞゆっくりしてらして」

例えば京都とかなら発言者の真意を計りかねるところだが、ここは秋田だ。まちこそ違えど秋田県出身の女性と付き合ったこともある。今も付き合いが続いている男の友人もいる。言葉通りに受け取ったほうがいいだろう。というか、受け取るのがむしろマナーだ。

おれは「では、お言葉に甘えて」と言い、あらたにグレンリベットのトワイスアップを注文した。ママにも好きなものを飲むようにすすめた。この手の接待飲食店は、とりわけ地方都市では時間制飲み放題というシステムを採用するところが多いはずだが、〈ラウンジバー 沈丁花〉はバーカウンターが充実しており、蒸留酒の種類も豊富で、ショットバーとしても利用できると最初に聞いていた。それが店名に「バー」が入っているゆえんだろう。

飲み物をこしらえるママをあらためて観察した。青磁色の小紋の着物、銀色の帯に朱色の帯締め。そして、否応なく醸し出されるエレガントな雰囲気に自ら茶々を入れるかのように、バックル型の帯留めにはキッチュなネズミがあしらわれている。ネズミはママの干支なのか、それとも今年が子年だからか。シニョンにまとめた黒髪は、耳横の後れ毛の量が絶妙で、あと少し多ければ、寝起きに慌ててまとめたように見えたかもしれない。小さめの丸顔とぱっちりした大きな目は、飼い主の元にやってきたばかりのアビシニアンを連想させた。接待飲食店を仕切る女店主ならではの貫禄がそこかしこから滲み出ているものの、さほど歳はいってない。まだ三十代半ばだろう。多めに見積もっても四十歳を越えているようには見えない。

「ひょっとして」ママは、さっきまで軽口を叩いていたおれがむっつり黙ったのを勘違いしてか、飲み物を作る手を止めて、やにわに問うてきた。「わたしじゃ、物足りなかったかしら?」

「いやいや、物足りないだなんてとんでもない」おれは慌てて否定した。「光栄です」

光栄、というのは、いかにも酔った人間の過言だが、いずれにしても、おれはこんなシチュエーションになったことをひそかに喜んでいた。大勢でわいわい騒ぐのが楽しい時もあるが、今夜のおれは誰かと——できれば、美しいオトナの女性と——さしで静かに語り合いたい気分だった。

ではいただきます、と言ってグラスを両手で掲げ、ペルノの水割りに口をつけるとママは言った。「やっぱり、東京の人は違いますね」

「え？　……そうかな？」

「なんていったらいいのかしら……品があります」

「いや、そんなことはないでしょ」おれは心の底から言った。「猫を被るのが上手いだけだよ、東京の人は」

「権藤さんも猫を被ってらっしゃる？」

「おれのは野良猫だけどね」おれが言うと、ママはクフッと息を漏らして笑った。「でも、おれ、もともと東京じゃないし」

「あら、そうなの？　どちら？」

「生まれ育ったのは横浜」そう言ってからすぐに言い直した。「横浜のはずれ」

ママはもともと丸い目をさらに丸めた。「横浜……わたし住んでたことあります……ずいぶん昔だけど」

「へえ……でも、出身はこのへんなんだよね？」

「ううん」ママは小ぶりの唇を一文字に結んで首を横に振った。「三重県です。三重の四日市《よっかいち》」

「……そうなんだ」少なからず驚いた。おれの頭の中では秋田県に三重県人はどうにもそぐわない。熱帯のジャングルにペンギンがそぐわないように。「いつから横浜に?」

「高校を卒業してすぐ。本当は東京に住むつもりだったんだけど……横浜って港が近いじゃない? わたしも港の近くで育ったから、妙に落ち着いたの」

「なるほど」と話を合わせた。おれが育った横浜は、港とも海ともロマンスともあまり縁のないところだが。「進学で?」

ママは再び首を横に振った。必要以上に大きく、強く。「高校を卒業するのもやっとだったから、わたし。卒業式の翌日に家出したの。置き手紙一つで」

「へえ〜。まじっすか」おれは思わず身を乗り出していた。「それで?」

ママは、おれの目をのぞき込んだ。ふらりと現れた一見客をあらためて品定めするみたいに。品定めには三秒ほどかかった。ママは微笑を浮かべたまま声を低めて言った。「わたしの話なんて、つまんないですよ」

「いや、聞かせてほしいな」遠慮というものを知らない一見客はかまわず先を促した。「よかったら、もう一杯どうぞ」

「お上手なのね、浜っ子は」

「おれにももう一杯」浜っ子という認識が希薄なおれはママの揶揄《やゆ》から身をかわして言った。

「それで?」

ママは三重県四日市で生まれた。名前は椎名彩乃《しいなあやの》。源氏名ではなく本名だそうだ。中学二年の春に両親が離婚した。母親は三つ下の妹を連れて別のまちへ越していった。自分は父親のもとに残ることになった。父親は港湾労働者で、ふだんは控えめで心優しい人間だったが、酒を飲むと豹変して、横暴になった。そんな酒癖の悪さが離婚の原因の一つでもあったのだが、離婚を機に父はいっそう酒に溺れるようになる。酩酊した父に暴力を振るわれたことは一度や二度じゃない。近所の人に通報されて警察沙汰になったこともある。高校時代は、ファストフード店で毎日のようにアルバイトをして、月々の小遣いを稼ぎつつ、卒業後に自活するためのお金も貯めた。卒業式の翌朝に家を出て、お金を節約するために普通列車を乗り継いで横浜まで行った。連帯保証人が不要だった、黄金町《こがねちょう》近くの安アパートで念願の一人暮らしを始めた。最初に働いたのはスーパーマーケットだったが、高校時代に倹約していた反動もあってか、たちまち浪費癖が身についてしまい、半年そこそこで貯金を使い果たして、逼迫《ひっぱく》した。仕方なく、関内《かんない》のキャバクラでも働き始めた。あくまでもクレジットカード会社への支払いを終えるまでの臨時バイトのつもりだったが、昼夜働くのは思いのほか辛く、いつのまにかキャバクラでの仕事がメインになってしまった。約一年後、客を装っていたスカウトマンに声をかけられ、条件の良かった渋谷の高級店で働くようになった。それに伴い、三軒茶屋のワンルームマンションに引っ越した。しかし、渋谷のお店にはうまく馴染めず、半年ほどで池袋のお店に移った。その池袋のお店に足繁く通っていたのが現在の旦那で、このまちで建設業を営んでいる二代目の若社長だった。さっそく同伴したり、アフターでも飲みに行ったりするようになった。なんだかんだと理由を託《かこつ》けては月に一度は東京までやってきて二流の接待飲食店で見得を切る、いわば片田舎のチャラ男だったので、敬遠かつ警戒していたが、ついに根負けして肌を合わせる関係になってしまった。ほどなく妊娠した。堕ろすように言われると思ったし、自分でもそのつもりでいたが、意外なことに、大真面目に求婚された。その求婚を勢いで受けて、このまちにやってきた。その時お腹にいた男の子が今や十八歳で、合格すれば春から大学生になる。次男も春から高校生になる。〈ラウンジバー 沈丁花〉は旦那の強い勧めと出資で始めた。看板や内装のデザインは旦那によるもの。ショットバーとして利用できるようにしたのも旦那のアイデアだ。店にはいちばん好きな花の名をつけた。こんどの六月に開店八周年を迎える。家を出て以来、四日市に帰省したのは父親の葬儀の時だけ。父親は医師の勧告にそむいて飲み続けたあげく、肝硬変で死んだ。再婚して津市《つ》で暮らす母はまずまず幸せにやっているようだ。妹は鈴鹿《すずか》市にあるフレンチレストランでパティシエをしている。妻子持ちのシェフと不倫をしているようで、それが姉としては気がかりだ。いずれにせよ、最近になってようやく普通の姉妹みたいに何でも話せるようになった——そんな話だった。

「へえ〜。すごいなあ」おれはありきたりの感想を言った。ありきたりというか、ボキャブラリーに乏しい感想を。「人は見かけによらず」

「そうかしら？」

「そんなふうには見えないよ、ママは」

「お城の中でぬくぬくと育ったように見えます？」

「まあ……お城で育ったようには見えないにしても……置き手紙一つで家出して、東へ北へ流れてきたようには見えない」

「猫を被ってるんですよ。わたしのは……そうね……スコティッシュ・フォールドにしておこうかしら」ママはそう言って、耳たぶの上方をすらりとした指先で折り曲げ、片目をきゅっと瞑《つぶ》ってみせた。心そそられるチャーミングな仕草だった。だがしかし、その仕草の向こうには、おのが人生に対する矜持《きょうじ》が透けて見えた。ある種の凄みさえおれは感じた。ママは微笑に戻ると話題を転じた。「権藤さんはライターをされてるっておっしゃってましたよね？　今日は病院の取材で来られたと」

「ええ、まあね」とおれは言った。「病院の取材というか、とある医療系大学の卒業生を取材しに」

「そうやって、いつも日本中を飛び回っていらっしゃるの？」

「いやいや、ふだんは関東が中心だけど……」そうして、一拍ためらってからおれは言い足した──ママの前ではなぜか、隠し事ができない気がした。「じつは、ライターは本業じゃないんだ」

「本業は……何をされてるんです？」

「まあ……向いてるとは思えないんだけど」

「向いてるとは思えない？」ママはほのかに蠱惑的な表情を浮かべながらおれの目をのぞき込んだ。

「いや……その……うちのワンマン社長がさ……ま、腐れ縁のダチなんだけど……」そんな自分の、弁解がましい応答に、がぜん嫌気がさして、おれは白状した。「探偵なんだよ」

「え？」ママの大きな丸い目にふっと翳《かげ》が差した……ようにおれには見えた……いや、後付けかもしれない。「今……なんと？」

「探偵なんだよ、おれ。私立探偵」

「た……探偵⁉」

いささか大仰に驚くママを尻目に、おれは上着の内ポケットから名刺入れを取り出し、その中から権藤探偵事務所の名刺を抜き出して——というのも、この日はライターの名刺を多めに用意してきたので——カウンター越しにママに差し出した。

ママは恭しく両手で受け取り、名刺に記された文字を網膜に焼き付けるかのように凝視した。そして、名刺を裏返し、プッと吹いたが、吹くだけでとくに何も言わなかった。ママのそんなところにもおれは好感を持った。

「探偵さんにお会いするのは……初めてだわ」ややあって、ママは口を開いた。「今お話ししたように、わたし、この業界、長いんですよ。それはもう、いろんな職業の方にお目にかかったけど……探偵さんには一度も会っていない」

「探偵っていうのは、ふつう、身分を明かさないんじゃないかな」

「さあ、どうでしょうね」ママは小首を傾げた。同意しかねるということだろう。「刑事、裁判官、刑務官、大物議員の秘書、右翼の黒幕、有名人のマネージャー、売人、元囚人……最初はみなさん黙っているけど、しまいには白状する……わたしの経験上はそうね」

そんな話をしながらもママの目に、やましさのような、悔恨のような、いわく言い難いが、しいて言うなら陰湿かつ不穏なものが、波紋のように静かに広がるのを、おれは感じ取っていた。

「へえ」とおれは場を繋ぐために言った。「そんなもんかな」

ママはおれから視線を外した。そうして、誰もいない空間を遠い目で見つめ、独りごつように、ぼそっと繰り返した。「そっか……探偵さんなのか……」

「もしも」おれはさりげなく言った。「お力になれることがあれば、何なりと」

「ええ……そうね」

　どうとでもとれそうな、そんな返事をしたきり、ママは再び黙り込んだ。目に兆《きざ》した変化はいまや表情全体に及んでいた。おれが探偵だと明かしてからほんの二分かそこらのあいだに、ママは十歳老け、二度の修羅場をかいくぐったかのようだ。

「あの……」ようやくママが話を再開させた。「どんなことでも調べていただけるの？」

「どんなことでもってわけにはいかないけど……まあ、だいたいのことは」

「……」

「……」

「あるといえば、あるんです」ママは声のトーンをマイナー調にして言った。微笑はいつのまにか消えていた。それは決して取り戻せない若さみたいにどこかに消え失せてしまった。「気がかりなことが」

「……気がかりなこと？」

「もう二十年近くも前のことなのに……」

「いまだ心に引っかかってる？」

「……そうなの」ママはこっくりと、白い顎先を半襟に触れさせるほどに深くうなずいた。

「時々夢にも出てくる」

　おれは、その時の状態で可能な限り神妙な表情を浮かべながら、うなずいた。「二十年近く前ということは、横浜か東京に住んでた頃の話――」

「わたし」とママはおれを遮って言った。「とても幸せなのよ、今」

「ええ」

「高校時代や東京で暮らしていた時を思えば、信じられないくらいに幸せなの。時には後ろめたさを覚えるくらいに」

「ええ」

「でもね、彼女のことを思い出すたびに、心が抉《えぐ》られる」

「……彼女？」

ママは今度は小さく素早くうなずいた。「彼女は今も東京にいるはず。彼女が東京以外のまちで暮らしているとは思えない」

「ふむ」とおれも小さく素早くうなずき、言い添えた。「しかし、東京は広い」

「そうよね」

「そして、おびただしい数の人間が住んでいる」

ママは再びおれの背後の虚空に視線を泳がした。

おれは待った。ママに必要とされるのを。誰かに必要とされるのは悪い気分じゃない。いや、悪い気分どころか、そのためにおれは生きているのかもしれない。

「ねえ、探偵さん」ママは視線を戻すと、おれをそう呼んだ。「明日は何時の新幹線で東京に戻られるの？」

「取材が昼すぎには終わるはずなんで」ライターでもあるおれは言った。「午後一の新幹線に乗れるかな」

「わかりました」

「えっと……」

「探偵さん」ママは再びおれをそう呼んだ。おれはもはやライターではない。向いてはいないが探偵だ。「秘密は守ってくださいますよね？」

「もちろん」

「絶対に他言はしないで」

「もちろんだけど」おれは繰り返した。「なにをですか？」

「それは……ここでは」

「……え？」〈ここでは〉の後に省略された言葉を頭の中で補ってもなお疑問が残った。

「明日」ママは、みょうにち、と発音した。「探偵さんがまちを離れるまでに連絡いたします」

そう言ってママはしずしずと頭《こうべ》を垂れた。

おれは何も言い返せないままに、頭を垂れているママの額の生え際を見つめた。

数秒後に頭を上げたママはトレードマークの微笑を取り戻していた。そうして「ごめんなさい」と言った。「お店、やっぱり閉めさせてもらうわね」

2

翌朝。

ホテルをチェックアウトしてから、昨日も赴《おもむ》いた秋田県内でも有数の総合病院での取材が始まるまでの間、偶然見つけたレトロな喫茶店でレトロなウィンナーコーヒーを飲みながらレトロな週刊誌に目を通していると、スマートフォンが場違いな電子音を発した。カゲヤマオサム、と待ち受け画面に出ている。

「ゴンちゃん、おつかれ」

「うっす、ワンマン社長」

「そっちの空模様はどんなかんじ？」

「寒いし雪も積もってるけど、昨日も今日も晴天だ」

「そりゃあ……残念だね」

「吹雪に嬲《なぶ》られる覚悟で来たんだけどな」

「そのつもりでぼくも送り出したんだけど」

「ありがとう。恩に着るぜ」

「取材は順調？」

「問題ないよ」

「カメラマンの仕事ぶりはどう？　初めて頼んだ人なんだけど」

「問題ないよ」こんなことでカゲヤマが電話してくるわけはない。用件が別にあることは明白だ。

「どうしたんだ？」

「うん……ひょっとして……リサコから連絡来てないかなと思って」

「来てないな」おれは即答した。「どうした？」

「ゆうべ〈シオン〉に行ったんだけど」とカゲヤマ。「無期限で休んでるとか」

「無期限？」

「次、いつ出てくるのかまったくわからないって、ムラタが言ってた」

「つまり、ムラタも詳しい事情は知らないってことか？」ちなみに、ムラタは〈シオン〉の雇われ店長で、元幕下力士の強面だが、いつのまにかおれたちに呼び捨てにされている。

「知らないな、あの調子じゃ」

「リサコには連絡してみた？」

「電話したけど繋がらない。ＬＩＮＥもいっこうに既読にならない」

「まじか」

「べつにいいんだけどね、ＬＩＮＥくらい既読にならなくても」

「しかし、この間会った時も少し変だった」

「そうそう」とカゲヤマ。「だから余計に気になって。もしかしたらゴンちゃんのところには連絡が来てるんじゃないかと思ったんだ」

「なるほど。おれからも連絡してみるよ」

「してみて」とカゲヤマは言い、口調を変えた。「そんじゃあ、本日の取材もよろしく」

「そうだ、カゲヤマ」おれは言った。言わずにおこうかと思ったがおれは口が軽い。とりわけカゲヤマが相手となると。「もしかしたら、依頼が入るかもしれない」

「……探偵のほうの？」

「そう。ゆうべ行ったラウンジバーのママから」

「ふうん」

「かなりの美人だ」

「お」とカゲヤマ。「しいて喩《たと》えるなら？」

おれはママの顔を脳裏に思い浮かべて言った。「あと二回修羅場をくぐり抜けた石原さとみ」

「ははは」とカゲヤマは笑う。「で、あと二回修羅場をくぐり抜けた石原さとみからどんな依頼が？」

「それが……よくわからないんだ」

「よくわからない？」

「おれが探偵だって言ったら、顔色が変わり始めて」

「ふむふむ」

「他言はしないでくれって」

「なにを？」

「それを言わないんだよ」

「言わないって……言わなきゃ動けないじゃん」

「あとで連絡が来る……はず」

「なんだか、あやしげな匂いがするね」

「ああ、なんだかな。今度ばかりは」前回の依頼――ひきこもりの息子を助けてほしい――を思い出しながらおれは言った。

「きっとプロデューサーも喜ぶよ」

「プロデューサー？」おれはきょとんとしながら言った。「なにを言ってんだ？」

「いや……なんでもない」カゲヤマは言った。「こっちの話」

「こっちの話？」

「ぼくの想像の中の話」

「いったいなにを想像してんだよ？」

3

言語聴覚士と臨床検査技師に対する取材を滞りなく終えて、仙台から車を運転して来たというそつがないカメラマンとも別れ、おれはJR駅に向かった。道すがら乗換案内アプリで検索すると、十五分後に東京行きの新幹線が出ることになっていた。その新幹線を逃せば、次は約一時間後だ。いまだリサコへ送ったLINEメッセージは既読にならず、沈丁花のママからも連絡は入っていなかった。リサコのほうはほんの三時間ほど前に送ったばかりなのでともかく、沈丁花のママから連絡が来ていないことは少なからず気がかりだった。こちらから連絡しようにも、もらった名刺／ショップカードにはママの名前のほかに店の住所と固定電話の番号しか記されていない。まあでも——とおれは雪道を歩きながら思い巡らせた。ママもああ見えてけっこう酩酊していたのかもしれない。そして、酩酊した時によくあるように、今さらいかんともし難い過去の出来事が今でもなんとか修正を施せる現在進行形の出来事であるかのように鮮やかに蘇り、その上そこに居合わせたイケメンの辣腕《らつわん》ライターがじつは私立探偵なのだと白状したものだから勢いに任せてあんなふうに思わせぶりなことを言ってみたのかもしれない。しかし、一夜明けて酩酊から覚めて冷静に考えるに、やはりそれは今さらどうしようもない出来事なのだ、いまだ心を苛《さいな》む出来事ではあるがすでに過去の世界に属するもので、自分にできることといったら意思の力で忘却の彼方に葬り去ることのみ——そんなふうにママは思い直したのではないか。誰しもが今を生きなくちゃならない。どんなに由々しき出来事であってもいつまでもそれを引きずっているわけにはいかない。変えられるのは未来であって過去ではない。わかったか、権藤研作。涙を拭って前を向くのだ。そのようにおれもまた自分に言い聞かせて、和服美人にまつわる気がかりと甘くて苦《にが》くて苦《くる》しい過去へのノスタルジーを道端の薄汚れた雪の中に放り投げつつ、JR駅に到着した。そうして、売店で特選幕の内弁当とヱビスの缶ビールを二本とイカそうめんを買って振り向くと、そこに修羅場を二回くぐり抜けた石原さとみが立っていた。というか、冗談抜きに最初の数秒は沈丁花のママだと気がつかなかった。あまりに昨晩とは雰囲気が違い過ぎて。昨晩エレガントに和服をまとっていた椎名彩乃は、デニムのバギーパンツに黒のタートルネックセーター、それにファーの付いたカーキ色のダウンジャケット、そして足にはビーンブーツ、という装いでそこに立っていた。

「昨晩はありがとうございました」椎名彩乃は昼間仕様の微笑を浮かべて言った。

「こちらこそ、楽しい時間を過ごさせてもらいました」とおれも昼間仕様の口ぶりになって言った。

「この新幹線にお乗りになるのね？」ママは電光掲示板にちらりと目をやってから、付加疑問文で言った。発車まであと六分ほどだった。

「いや、べつに急いでるわけじゃないので」おれは、カジュアルな美しさを漂わせる椎名彩乃と、コーヒーか紅茶、もしくはビールかウイスキーでも飲むつもりで、というか、飲む気満々で、そう言った。

「お乗りになって」しかし、椎名彩乃はあっさりと言った。「わたしもすぐに行かなくちゃいけないの」

「え……」

「次男坊が体育の時間にケガをしたみたいで」沈丁花のママは息子を愛するママの顔になって言った。「病院に迎えにくるよう、先ほど先生から電話が」

「そうなんですか」おれは言った。嘘かも。嘘だな。そう思いながらも言い足した。「それは大変だ」

「これ」ママは右手にぶら下げていた和菓子屋の紙袋をおれに差し出しながら言った。「お酒飲みの方にも好評のせんべいです」

おれは、予想外の展開についていくので、やっとだった。「あれま。そんな……なんか……ありがとうございます」

「中に手紙が入っていますので」椎名彩乃はさりげなさを装いながら言った。「新幹線の中でお読みになってね」

おれは紙袋の口を広げて中をのぞき見た。大きさの違う、しかしどちらも定形の白封筒が二通入っているのが見えた。その片方に、権藤研作様、という字が見えた。

「メールアドレスを記しておきました」椎名彩乃はさらに言った。「この件に関する連絡は今後メールにてお願いしたいの」

「はあ……」

「くれぐれも他言はなさらないで」椎名彩乃はそこで、すっと頭を下げた。「どうかお願いします」

「ええ、それは、もちろん」

「では、探偵さん」頭を上げると椎名彩乃はそう言って、あらためて微笑んだ。「またいつかね。お気をつけて」

そうして椎名彩乃は、修羅場をかいくぐった大人の女性にしか醸し出せない美しさを微笑の奥に滲ませると、さっときびすを返して、歩き去っていった。

おれは呆然とその後ろ姿を見送った。

4

ごめんなさい。まずは謝らなければなりません。昨晩、わたし、探偵さんに嘘をつきました。もし……話し始めた時はそうだったように、あれが場末の飲み屋での小話……浅はかな女将が二度と現れない一見さんに披露する小話であるなら、それはたわいない嘘で済んだかもしれません。でも、わたしが探偵さんに人捜しをお願いするのなら、それはたわいない嘘では済まされない。勇気を持って、恥を忍んで、本当のことを話さなければ——そう思ってこの手紙を書くことにいたしました。

わたし、昨夜、横浜のお店で客を装ったスカウトマンに声をかけられて渋谷のお店に移った、というようなことを言いましたよね。まるで、キャバクラからべつのキャバクラに渡り歩いたみたいに。でも、違うの。渋谷のお店、というのは風俗店なんです。風俗店……すごく言いにくいことなんですが……ファッションヘルスのお店。詳しい説明はしなくてもおわかりですよね？探偵さんがご存じかどうかわからないので、一つだけ付け加えておくと……本番行為は禁止、ということに表向きはなっていますし、法律上だって許されておりませんが、お客から個人的に別料金をもらってサービスを提供している女の子はたくさんいました。店長をはじめ男子スタッフもそのことは知っていましたし、客にもそれとなく匂わせていたようです。もちろん、よその店のことは知りません。わたしが知っているのはわたしが働いていた店のことだけです。これ以上は訊かないでください。このことは誰にも話していません。主人にも話していません。なんでも包み隠さず話せる仲になった妹にも。自分自身にさえ、あんなことはなかった、あれはぜんぶ悪夢の中の出来事だった、そう言い聞かせたいくらいです。もし、あのこ、と、がなければ、そんなふうに言い聞かせることもできたかもしれません。あのことさえなければ、忘れてしまえたかもしれません。

あのことというのは……わたし、仲の良い女の子がいたんです。ああいうお店というのは、女の子同士で仲良くなることって案外と珍しいみたいなの。わたしがあそこで働いていたのは半年ほどのことですが、そういう話は複数の人から聞きましたので、本当なんだと思います。多かれ少なかれ、みんな、恥の意識……というんでしょうか、あるいは、道徳に反する仕事をしているって罪の意識があると思うんです。ただのビジネス——そういくら開き直っても、心の底に澱《よど》みは残ります。だから、仕事が終わったら一刻も早くその場を離れたいし、毎日のように顔を合わせる仕事仲間からもできるだけ距離を取りたい、そんな気持ちが働くと思うんです。

でも、わたしと彼女は仕事帰りにご飯を食べに行ったり、カラオケに行ったりしていました。たった一度だけですが、彼女の部屋に遊びに行ったこともあります。どうしてそんなに仲良くなったのかは自分でもよくわからないのですが。なんとなく育った境遇が似ていたことも関係あるのかもしれません。彼女の両親も離婚していて、高校時代には泥酔した父親に日常的に暴力を振るわれていたといつか話してくれました。それから福井の敦賀《つるが》の出身で……わたしは三重なので、関係ないといえば関係ないのですが……言葉のアクセントが少し似てるんです。正統な関西弁ではないんですが関西弁に近いんです、どちらの言葉も。お店のほかの女子は茨城や群馬や新潟の出身だったり青森だったり北海道だったり、あるいは広島だったり福岡だったりしたので（なぜか関西圏出身の人が店にはいなかったんです、男子スタッフを含めても）、それで話しやすかったのかもしれません。わたしも今は、すっかり三重の言葉を話さなくなりましたけど、当時は逆に三重の言葉でしか話せませんでした。

彼女は人の痛みのわかる、心根の優しい子でした。でも、だらしないところがありました。お金にも時間にも、それから男にも。何人か複数のボーイフレンドがいました。お金の面でわたしが驚いたのは、ホームレスの人にすぐお金をあげちゃうんです。あたしにとっての千円なんてどうってことない端金だけど、彼らにとっての千円は大金なんだから、千円で何日も生きられるんだから――わたしが不思議がるとそんなふうに言い返されたのを覚えています。

その彼女がある晩、お店の控え室にお財布ごと忘れていったのです。いま、だらしない子だと彼女のことを腐《くさ》しましたが、わたしも当時はお金にだらしなくて、けっこうな額の借金を抱えていました。渋谷のお店に移ってからは月にだいたい六十万くらいは稼いでいましたが、それでも毎月の返済にきゅうきゅうとしていました。早い話、買い物依存症だったんです。仕事上のイヤなことや過去のトラウマや将来の不安から逃れるために、身分不相応な洋服やバッグやアクセサリーを買い漁っていたのです。その時も、クレジットカードの支払い請求が予期せぬ額に達していて、払えずに困っているところでした。その時というのは、彼女のお財布を控え室で見つけた時のことです。その日はお店が忙しく、ほかの女の子が控え室を出たり入ったりしていました。わたしのシフトが終わった時にはみんな出払っていて、控え室には誰もいませんでした。すぐに彼女のお財布だとわかりました。中を見ると、現金が三万四千円、入っていました。それで……わたし、盗んだんです。魔が差した、という言い方は狡い気がします。なにしろ、その時、わたし「ああ、この三万円で今月の支払いが済ませられる」とはっきり思いましたから。少し迷ったのは貨幣だけを抜くか、お財布ごと持っていくかです。貨幣だけ抜いたら、バレると思いました。少なくとも、嫌疑はかけられる。その控え室というのは、男子スタッフは入ってこない部屋だったので、その日出入りした女子はみんな疑われる。いいえ、シフトの時間を考えると、もっとも疑われるのはわたしです。でも、お財布ごとなくなっていたら、だらしない彼女のことだから、どこかで落としたとか電車の中で掏《す》られたとか、そんなふうに考えるんじゃないか、そう思いました。しょっちゅう、携帯電話や化粧道具などをいろんなところに置き忘れるような子でしたから。わたしは、彼女のお財布を自分のバッグの底に隠して、お店を出ました。背中や脇を冷や汗で湿らせながら道玄坂を小走りで下ったのを、昨日のことのように思い出します。そうして、その足で西武百貨店に行って、セゾンカウンターで延滞していた支払いを済ませました。

翌日もお店で彼女と顔を合わせました。わたしは目を合わせるのも辛かったのですが、彼女は屈託なくこんなふうに言いました――ねえねえ聞いて、ゆうべカックンと飲みに行ったんだけど、酔っぱらってお財布なくしちゃって、奢ってあげるつもりだったのに……。わたしは心配するふりをしました。お金貸そうか――そんなことまで口走った記憶があります。彼女は現金よりも、お財布そのものやキャッシュカードやお気に入りの洋服屋さんのポイントカードがなくなったことを悔やんでいる様子でした。そのことにわたしは安堵しました。本当にひどい話ですよね、でも安堵したんです。

盗んだお財布は翌週の休みの日に駒沢公園内の女子トイレに捨て置きました。キャッシュカードや健康保険証を入れたままにしてあったので、どうか心ある人が拾って警察に届けてくれますように――はなはだ身勝手ながら、そんなふうに胸の内で祈りながらトイレを後にしました。

その翌日、わたしは罪悪感で息をするのも苦しくなってお店を辞めました。店長にも、ほかの女子にも、彼女にさえ、理由は言いませんでした。彼女から電話がかかってきましたし、メールも何度かもらいましたが……本当に酷い話です……わたしは無視しました。そして、池袋のキャバクラで働き始めました。わたしはその時持っていたクレジットカードをぜんぶ切り刻んで捨てました。そして、買い物を絶ちました。そこからは昨夜、探偵さんに話した通りです。

以上のことを昨夜、探偵さんに直接話さずに、こうしてわざわざ手紙に書くことにしたのは、二つの理由があります。一つには、決心がついていませんでした。つまり、本当のことを話す勇気がありませんでした。それから、迷いもありました。過去を穿《ほじく》り返すことに対しての戸惑いです。

もう一つは、主人にも秘密にしていることなので、主人のお店……主人が内装デザインをして、資金も出して……沈丁花はわたしが仕切っているように見えても、というか、わたしの名前で登記されていますが、それでもやはり、主人のお店なんです。主人のお店では話したくなかった。それに、時々、主人が車で迎えにきてくれるんです。探偵さんに打ち明けている最中に、主人がひょっこり現れたらどうしよう、そんな不安もありました。そうして……不思議なものですよね……昨夜、探偵さんがお帰りになったあと、ほんの五分後くらいのことですが、主人が現れました。

わたしから探偵さんへのお願いを、あらためて記すと、こういうことです。

彼女を捜し出して、お金を返してほしいのです。封筒には十五万円を入れておきました。簡単なものですが謝罪の手紙も添えました。十五万円というのは、お財布代に十九年分の利息も加えて……いえ、本当はこんなんじゃ足りないのかもしれないけど……。
彼女に会うことになっても、わたしがどこで何をしているかは言わないでください。現在の名前も伏せておいてください。旅先で知り合った――せいぜいそのくらいにしておいていただけませんか。

別紙に彼女にまつわる情報を、わたしの知っている限り、覚えている限り、記しておきます。珍しい苗字なので、それが彼女を捜す手がかりになるのでは、と素人ながらに思っています。

探偵さんへの報酬として、さしあたって、十五万円を包んでおきました。この手の依頼の報酬として、いくらが妥当なのか、まるで見当がつきません。足りないようであれば、あるいは、もし調査が難航して経費がかさむようであれば、メールにてご連絡ください。いくらでも、とはさすがに申せませんが、加える心積りはありますので。

最後に。この手紙は読み終わったら処分してください。必要な情報はぜんぶ別紙に書いてあります。

どうか何卒、よろしくお願いいたします。
大急ぎでこの手紙をしたためました、乱筆乱文をお許しください。
それでは、またいつか、お会いできることを願いつつ。

かしこ

椎名彩乃（旧姓　松宮）

追伸
探偵さんが被っている野良猫はとっても魅力的ね。あんな猫なら、みなさんに被ってもらいたいわ。

5

尋ね人の名前は鰐渕真未《わにぶちまみ》。依頼人である椎名彩乃によれば、鰐渕真未は福井県敦賀市出身、現在四十一歳。九月三日生まれ——椎名彩乃は自分の誕生日が三月九日なので、つまり……数字を逆さまにしただけなので、はっきりと覚えていた。依頼人いわく「東京以外のまちで暮らしているとは思えない」彼女を捜し出して、十九年前に盗んでしまったお金を、長年の利息をつけて……というより、謝罪の気持ちを込めて、スムーズに返済する——これが今回のおれの任務だ。

「珍しい苗字なので、それが彼女を捜す手がかりになるのでは」

依頼人は手紙にそう記していた。しかし、よく考えてみれば……いや、よく考えなくとも、鰐渕真未は女性であり、女性は結婚すると姓が変わるのがふつうだ。依頼人の姓が松宮から椎名に変わったように。もちろん、結婚後に妻のほうの姓を名乗るようになる夫婦も少数派ながらいるし、戸籍上は夫の姓になっても実社会での通称として旧姓を使い続ける女性もいる。また、四十代前半女性の未婚率は約十九%というデータにも行き着いた。それらを考え合わせるに、鰐渕真未が現在も鰐渕真未という名前を使って生きている可能性は……ざっと三割くらいだろうか。

まず、おれは「鰐渕」という姓を持つ人間が日本中にどのくらい存在しているのか調べてみた。どうやって？　金田一耕助や明智小五郎ならここでさっそく躓《つまず》いたことだろう。工藤俊作ならそんなことを調べようとは端から思わなかっただろう。しかし、イージーなIT時代に権藤研作は探偵業を営んでいる。その手のことを簡単に調べられるスマートフォン用のアプリケーションが無料でダウンロードできた。そのアプリによると、「鰐渕」という姓は、全国九千三百六十三位、人数でいうとおよそ八百十人（もし漢字表記が「鰐淵」であるなら、全国一万五千三百九十五位、人数はおよそ三百六十人）。第一位の「佐藤」さんが百八十七万一千人もいることを思えば、非常に珍しい姓だ。おれの四十数年の渡世経験から言っても、「鰐渕」という姓を名乗る人間に、これまでただの一度も会ったことがない。ついでに、検索してみると、おれが父親から受け継いだ姓「権藤」は千九百七十五位、およそ七千八百人。母親の旧姓である「野口」は八十九位、およそ十九万八千人。我がボスのカゲヤマ＝「影山」は七百九十一位、およそ二万四千七百人。リサコの姓「萩原」は百七十八位、およそ十一万七千人。さらに、今度の依頼人の現在の姓である「椎名」は、六百七十五位、二万九千二百人。旧姓の「松宮」は千九百七位、八千百人。

イージーなIT時代に生きる権藤研作は、次に、グーグルの小窓に「鰐渕真未」と入力して、エンターキーを押してみた。……「姓名判断」の類いしかヒットしない。ちなみに「鰐渕真未」

は、総合運で五つ星だそうだ。「実力が開花し発展する円満な人生。財に恵まれる」と出てきた。こちらでもついでに「権藤研作」を入力してみると……総合運が一つ星で、「意志薄弱であきらめることが多い」と出てきた。……うっ。

気を取り直して、次に、基本的には本名を使うSNSであるフェイスブックで検索してみた。「鰐渕」と「Wanibuchi」で引っかかったのは、男五人女七人の合計十二人。その中に「鰐渕真未」はいない。もちろん、その十二人に、鰐渕真未のきょうだい、ないし、近親者が含まれているという可能性はじゅうぶんにあり得る（鰐渕真未にきょうだいがいるのかどうか、依頼人は記していなかった。知らないということだとおれは受け取った）。十二人中、基本データをオープンにしているのは十人。その中に福井県敦賀市出身の鰐渕さんはいなかった。また、現在も頻繁にフェイスブックに近況等を投稿している鰐渕さんは、二人。二人とも女性で、ひとりはマクロビオティックを推進する料理家、東京都世田谷区在住、既婚。もうひとりは、英国ケンブリッジ市に在住の……主婦？　どうやら、ご主人が英国人にしてケンブリッジ大学の教員らしく、学齢期の男の子と女の子を育てている。両人のここしばらくの投稿を読み流してみる。なにはともあれ、充実の人生を送っているようだ。というか、充実の人生を送っているからこそ、あるいは少なくとも世界中に晒しても恥ずかしくない人生を送っているからこそ、フェイスブックに近況を投稿するのだろう。フェイスブックで触れられるのは、なんだかんだ言っても、上手くいっている人の人生なのだ。おれはいつからか自分の近況を投稿しなくなった。友人や知人の投稿を流し読むのさえ辛くなった。そして、フェイスブック自体を開かなくなった。現在は友達申請以外の通知はこないように設定してある。

十二人の鰐渕／Wanibuchiさんに、鰐渕真未という女性を知らないか、というメッセージを送信してみようと思った。下書きした。下書きした文章を念入りに推敲した。それをコピペして、あとは送信ボタンを押すだけ、のところまで進んで、気が変わった。ファッキン・イージーなIT時代とはいえ、いくらなんでも不躾《ぶしつけ》だろう。それに、もしも……あくまでも、もしも、だが……鰐渕真未が何らかの理由で人目を憚るような生活をしていたら、このようなあけすけなメッセージをネットの大海原にばらまくことで、かえって捜しにくくなるかもしれない。

さてと……どうする？

淡島《あわしま》通りにあった（少なくとも十九年前には）と依頼人がいう、鰐渕真未が住んでいた賃貸マンションを訪ねてみるか。今なお彼女が住み続けている可能性は限りなく低いだろうが、それどころか、建物自体が存在していない可能性だってあるが、現場に足を運んでみれば、なにかしらわかることがあるかもしれない。これ以上、暖房の効いた部屋でカウチに尻を沈めながらスマフォやタブレットを使って文字通り小手先だけのイージーな仕事を続けていても埒があかない。行動せよ。おまえのような「意志薄弱な」できそこないは、靴底をすり減らしてナンボやで！

突然の、かつ、出所の不明な関西弁で自分を奮い立たせ、シャワーを浴びて身支度を整えると、おれは東京の寒空の下に出ていった。

十九年前の冬におれはどこで何をしていただろう？――道すがら、そんなことに思いを馳せ、ふいに賑やかな往来で立ち尽くした。賑やかな往来でなかったら、くずおれていたかもしれない。おれはあまりにも遠くへ来てしまったようだ。

6

「淡島通り沿いの、たしか……〈松見坂上《まつみさかうえ》〉というバス停のすぐ近く。黄色の外壁が印象的でした。一階に昭和風の喫茶店。淡島通りに面した側にペパーミントグリーンの螺旋階段。デザインが個性的で周囲からは浮いていました。そのビルの最上階の、（たぶん）四階に彼女は住んでいました。最上階には部屋が一つしかなかったと記憶しています。部屋の窓からは淡島通りを隔てた都立高校の敷地が見えました」

椎名彩乃は手紙の別紙にそのように綴っていた。

その建物は難なく見つけられた。一階に昭和風の喫茶店はなく、二十一世紀風のリフレクソロジー・サロンが営業していたが、だいぶ色褪せてはいたものの黄色としか言いようのない外壁の色といい、ペパーミントグリーンの非常用の螺旋階段といい、周囲から浮いた感じといい、間違いないだろう。〈駒場《こまば》パレス〉というステンレスのプレートがついている。それにしても、このデザインは誰のセンスなんだ？　オーナーのセンスなのか？　そうであるなら、そいつはよっぽどの変わり者だろう。

螺旋階段を使って最上階の四階まで上がった。四階にはたしかに一部屋しかない。ネームプレートは空白のままだったが、一階の集合郵便受けには〈ＨＡＳＥ〉と記してあった。ドアの脇に置かれた傘立てに三本のビニール傘が差してある。粉塵にうっすらと覆われたインターフォンを押した。

午後一時五十五分。月曜日。どんなＨＡＳＥさんが住んでいるにせよ、曜日と時間からして不在だろうと予測したが、インターフォンからは「は〜い、どちらさま？」という女の声が聞こえてきた。訛《なま》りがある。おそらく日本人ではない……いや、正確に言えば、日本語のネイティヴ・スピーカーではない。

「突然の訪問、すみません」インターフォンに身をかがめながらおれは言った。「探偵の権藤と申します」——早々と身分を打ち明けたのは単刀直入に進めようと道すがら心に決めていたからだ。特別な理由があってのことではないが。

これに対する返答はなかったが、十五秒ほどでドアが開いた。ドアチェーンがかかったままに。十センチほどの隙間から、ネイビーのアディダスのウォームアップスーツを上下揃いで着た、長身の女が顔をのぞかせた。白い肌……というよりコーカソイド、ダークブラウンの瞳、瞳と同系色の天然パーマっぽい髪の毛。たぶん、すっぴん。瞳の色は違うが、『マルホランド・ドライブ』の頃のナオミ・ワッツをちょっとだけ歪めたような顔立ち。二十代後半だろうか。おれは集合郵便受けに記された〈ＨＡＳＥ〉を思い出していた。ハセ？　何語の名前だ？　……あるいは、ＨＡＳＥは〈長谷〉のことで、彼女は日本とどこかの国のハーフなのか？

「突然の訪問、すみません」おれはインターフォン越しに言ったことを再度、心持ちスピードを落として述べた。「探偵の権藤と申します」

「……たんてい？」女はおれが言った言葉をなぞりながら、眉間に皺を刻んだ。

「ええ、探偵です」相手を安心させるためにおれはにっこりと微笑んだ。「探偵……わかりますか？」

「たんてい……Oh, you are a detective?」いきなり英語が返ってきた。

「イエス！」おれは思わず声を張り上げた――Detective……なにげに心躍る響きだ。「Yes, I am a private detective.」

「Uh-Huh. I see.」彼女もまた微笑みながら言い、今度は好奇心をダークブラウンの瞳に宿した。「Well……what do you want?」

参った。彼女はおそらく英語のネイティヴ・スピーカーではなく、ゆえにその英語はおれの耳にすんなりと入ってきたが、しかし、おれの口からは英語はすんなりと出てこない。

おれの分身が脳の資料室で必死に英語をかき集めていると、彼女はいったんドアを閉めかけてチェーンを外し、あらためてドアを三十センチほど開けた。全身が露になった。ファスナーを首元まで閉めたウォームアップジャケットの下に豊満な乳房を収めているのが見てとれた。最初に目測していたよりも、ずっと長身だ。一八〇センチ近くあるかもしれない。そんな大柄な容姿に似合わず、彼女は、最近ようやく九九の掛け算を暗唱できるようになった少女のような笑顔を見せて言った。「日本語、ダイジョウブ」

「ああ……よかった」おれは安堵し、笑った――間の抜けた笑いだったかもしれないが。そうして、ゆっくり、かつ、はっきり発音するよう心がけながら言った。「昔、この部屋に、住んでいた女性を、捜しています」

うんうん、と彼女は何度かうなずく。「昔、この部屋に、住んでた……女性？」

「そうです、女性……女の人」おれは相手が理解したのを見てとって、尋ねた。「あなたはいつからこの部屋に住んでいますか？」主語を省略しなかったのは相手が日本語のネイティヴ・スピーカーではないからだ。

　彼女は上目遣いになって考えた。計算しているのか。掛け算は必要ないはずだが。「わたしは、三年と四か月、この部屋に住んでいます」

「ふむ。なるほど」

　逆に彼女が尋ねてきた。「女性が住んでた……何年前……ですか？」

「十九年前」十を超える数字は案外と難しいはずだとおれは自分の経験から思い、すかさず英語でも付け加えた。「Nineteen yeas ago.」

「Nineteen years ago!!」彼女は肩をすくめ、首を左右に振り、目を回しながら呆れたように笑った。「とても、昔ね」

「ええ、とても昔です」同意してから、さらに問うた。「ここの大家さんのことは知っていますか？」彼女がまたもや表情を曇らせたので、分身がかき集めてきた英語を付け加えた。「Do you know the owner of this building?」

「Oh yeah, I know him very well.」彼女はこたえ、右手の親指で斜め後方を指しながら続けた。「大家さん、すぐ裏、大きな家に、住んでいます……He's very old, but energetic.」そうして、なんだか意味ありげに、片目をぎゅっとつぶった。

「I see. What's his name?」

「Mr. Watanabe.」

「わたなべ？」

「そう、ミスター・わたなべ。おじいちゃん。すごく元気」

すごく元気──その表現がなんだかおかしくて、おれは笑い、そして礼を言った。「サンキュー、ありがとう。助かりました」

「どういたしまして」と彼女は言った。昨今の日本人からは滅多に聞けない、少なくともおれはしばらく聞いていない気がする、正しく美しい日本語だ。

「ところで」余談ながらおれはふつふつと湧き上がる好奇心を抑えられなかった。「あなたはどちらの出身ですか？」

「日本です」彼女は即座にこたえた。「京都」

「に、日本？　京都？」

ククク、と彼女はおれをからかうように笑った。「わたしは京都で生まれました。五歳の時に、スロベニアに行って……十九歳まで、スロベニアで暮らしていました」彼女はおれの反応を面白がるようにさらに言った。「スロベニア……知ってますか？」

おれは世界地図を頭の中に広げ、ヨーロッパ付近を拡大した。スロベニア……北イタリアの東、オーストリアの南、クロアチアの北。東側にあるのは……ハンガリーか。「Yes. Just the location.」

「It's wonderful you know the location.」そう言うと、彼女は五月の薫風みたいに微笑んだ。「わたしの父はスロベニア人。母は日本人」

「なるほど」おれの好奇心は煩わしい親戚の叔母さんみたいに出しゃばり始めていた。「今は日本で仕事を？」

彼女は浮かべていた微笑みを解体させて言った。「はい……仕事してます」

「へえ……どんな仕事？」

彼女はその問いにはこたえずに、すっと右手を差し出した。「わたし、アレンカ。よろしく」

「権藤……権藤研作です」いささか動揺しながらもおれもフルネームを名乗ってアレンカの手を軽く握った。「よろしく」

「ケンサクさん？」アレンカは再び微笑んでいたが、その微笑みはさっきのとは種類が違った。五月は五月でも深夜の浜風みたいだ。それも……アドリア海の。

「そう、ケンサク」おれはうなずいた。「で……どんな仕事を？　What kind of job do you do?」

「Do you want to know about my job?」

「Yes…」

「Can you come in?」

「……え？」

「You can enjoy in my room.」

「……Enjoy?」

「Actually, I sell pleasure. It's my job.」

7

約二時間後、さみしい男によろこびを売るアレンカ嬢に教えられた通り、〈駒場パレス〉の裏にまわると、庭付きの邸宅があった。建物自体はかなり古そうだが、この辺の地価を鑑みれば、豪邸と言って差し支えないだろう。たいそうな門についた、おそらく黒御影石の表札に縦書きで〈渡邊〉と記されている。

インターフォンを押し、丁重に身分と名を名乗ってから用件を伝えていると、それを遮って「中へ」という老いた男のぶっきらぼうな声が返ってきた。

門扉を抜けて石畳のアプローチを歩き、玄関の引き戸をそろそろと開けると、一瞬ホームレスかと見まがいそうな痩身の老爺がやや背中を丸めて廊下の中央に突っ立っていた。ぼうぼうの灰色のあご髭に、ほとんど髪の生えていない雨に濡れたボール紙のような頭皮。何か月も着たままのような、もはや元々の色が何だったのか判然としないズボンと、型くずれした小豆色のカーディガン。カーディガンの下の肌色の丸首シャツは、ただの下着だろう。八十歳……いや、八十五歳……いや、もっといってるかもしれない。

「探偵と言ったな？」見た目に比して、滑舌は驚くほどしっかりしていた。そもそも、無数のシワの隙間から放たれる眼光が腹を空かした猛禽《もうきん》類みたいに鋭い。

「ええ……探偵です」おれは怯みを気取られないよう、できるだけ低い声を使った。

「探偵がわしに何の用だ？」

「駒場パレスの四〇一号室に以前住んでいた女性を捜しています」

「なぜ？」

「彼女の当時の友人が捜しています。借りていたものを返したいのだそうです」

「うむ」

「事件性はありませんので、どうかご心配なく」

「うむ」老爺は遠慮のない視線をおれの頭頂から足元まで這わせた。まるで売り物になるかどうかを検分しているかのように。そうして口を開いた。「以前と、今言ったな？」

「ええ。十九年前です」

「十九年前……その女の名前は？」

「鰐渕真未さん」

「鰐渕真未」老爺はおれが告げた名前を独り言のように繰り返しながら、鋭い眼光を自分の内側に向けた。「ああ……いたな、うん……いたよ。鰐渕さん。きれいなお嬢さんだ……少々問題はあったがな」

「問題……ですか？」

「家賃が滞る」

「ああ、なるほど」

「しょっちゅう謝りにきてた。それでよく覚えてる」

「なるほど」おれは再びうなずき、話を先に進めた。「その鰐渕さんは、いつまでこちらに住んでいらしたでしょう？」

「それはわからんな」

おれが黙っていると、老人は「覚えてないよ、そんなことまでは」と言い換えた。「パレスに住んでたのは、ほんの二、三年じゃないか。いずれにしろ、そんなに長くはないはずだ」

「なにか……例えば、賃貸契約書の類いなどは残っていないでしょうか？」

「ない」老爺はブリの身を出刃包丁でぶった切るみたいにきっぱりと否定した。「もうない。なにも残ってない」

「……そうですか」

「死んだんだ」

「え？　誰が亡くなられたんですか？」

「ずっと任せてあったんだ。契約、管理、修繕……そのへんのことはぜんぶ、大黒《おおぐろ》に」

「大黒？」

「ああ。不動産屋だよ、わしの幼なじみ。小学校の同期」

「ああ、なるほど。でも、亡くなられた」

「死んだ。もう十五年になるかな。バカ息子が引き継いだが、あれは本物のバカだった」そう言って、老爺は、ケッ、とからんだ痰を切るみたいな音を出した。

「えっと……つまり？」

「女と馬に金をつぎ込んで、借金をたくさんこしらえて」

「……」

「わしもずいぶん持っていかれた」

「持っていかれた？」

「金だ。敷金、礼金、修繕費……そういうのを預けてあったんだ」

「それ、犯罪じゃないですか」

「ああ、そうだ。歴《れっき》とした犯罪だ」

「捕まってないんですか？」

「警察のことは知らん」

「え……」

「わしは警察が嫌いなんじゃ」

「しかし……」

「警察、役人……お上が嫌いなんじゃ」

「いや、でも……」

「どのみち、大黒のバカ息子はこのまちにはいない。どこに行ったか、誰も知らんはずだ」

「……なるほど。……今、駒場パレスの管理はどちらに？」

「今はべつの業者に任せてある……しかし、さっきも言ったように、昔の契約書は残っておらん」

「そうですか……」

「ところで、探偵よ」老爺はおれをそのように呼び捨てた。ぞんざいな言い方だったが、なぜかイヤな感じはしなかった。「あんた、時間あるんだろう」

「時間……今、ですか？」

「上がってけ」

「は？」

「茶を飲んでけ」

「え……？」

「なに突っ立ってるんだ、探偵」そう言いながら渡邊老爺は枯れ枝のような手でおれを招いた。

「さあ、上がれ」

おれは上がった。むろん、お茶が飲みたかったわけではない。有無を言わさない老爺の命令口調に抗えなかったのである。

8

「つまり、どちらからも収穫はなかったってことね」

その晩遅く、いまいち要領を得ないおれの話を最後まで聞かずに、カゲヤマは結論づけた。

場所は新宿通りのスポーツ・バー〈インディペンデント〉。おれはスコットランド産のＩＰＡ、カゲヤマはイングランド産のジンジャービアー。後者はもちろんアルコールフリーの炭酸飲料だ。

「ああ、うん、収穫は、なかったね」とおれも言った。そう言いながら、一抹のやましさ……行為に対するものではなく、その行為をおれの胸に秘めておくことに対する一抹のやましさを覚えた。やっぱ、アレンカ嬢との出来事もカゲヤマに報告すべきか？　いや、報告する必要はない。あれはおれのプライベートだ。ボスではなくマブダチとしてのカゲヤマに教えるにしてもいつか別のタイミングで――そう思い、おれはしれっと続けた。「延々と老人の愚痴を聞かされただけ。愚痴というか、文句というか、世の中への呪詛というか」

「なんで文句なんかあるわけ？　満ち足りた生活なんじゃないの？」

「まあ、金は相当に持ってるだろうな」おれは老爺の境遇を慮りながらこたえた。「しかし、孤独なんだ。何年か前に奥さんに先立たれてからというもの――」

「けど、子どもだっているんでしょ？」

「娘が三人、孫がぜんぶで七人とか言ってたけど……娘も孫も寄りつかないみたいだ。稀に金だけ取りにくる、とかなんとかこぼしてたな」

「取りにくるだけいいんじゃないの」

「ああ、おれもそう言ってやったよ」

カゲヤマはうなずき、先を促すべく言った。「ま、そんな爺さんの話はさておき」

「そうだな……その後、円山町《まるやまちょう》に行ったんだ」おれは話を本筋に戻した。「しかし、依頼人たちが働いてた店はもはや存在していない。近隣をほうぼう訪ねまわってみたが、〈渋谷ランジェリーナ〉なんていうファッションヘルス店は痕跡すらなかった。道玄坂の風俗案内所も何軒か訪ねてみたが、誰も知らない。ひとり親切な若造がいて、そいつが会社に……まあ、その手の事務所だと思うが……電話してくれて、古株に尋ねてくれたんだが、『たしかにそんな名前の店があったが、ずいぶん前に閉店してるし、経営元がどこだったのかはわからない、昔からあるような会社ではない』という返事だった」

「摘発でもされたのかな。縄張りとかもあるんだろうし」

「かもしれない」おれは軽く相槌を打って、先を続けた。「次に、依頼人が覚えていた店長とスカウトマンの名前をグーグルやフェイスブックで検索してみた……二人とも平凡な名前だから、やたらとヒットはするんだけど……」

「なんて名前？」

「佐藤健一と田中正雄」

「……なんか冗談みたいな名前だね」

「冗談好きのご両親だったんだよ」

「あるいは、偽名なのかも」

「それもあり得るな」

「どのみち、めぼしい人間はネット上に存在しない」

「ああ」おれはうなずいた。それから、多少のバイアスがかかっているものの胸にひっかかっていることを口にした。「だいいち、風俗店の店長やスカウトマンをやってたような人間が、フェイスブックだろうがなんだろうが、自分の近況を嬉々として世に晒したりするか？」

「人目を忍んで生きてるってこと？」

「人目を忍ぶってのは大げさにしても」

「うーん……」とカゲヤマは唸る。

「鰐渕真未もきっとそうだろうけど」とおれは付け加えた。「依頼人の椎名彩乃みたいな展開こそが例外なんじゃないか」

「さあ、それはどうだか」カゲヤマは真顔で言った。「人生なんて何があるか誰にもわからない」

カゲヤマの真顔に気圧されておれは今一度考えてみた。そして自分のことを思った。「まあ、そうだよな」おれは認めざるを得なかった。「このおれが探偵をや、や、や、やらされてるくらいだからな」

やらされてる――そこにそれとなくアクセントを置いて。

「でしょ」しかし、カゲヤマは悪びれることなく言う。

「それにしても」おれはこの際だからと思い、口に出した。「探偵の仕事ってのは、なんにつけ裏側が見えてしまう。平穏そうに見える人生の裏側。屈託なさそうな笑顔の裏側。フェイスブックには絶対に出てこない裏側」

「ていうか、そこが面白いところでしょ」

「おまえにとってはそうなんだろう。でも、おれは辛くなるよ。時々、どうしようもなく辛くなるよ」

「自分の人生に重ねすぎなんだって、ゴンちゃんは」

「重ねたくて重ねてるわけじゃない。けれど、どうしたって重なってしまう」

「まあ、そういうところが」とカゲヤマはいささか呆れたような口調で言う。「ゴンちゃんのいいところだけど……もう少しドライにやる術を覚えた方がいいかも」

「ドライねえ……」

おれが物思いに沈んでいくのを阻止するかのようにカゲヤマはドライな口調で「話を戻すけどさ」と言った。「やっぱ、フェイスブックの鰐渕さん……何人だっけ?」

「十二人」

「その十二人の鰐渕さんに片っ端からメッセージを書くしかないんじゃない?」

「まあ……そうだな」

「ダメ元で」カゲヤマは親指を突き出し、環境に適応して生き残ったイグアナみたいな笑みをいやらしく浮かべて言う。「当たって砕けろ」

「いいよなあ、おまえは。気楽で」イグアナの笑みと軽佻な言いざまにいささか苛つきながらおれは言った。「言うだけだもんな」

「へへへ」カゲヤマはまたしても悪びれることなく。

「何がへへへだ」

そう言いながらも、おれは心の奥の洞窟でニヤケてしまう。果敢な行動が時にもたらす幸運をだしぬけに思い出して。アレンカ嬢にはまた会えるだろう。

と、ジャケットのポケットからスマートフォンを取り出したカゲヤマが「お」と声を出した。

「リサコから着信が入ってる」

「まじか」とこたえた瞬間、テーブルの上に置いていたおれのスマートフォンがぶるぶる痙攣を始めた。

「ハロー、リサコ」すかさず応答した。「どうしてたんだよ？」

「カゲヤマさんもいっしょ？」リサコはおれの問いにこたえずに言った。「いま、電話したんだけど」

「ああ、ここにいる。着信に気づかなかったみたいだ」おれはカゲヤマに目配せしながら言い、最初の問いを繰り返した。「なあ、どうしてたんだ？　おれもカゲヤマも心配してたんだぞ」

「ごめんね」リサコは神妙な口ぶりで言った。「うちのお母さんが……」

「お母さんが……どうしたんだ？」

「会って話すよ。今から合流してもいい？」

9

リサコの母親が危篤に陥ってるらしい。担当医師には「ひと月ももたないだろう」と告げられたのだそうだ。リサコはそもそも母親ががんを患っていることを最近まで知らされていなかった。ウズベキスタン旅行から戻ってきた日に母親のパートナーから聞かされたのだという。もう長年、母親とはたまにしか連絡を取らない関係になっていたらしいのだが、そんな重大なことを知らせないなんてあんまりじゃない、とリサコは嘆き、むっつりと黙り込んだ。いや、黙り込んだというより、嗚咽が漏れそうになるのを必死にこらえている様子だった。

おれもカゲヤマもリサコの家族について、いや、家族についてだけでなく、リサコがいったいどんな人生を送ってきたのか、ごく限られた情報しか持っていなかった。知っているのは……三十四歳であること、実の父親には会ったことがないこと、大学を半年足らずでドロップアウトしていること、大麻取締法違反で執行猶予付きの判決を受けたことがあること、東京都練馬区の出身だということ……くらいだろうか。とりわけ、家族のことに話題が及ぶ時、リサコの口は重くなった。だから、知られたくない何かがあるのだろうと、なんとなくおれは（たぶんカゲヤマも）思っていた。

おれとカゲヤマは表現を微妙に変えつつ、この際だからぜんぶ話しちゃったほうがいい、という主旨のことをリサコに言った。話しちゃえば楽になる、と。しかし、リサコは無理に笑顔を作り「二人に会って、こうしてるだけで、ずいぶん気が楽になった」と言い、それ以上語ろうとはしなかった。それどころか、「今度の仕事の話を聞かせて」とせがむように言ってきた。

だから——求められたことを提供する以外になにができるだろう？——おれは話した。時々、カゲヤマが面白おかしく——それがカゲヤマの精いっぱいの励ましだったのかもしれない——補足した。そんな話を聞きながら、リサコの悲しみと怒りに強ばった表情は、だんだんと普段のチャーミングな表情に近くなっていった。

おれ（とカゲヤマ）が話を終えると、いつしか権藤探偵事務所の非常勤探偵に変身したリサコはこんなふうに言った。「ねえ、ほんとうに〈わにぶち〉さん？〈わにふち〉って読む可能性はない？　依頼人が勝手に〈わにぶち〉だと思い込んでるとか？　それか、正式には〈わにふち〉だけど、よく間違われるから言い直すのが面倒で〈わにぶち〉ってことにしてるとか？　だって、そういう付き合いなら、名字で呼び合ったりしないでしょ？　あたしの経験から言っても、同僚のホステスの名字なんてせいぜい一回聞いて終わりだよ。そんなに長い付き合いでもないみたいだし。というのもね、あたし、わにふち、という名前の人を接客したことあるの……〈シオン〉でだと思うけど……もしかしたら前の店だったかな。ずいぶん昔の話だけど。とにかく、その男の人は〈わにふち〉さんだった。その話で盛り上がったのを覚えてる」

というわけで、おれはフェイスブックに「Wanifuchi」と入れて検索してみた。すると……なんとなんと。鰐渕やWanibuchiでは引っかからなかった四人の男女がヒットした。その中の一人の男が福井県敦賀市の出身だった。Hayato Wanifuchi氏——漢字はどういうわけか記されていない。近況などの投稿も、ただの一つもなかったが（あるいは、いつかの時点で削除されたのかもしれない)、出身高校や専門学校、勤務先といったデータが明らかにされていた。敦賀市内の県立高校を出た後、大阪市にある調理の専門学校を出て、東京・神楽坂《かぐらざか》に本店を置く、高級鉄板料理のレストランに就職し、現在は本店で働いている……少なくともこのデータを書き込んだ時点では働いていた。

おれは、午後二時四十五分、ランチ時《どき》の繁忙が終わったと思われる時間を狙って、〈まほろば亭〉という名のレストランに電話してみた。

「権藤探偵事務所の権藤と申しますが」単刀直入に切り出す、というのが、おれがひとりひそかに掲げた今回のテーマだ。「ワニフチさんは本日、出勤されておりますでしょうか?」

「もう一度、お名前をよろしいでしょうか?」女の声は言った。

「ワニフチさん、鰐渕ハヤトさん」

「いいえ、あなた様のお名前です」

「あ……失礼……わたしは、権藤と申します」

「権藤さんですね。少々お待ちくださいませ」

鰐渕ハヤト氏は今もそこで働いている、ということだ。

一分ほど待たされたのち、氏は電話口に現れた。「はい、鰐渕ですが」

おれは突然の勤務先への電話を詫びてから、もう一度、自分の身分と名前を告げた。「じつは、鰐渕真未さんという女性を捜しているのです。ご存じないでしょうか?」

「それ……姉貴の名前だけど、なにか?」

おれは空いてるほうの手でガッツポーズをしてから続けた。「真未さんの漢字は、真実の真に、未来の未……間違いないですか？」

「ああ……間違いない」鰐渕ハヤト氏は訝《いぶか》しそうな口調ながらも認めた。

「誕生日は九月三日？」とおれはさらに問うた。

「間違いない」鰐渕ハヤト氏は繰り返した。「姉貴がどうかした？」

「じつは真未さんの古い友人からのお届け物を預かってまして」とおれは言った。「連絡を取りたいんですが、連絡先を教えていただけないかと」

「いや……いきなり、そんなこと言われてもね」

「まあ……そうですよね」そりゃそうだ。鰐渕ハヤト氏の反応は正しい。おれは手を替えた。「これからそちらに伺ってもよろしいですか？　事情をお話しいたします。それで、信用していただけるかと」というより、直に会いさえすれば、信用してもらえる。おれはそう確信した。

「うーん……忙しいんだよな……」鰐渕ハヤト氏はひとり呟くように言った。

「そこをなんとか。十分もあればじゅうぶんです」おれは言った。電話でなかったら平身低頭しているところだ。「お願いします」

しばしの沈黙の後、鰐渕ハヤト氏は言った。「じゃあ、五時から十五分だけ、時間を作るよ」

「ありがとうございます。助かります」

「遅れないように頼むね。十五分が限度だから」

約束の時間におれは〈まほろば亭〉に赴いた。

青年から中年に移行しつつある、凜々《りり》しい顔つきの男がコックコートを纏ったまま現れた。油断のない目つきをしているが、誠実さがどこからともなくオーラのように解き放たれている。名刺を交換した。鰐渕隼人。副料理長。おれが簡潔に事情を話すと──もちろん、ファッションヘルスのことは言わない。ただ「お姉さんの昔の友人が借りたお金を返したいと言っている、しかし、連絡先がわからなくなって困っている」と告げた──おれの言葉を信用してくれたのだろう、鰐渕隼人は姉の勤め先を教えてくれた。下北沢の美容室で美容師をしているとのことだった。また、職場では母親の旧姓である「酒井」を使っているとも教えてくれた。

「お姉さんとはよく会いますか?」おれは別れ際に尋ねてみた。

「年に一、二回ですかね」鰐渕隼人はこたえた。「お互いに忙しいですから」

「そんなもんですよね」とおれは話を合わせた。「ぼくと妹もそんなかんじです」本当は、この間会うまでは二年以上も会っていなかったのだが。

「あの……このことを」と鰐渕隼人は言い出そうか言い出さずにおこうか迷っていたような口ぶりで言った。「姉に伝えておいたほうがいいですか?」

おれは少し考えてから言った。「いいえ。何も言わないでおいていただけると助かります」

鰐渕隼人は、斟酌《しんしゃく》する、ということができる男だった。「わかりました」

飯田橋《いいだばし》駅までの道すがら美容室の店名をグーグルの小窓に入れた。オフィシャル・ウェブサイトに〝トップスタイリスト〟という肩書きを持つ〈Mami Sakai〉さんを見つけた。彼女を指名しつつ「カット、シャンプー&ブロー」の予約を入れた。翌日の午前十時。備考欄があったので

「鰐渕隼人さんから紹介されました」と記した。

　権藤研作はイージーなIT時代に探偵業を営んでいる。金田一耕助や工藤俊作のようには歴史に残らないかもしれないが、こうしてちゃんと存在していて、問題を解決しようとしている。マクロの目で見ればあまりにもささやかだが、それを抱える当人にとっては決して蔑《ないがし》ろにできない問題を。総武《そうぶ》線の車窓をぼんやり眺めながらおれはこれまでの依頼人たちを脳裏に思い浮かべていた。いつしか会えなくなってしまったかつての恋人に最期に会いたいと願う岩澤めぐみ、妻を愛しながらも信じきれずに悶々とする池谷樹生、血の繋がらない息子の行く末を心配する廣田寿子。そして、十九年経った今も自分のおかした罪を夢に見ては悔やむ椎名彩乃。そこに死体や凶器は転がっていないが、それぞれの苦悩や悲哀が血の代わりに染みついている。

10

　藪から棒にカットの予約を入れてきた中年男を、酒井真未こと鰐渕真未はいぶかるような様子を見せることなく迎えてくれた。

「隼人のお知り合いなんですよね?」トップスタイリストは、ヘアカットが始まってしばらくすると、おれに尋ねてきた。

　かつての大家・渡邊老爺が言う「少々問題はあった、きれいなお嬢さん」は、「甲斐甲斐《かいがい》しいきれいな大人の女性」になっていた。本日は店の責任者のようだ。なぜなら、若手の美容師たちが指示を仰ぎに酒井真未の元にやってきていたから。そういえば、ウェブサイトのスタイリスト紹介のページにも二番目に写真が出ていた。ふつうに考えれば、ナンバー2ということだろう。ナンバー1の店長か店主は、本日は非番なのか、あるいは何らかの事情で後ほど出勤してくるのか。

「知り合い、というか」おれは鏡越しに鰐渕真未を見ながらこたえた。「つい先日、お店に行ったんです。それで、ちょっと家族の話になって」

「ああ、そうなんですね」と鰐渕真未は一瞬手を止めると、遠慮がちにおれの目を見つめながら言った。「隼人は元気でした?」

「ええ、元気そうでしたよ」

「なかなか会う暇がなくて」鰐渕真未はヘアカットに戻りながら言った。「隼人のお嫁さん……義理の妹は時々カットに来てくれるんですけど」

「へえ、そうなんですか」

「彼女を通して、お互いの近況を知るんです」

その後も、ぼそぼそと話をした。差し障りのない世間話を。遠まわしに職業を訊かれた際には「フリーランスのライターをやってます」とこたえた。なかなか共通のトピックは見つけられなかったが、カットも終わり近くになって、二人ともイギリスやアメリカのロックが好きなことを知り、その後は——といっても残りは十分くらいのものだったが——音楽の話で盛り上がった。

そもそも東京に出ようと思ったのは、東京なら来日するすべてのアーティストのライヴが観られるからだったという。今はそれほどでもないが、若い頃はライヴに行きまくっていたそうだ。一番好きなのは「あと聴きなんですけど、ニルヴァーナ」とのこと。

「へえ」おれは感心した。「ヘヴィなのが好きなんだね」

「というか、オシャレなのが、苦手なんですよね、わたし」

「おれもそうだよ」

「わたし」と鰐渕真未は戯けと自嘲を含んだ表情になって言った。「こう見えても、すさんだ女ですから」

おれは吹き出した。鰐渕真未も破顔した。しかし、あながち冗談を言っているのではないことはよくわかった。


会計が終わり、別れ際になってから、おれはようやく切り出した。

「これ」おれはバッグの中から〈鰐渕真未さま〉と記された白い封筒を取り出して、言った。「預かってきました」

「え?」酒井真未こと鰐渕真未は、きょとんとしつつ言った。「なんですか?」

「中に手紙が入ってるようです。それを読んでもらえば」

鰐渕真未はおれから封筒を受け取り、ひっくり返した。何も書いていない。「……どなたから?」

「松宮彩乃さん」とおれは言った。「旅先で知り合いました」

「松宮……彩乃?」鰐渕真未は呟いた。ぱっちりした目に大きな疑問符が浮かんでいる。どうやら思い当たるふしがないようだ。あるいは、と意地悪なおれは思った。カモフラージュなのかもしれない。

「とにかく、中の手紙を読んでください」とおれは言った。そうして、うろたえる鰐渕真未をよそにヘアカットのお礼を告げ、店を出た。

「ありがとうございました」鰐渕真未はあわてて頭を下げ、表に出てきて見送ってくれたが、ニルヴァーナやリバティーンズの話で盛り上がっていた時の親密な感じは消え失せていた。

後味はあまり良くなかったが、仕方がない。誰にでも触れられたくない過去はある。過去を葬ったからこそ、鰐渕真未は充実の今を生きられているのかもしれない。なにはともあれ、おれの任務は終了した。あとは、部屋に戻って、椎名彩乃にメールを一通書くだけだ。そんなことを思いながら下北沢駅に向かって歩いた。時々、東京の寒空を仰ぎながら。

と、後方から「権藤さん！」と叫ぶ声がした。

振り向くと、トップスタイリストがシザーケースを腰に巻いたままこちらに向かって走ってくるのが見えた。おれが渡した封筒と、封筒から取り出した便せんが右手に握られたまま、風に揺れている。

おれは立ち止まって、鰐渕真未が追いつくのを待った。

「彼女……」鰐渕真未は、おれに追いつくと息を切らしながら言った。彼女とはもちろん松宮彩乃のことだ。手紙を読んで思い出したのか。それとも白を切るのをやめたのか。「今、どちらに？」

「それは……言えないんです」おれは言った。「彼女と約束したので」

「……そう」

「手紙は読まれたんですね？」

「ええ」鰐渕真未は、見えないものをなんとか見ようとする遠い目になって、ゆっくりとうなずいた。「彼女……彩乃ちゃん、元気でしたか？」

「ええ」おれは鰐渕真未が、彩乃ちゃん、と言ったことにそこはかとない喜びを覚えながらうなずいた。「元気でした」

「そう」真未の表情が陰りを帯びながらも和らいだ。胸が切なくなるほどに美しい和らぎ方だった。「わたし、彩乃ちゃんのことが本当に好きだった」

「そうですか」おれは言った。「きっと……彼女も真未さんのことが大好きだったんじゃないかな」

「わたしが今ここにいるのは彩乃ちゃんのおかげなの」

おれは黙って続きを待った。

「あのころのわたしって」真未はひそやかな口調で続けた。「本当に破れかぶれだったの。今となっては口に出せないようなこともたくさんしてた。でね、ある時、彩乃ちゃんに『真未さん、もっと自分を大切にしなきゃダメだよ』って怒られたことがあってね。『自分をもっと愛してあげて。それから、ちょっとだけ努力をして。そうすれば、必ず上手くいくから。絶対に幸せになれるから。真未さんは幸運な星の下に生まれているんだから』って。……今のわたしが言うと、まるで安っぽいドラマの安っぽいセリフみたいに聞こえるかもしれないけど、当時のわたしにはすっごく重い言葉だった。彩乃ちゃんのその言葉がなかったら、わたし……」そう話す真未の目がいつしか潤んでいた。「今ここにはいない」

「そうですか」とおれは言った。

「ええ」真未は小さくうなずいた。と、その拍子に右目から一筋の涙がこぼれ、それを拭うために顔を背けた。左耳の後ろの生え際に黒いバラのタトゥーが見えた。破れかぶれだった頃に彫ったのだろうか。おれは「今ここにはいない」鰐渕真未を想像してみた。しかし、ありえたかもしれない鰐渕真未がおれの頭の中で具体的な像を結ぶ前に、現実の鰐渕真未はおれに向き直り、声音を変えて言った。「もし、わたしがメールを書いたら、権藤さん、彩乃ちゃんに転送してくれますか」

おれはうなずいた。「それくらいならお安い御用です」

メールアドレスを知らせるべく、おれは名刺を渡した。

鰐渕真未は受け取った名刺を見て、目をぱちくりさせた。「え？　権藤さん？」

おれは肩をすくめて微笑んだ。伏せておく必要はないだろう。「おれ、じつは探偵なんですよ」

第五話

1

リサコが電話してきたのは、母親の葬儀の翌日の午後だった。

「昨日はお葬式に来てくれてありがとうございました」

「とんでもない」こういう時にどんなふうに返せばいいのか、友人としてどんなことを言えばいいのか、おれにはわからない——ほんとうはわからないで済まされる年齢ではないのだが……しかし、さしあたってはわからないので「おつかれさまでした」とだけ言い添えた。

「ねえ、ところで、ゴンちゃん」リサコは声音と口調をがらりと変えて——おおよそいつものリサコに戻って言った。「権藤探偵事務所に、従業員割引ってのはないのかしら?」

「従業員割引?」

「あたしは……権藤探偵事務所の従業員よね?」

「もちろん。非常勤のセクシー辣腕探偵だ」とおれはこたえた。「辣腕」は揶揄でもお世辞でもない。「セクシー」には多様な意味があるはずだ。「……つまり?」

「捜してほしいの」

「……誰を？」直感的にわかったが、ちゃんと尋ねるのが作法である気がしておれは尋ねた。

「お父さんを」リサコはきっぱりと言った。念のようなものが感じられる口ぶりだった。「あたしのお父さんを」

「ふむ」

「お願いします」リサコは言った。「割引料金で」

「わかった」おれはこたえた。「詳しい話を聞かせてくれ」


おれとリサコはその晩、富ヶ谷のヴィーガン・レストランで会食した。ちなみに、カゲヤマは新潟出張で不在だった（昨日はカゲヤマとともに葬儀に参列したのだった）。

「なにから話せばいいかしら？」リサコはなかなかに値の張るカリフォルニア州産ピノ・ノワール種の赤ワインを飲みながら、切り出した。

「そうだな……」おれは、リサコとの電話を切ってからこの数時間の間に、派手に公私を混同しつつ、あれやこれやと考えを巡らせていた。「父親についてはどこまで知ってるんだ？」

「ほんの少し——最後の最後にお母さんが教えてくれたの」

おれは小さくうなずき、赤ワインを口に運び、一口すすって続きを待った。

「名前と、かつてお母さんの患者だったこと、それに、職業」

おれとカゲヤマは、昨日の葬儀で、リサコの母親がすでに引退してはいるものの眼科医だったことを、さらに言えば、萩原家が何代も続く医者の家系であることを、遅ればせながら知ったのだった。「お母さんは勤務医だったんだよな？」

「そう。都立の総合病院と個人のクリニックで働いてた。あたしのお父さんはクリニックのほうの患者だったみたい」

「結婚はしていない？」

「結婚どころか、付き合ってもいなかったって。お母さんが欲しかったのは子どもだけなの。伴侶は不要だった」

「ふむ」

「自分の母親のことをこんなふうに言うのもどうかと思うけど」とリサコは前置きしてから評した。「お母さんってめちゃくちゃな人なのよ」

「めちゃくちゃ？」

「名誉のために言っておくと、医者としてはまっとうだったし、それなりに優秀でもあったと思う……でも、男関係はめちゃくちゃなの。なんて言ったらいいのかな……あばずれ？　ビッチ？　ニンフォマニア？」

「ニンフォマニア……いや、でも、ちゃんとパートナーもいたじゃないか」おれたちは葬儀の席で母親のパートナー――つまり、内縁の夫――を紹介されていた。

「それはここ十年くらいのこと」リサコは言い、軽く肩をすくめた。「たぶん……閉経してからの話じゃない」

まあ、いいだろう、そのことについては。「ちょっといいかな」とおれは言った。「父親捜しには直接関係ないのかもしれないが」

「なんでも訊いて」とリサコは言った。「訊いてもらったほうが話しやすい」

「リサコはどんなふうに聞かされてきたんだ？」おれはリサコに会う前から尋ねようと思っていたことを尋ねた。「父親について。幼い頃から今に至るまで。さっき、最後の最後にお母さんがやっと話してくれた……そう言ったよな？」

「お母さんはあたしの十歳の誕生日にこんなふうに言ったの――『生物学上の父親はもちろんいる。でも、その人とはもう連絡がつかない。今さら連絡をつけようとも思わない。だから、父親と会うのはあきらめて。もういっそ、死んだってことにしましょう。それならあきらめがつくでしょ？　あなたには母親しかいない。我が家では母親が父親も兼ねるの』……」

「なるほど。で、その話をおとなしく受け入れたんだ？」

リサコはおれの問いは愚問だと言わんばかりに何度も首を振った。「あの手この手を使って、事あるごとに尋ねたわ。どんなに小さな手がかりでもいいから聞き出そうとして。誕生日プレゼントなんか要らないから教えてほしいって言ったこともある。でも、お母さんは断固として口を割らなかった。それで……いつしか……そうね、高校二年くらいの時かな……あたしもあきらめた。お母さんは子どもだけが欲しいヘンタイ女で、精子バンクみたいなところに登録していて、写真の見た目だけで安直に選んだ男の人に精子を提供してもらった――そんなふうに思い込もうとした……というか、自分に思い込ませた」

「……」

「ほかには？」

半ば呆気にとられているせいで、頭はいつにもましてスムーズに回転しなかったが、おれは、接待飲食店のホステスと客というポジションを超えてリサコと仲良くなり始めた頃に、彼女が言ったことを思い出していた。もし死期を悟ったとして、そんな時にどうしても会っておきたい人はいるか、というおれの問いに彼女はこうこたえたのだ——会ったことのないお父さん、と。おれは改めて尋ねてみた。「今、このタイミングで、どうしても会いたいんだな？」

「うん、今しかないと思うの」とリサコは即答した。「お母さんがいなくなった今、このタイミングを逃したら、もう一生会えない気がするんだ」

うむ。

「あたしね」とリサコは続けた。「今の自分がいるのは親のおかげ、とかそんなことを思うような健気な女じゃないのよ。遺伝とか血筋とかだってあんまり信じていない。それでも、やっぱり胸のずっと奥で引っかかっているの。父親のことが。そして、母親と父親がどんなふうに、たとえ瞬間的にでも、愛し合ったのか」

うむ。おれはもう一度うなずいた。

「お母さんが勤めていたクリニックを教えるから」おれからはもう何も言うことがないとみるや、リサコは言った。「あたしからも院長先生にお願いしておく。カルテが残ってるといいんだけど……」

「わかった」

リサコはちょっとだけ声を低くして言い加えた。「あたし、明日からしばらく東京を離れるの」

「ん？　どこに行くんだ？」

「おじさん夫婦のところに」

「おじさん夫婦？」

「うん、お母さんの弟が宮古島《みやこ》で整形外科医をやってるの。別荘があるから、そこにしばらく滞在したらどうだって言ってくれて」とリサコは言った。「不思議よね。あたし、これまで親戚付き合いなんてまったくしてなかったのに。お母さんの死をきっかけに、親戚付き合いが始まるなんて」そうしてリサコはやおら表情を引き締めた。「……あたし、いくらお支払いすればいい？」

おれにはわからなかった。人捜しをする場合の目安は設けていたが、それをこの案件に当てはめていいのかどうか。当てはめるとして従業員が依頼人となる場合は何割引が妥当なのか。なので「カゲヤマと相談して決めるよ」とおれは言った。「さしあたっては要らない」

うん、とうなずき、リサコは再び神妙な口調で言いながら、頭を下げた。「どうか、お願いします。見つかったら、すぐに東京に戻ってくる。東京じゃないなら、そこに向かう」

2

翌日の昼すぎ、おれは、リサコの亡き母親、萩原知果子《ちかこ》が九年前まで勤めていた江古田《えこだ》眼科クリニックに赴いた。リサコが朝のうちに院長に連絡しておいてくれたおかげで、電子データ化以前のカルテがしまわれた半地下の資料室に入ることを許された。

しかし、資料室とは名ばかりで、ようするに物置きだった。おれは、使わなくなった医療器具やら古い医学書やらをかき分けながら、午後いっぱい奮闘して（その間に指を二か所切り）、リサコの「生物学上の父親」である（と母親が往生際に伝えた）久米満夫《くめみつお》氏のカルテを見つけ出した。

　初診時に本人が記入した問診票も保存されていた。日付は一九八四年三月十二日。久米満夫の生年月日は一九五五年七月十四日、つまり、当時二十八歳。職業欄には「役者」と書かれている。会社名の欄には「劇団第四星雲」。右の瞼が腫れ、強いかゆみが出て、クリニックを訪れたようだ。当時の住所は東京都練馬区旭丘一丁目×番×号　月光荘二〇二号室。クリニックの住所も旭丘一丁目だから、ごく近所だろう。リサコが生まれたのが一九八五年二月十五日……つまり、その約十一か月前に、リサコの母親と父親は（担当医師と外来患者という立場で）初めて会った、ということになる。


　次に、おれはグーグルに「第四星雲」と入れて検索してみた。

　少なく見積もってもこの十五年間は作り替えられていないと思われる、IT世界における骨董品のようなウェブサイトが存在していた。骨董品のようではあったが、しかし、二週間ほど前にニュースが更新されていた。それによると、二月二十五日から高円寺の劇場での定期公演を控えているようだ。チケットは前売三千二百円。「問い合わせフォーム、もしくはeメールにてお申し込みください」と記されている。

　ご丁寧にも、稽古予定や場所が記された劇団のスケジュール表も公開されていた。今夜も稽古だ。おれはさっそく稽古場所に向かった。

　下北沢の雑居ビルの三階。ドアから稽古中らしい物音や声が洩れ聞こえてきたので、廊下の奥に設置された喫煙コーナーのベンチに腰を下ろして待った。これまでの観劇体験をぼんやりと思い返しながら――といっても、両手で数えられるほどだが。尿意を覚えながらも客席が狭すぎて席から立ち上がることができず、終盤は粗相しないでいるのが精一杯で観劇どころではなかった拷問のような体験を思い出した。いずれにせよ、感銘した芝居よりも閉口した芝居のほうが多いのはどうしてだろう。おれと演劇というアートとの相性の悪さなのか。どのみち、おれには演劇を鑑賞するのに必要な素養が欠けている気がする。

十五分後、ふいにドアが開き、老若男女がどやどやと出てきた。荷物の類いを持たずに出てくるところをみると休憩時間のようだ。ドアロですれ違いざまに目が合った四十代半ばのひげ面の男に「すみません」と声をかけた。簡潔に来訪の理由を告げると男は「昔の話ならコンノさんに訊きな」と言って、部屋の奥に手を差し向けた。その手の先では、ボンボン付きのニット帽をかぶった男がひとりパイプ椅子に座って、脚本らしき冊子を読んでいる。

「ああ、満夫ね……懐かしい名前だ」今度の公演に関わるキャストやスタッフの中ではいちばんの古株らしい、コンノという役者は言った。ちなみに、おれはまだ一度も身分を明かしていなかった――端から明かさないつもりでいたわけではないのだが、なんとなく名乗り損ね、相手からも尋ねられなかった。「ずいぶん前に北海道に移住したよ」

「北海道？　そうなんですか」いささか驚きつつおれは言った。「ずいぶん前というのは？」

「そうだなあ……もう二十五年くらい経つかな……地下鉄サリン事件って何年だ？」

「えっと……一九九五年ですかね」

「その年だったと思う」

「なるほど。サリン事件となにか関係が？」

「いやいや、関係ないとは思うけど」コンノ氏は苦笑のようにも見える微笑を浮かべながら首を振った。「おれがそういうふうに記憶しているだけだ。あの年は個人的にもいろいろあったから。阪神淡路大震災もあの年だろ」

「ああ、そうでしたね」おれは同調しつつ、話題を元に戻した。「久米満夫さん……北海道のどちらに？」

「うーん……帯広《おびひろ》のほうじゃなかったかな……おれはよく知らないんだよな……そんなに親しかったわけじゃないから」

「親しかった方を教えていただけませんか？」

コンノ氏はどことなく群れからはじかれたボノボを連想させる悲しげな目をあちこちにさまよわせながら考えた。「ああ、そうだ。キョウコさんなら何かしら知ってるはずだ。アジアの片隅のキョウコさん。クラハシキョウコ」

「アジアの片隅？」

「新宿ゴールデン街のバーだよ……おれは何年も行ってないが、閉めたって話は聞いてないから今もやってるはずだ」

おれは店名と人名を脳に刻み付けると言った。「ありがとうございます」

「ところで」自分が対面しているのが見ず知らずの人間であることに遅ればせながら気づいたのか、コンノ氏はふいに尋ねてきた。「あんた誰？」

「いいえ、わざわざ名乗るほどの者では」おれは咄嗟に言った。どうしてそんなふうに言ってしまったのか自分でもよくわからないのだが。

「あ、そう」

しかし、コンノ氏はあっけなくそう言い、ふいに立ち上がると、おれなど端から存在していないかのごとく、するすると部屋を横切ってドアから出ていってしまった。その時部屋に残っていたのは、床の上に仰向けに寝転がって天井、あるいは天井の向こうの夜空ないし宇宙を凝視する髪の長い女だけだった。声をかけるのは憚られたので、何も言わずに部屋を出た。喫煙コーナーでは男女八人ほどの役者ないしスタッフたちがタバコを吸いながら談笑していた。ビルの出入口ではコンビニでの買い物から戻ってきたらしい男女六人ほどの役者ないしスタッフとすれ違った。誰ひとりおれに注意を払わなかった。透明人間になったような気分だった。

3

その足で新宿に向かった。少々手こずったものの〈アジアの片隅〉をゴールデン街の片隅に見つけた。

客が七人も入れば必要な酸素を巡って争いが起こりそうな狭い店内には、まだ午後九時半を過ぎたばかりだというのに、明らかに酩酊しているとわかる男が二人いた。どちらの男も還暦を少し過ぎたくらいか。店主は、深い諦念に浸されながらもどこか闊達《かったつ》なムードを漂わせる、やや浅黒い肌の大柄な女性だった。アジアの片隅ではなくカリブの片隅とかに生まれていたらもっと幸せだったかもしれない……いやいや、今だってじゅうぶん幸せなのかもしれないが。若作りの七十五歳にも老けた五十五歳にも見えなくない年齢不詳の女だが、二人の酔客とのやりとりから察するに、彼らよりはいくつか年上と思われる。

結果的に匿名で首尾よくいったコンノ氏とのやりとりが念頭にあったので、おれは一見客のふりをして、山崎のオンザロックを注文した。そうして、氷山の体積が三分の二くらいになったところで、女店主にさりげなく久米満夫氏の近況を尋ねてみた。

「あら、不思議」女店主は驚き、それから、まるでしなを作るような表情になって、言った。

「年明けに、久しぶりに来てくれたのよ、満夫くん」

「そうなんですか」

「数えたら十年ぶりだった……参っちゃうわね、時の流れは速くて」

「ぼくの聞いたところによると、久米さんは北海道に移住したとか」

「そう、十勝《とかち》に」

「十勝……今も向こうにいらっしゃるんですよね？」

「というより……」そこで、女主人――クラハシキョウコは、やんわりとながら部外者を見るような目つきになって言った。「あなた、どちらの関係の方？」

「いえ……どちらの関係でもないんですが……うちの母親が芝居好きなもので」おれは口からでまかせに言った。よくも咄嗟に思いついたものだと我ながら感心しながら。「最近、若い頃に熱中していたアングラ演劇の話をしてくれたんですけど……そこに久米満夫さんの名前が」

「へえ」クラハシキョウコはなにか別のことを言いたげにうなずいた。「……お母さま、おいくつ？」

おれはこたえた。年齢については嘘は言わなかった。実際のおふくろはアングラ演劇などただの一度だって観たことはないだろうし、そのような……まあ、言ってみればハイブロウな文化とは無縁の人生を送ってきた人間だが。

「てことは、あたしの二つ上か」と女店主は言った。「いずれにせよ、奇特な方ね。満夫くんのことを覚えてるなんて」

「最近のことはすぐに忘れてしまいますが」

「老いてくると、みんなそうなるの」まるで自分のことを遠回しに非難されたかのように女店主は言った。「あなただって今にそうなるわよ」

「ええまあ、そうなんでしょうね」とおれは同意し、トピックを軌道に戻した。「久米さんは十勝でなにをされていらっしゃるんですか?」

「農業に陶芸に運転手に……なんだかいろいろとやってるみたいだけど……最近はちょくちょく国分寺《こくぶんじ》に帰ってきてるって」クラハシキョウコはじゃっかん軌道から逸れながら言った。「お父様お母様がご高齢で……満夫くん、長男だし」

「ご実家……国分寺なんですか?」

「そうよ。ああ見えても、元は国分寺の御坊ちゃま」そうして、ふふふふ、と揶揄《からか》うように笑った。

「連絡先……教えてもらえませんか?」そのように言ってるそばから、愚直すぎた、とさっそく反省した。

「……どうして?」

「母が……手紙を書きたいと」

「手紙？」

「好きだった人に手紙を書くのが母の生き甲斐になってまして」

そこでクラハシキョウコはおれの目をじっと見た。その、射るような目力に堪えかねて、おれは視線を脇にスライドさせた。

「デタラメ言ってるわね」クラハシキョウコはあげつらうように言った。「デタラメはダメよ」

「いやいや」

「お母さんの話なんて、ぜんぶ嘘でしょ」

「いえ……嘘ってことは――」

「嘘をつくなら、もう少し上手につきなさいな」

バツが悪かった。そのへんに穴があったらすかさず逃げ込んでいただろう。

「あんたさ……」そうして、やおらクラハシキョウコはカウンター越しに身を乗り出し、おれの耳にだけ届くように言った。「探偵なんでしょ？」

「え、あ……」

「駆け出し？」皮肉な笑いを浮かべながら。

「……」

「じゃなきゃ、へっぽこね」

「駆け出しです」おれは仕方なく認めた。「……わかります？」

「あたしを誰だと思ってんの？」クラハシキョウコはおふざけ半分まじめ半分といった顔つきに

なって言った。「何年、ここで商売してると思ってんの?」

「す、すみません」おれは頭を下げるしかなかった。そして、財布から名刺を取り出し、恭しく女店主に差し出した。

女店主は片手で受け取ると、住民税の督促状でも読むような目つきで、印刷されている文字を読み、それから裏返して例のイラストを目にすると、つまらないジョークを聞いてしまったかのように、ふんっと鼻を鳴らした。

「まあいいわ……許してあげる」とクラハシキョウコは言った。気を取り直した、というよりも、増幅する好奇心に押し切られた、という感じだ。「それで、駆け出し探偵が、満夫くんのなにを調べてるの?」

「調べているのではなく」おれはバカ正直な新米探偵に大変身してこたえた。「単に連絡を取りたいのです」

「どんな用?」

「それはちょっと……ここでは」

「ふーん」

「ご本人のプライバシーに関わることなので」

「そうはいっても、このあたしが取り持たなくちゃ、埒が明かないんでしょ?」

「ええ。そうです。はい」おれは再び頭を下げた。さっきよりも深々と。テーブルに額が触れるほどに。「久米さんの連絡先を教えていただけませんか?」

女店主は意味ありげに天井を見上げた。すっとぼけるような仕草。……ああ、そうか、そういうことか。おれはもう一度財布をポケットから取り出すと、そこから一万円札を抜き出して、女店主に差し出した。

クラハシキョウコはおれの手から一万円札を素早く抜き取り、カウンターの下の、客席からは見えないところに収めてから、言った。「電話するわ」

クラハシキョウコが使ったのは携帯ではなく、店の固定電話だった。

「こんばんは、満夫くん……先日はありがとね……こちらこそ楽しかったわ……今どっち？……国分寺なのね……へえ……うん、うん……あら、それは大変……うん、あのね、今、お店に、駆け出しの探偵が見えてて……探偵……満夫くんと連絡を取りたいんだって……ううん、あやしいとかあぶないとか、そういう雰囲気じゃないわね……ちゃらい、ていうか姑息、ていうか……ははははは……もちろん訊いたわよ……本人じゃないと話せないって……プライバシーだとかなんとか……うん、ちょっと待って……代わるわ」

クラハシキョウコがカウンター越しに差し出したコードレスの受話器を受け取り、耳に当てるとおれは切り出した。

「はじめまして、権藤と申します」

「探偵だって？」よく通るバリトンヴォイスが聞こえてきた。

「ええ、権藤探偵事務所の権藤と申します。久米満夫さんですね？」

「おれに何の用だ？」声そのものは福音書などを音読するのに向いていそうだが、口調は病床に臥《ふ》すマフィアの右腕のようだ。

「えっと……念のため確認させていただきますが、一九五五年七月十四日生まれの久米満夫さんで間違いないですね？」

「だから、何の用だと言ってるんだ」

「久米さんと連絡を取りたがっている方がいまして」

「誰だ？」

「えっと……」顔こそ背けているものの女店主が聞き耳を立てているのがはっきりと感じ取れた。

「それはここでは……」

「言えないのか？」

おれはそれにはこたえずに話を先に進めた。「一度、お目にかかれないでしょうか？」

「どうして、おれが探偵なんかに会わなくちゃいけない？」

「会ってお話しさせていただければ、事情を理解していただけるかと」

「事情？　かいつまんで話せ」

「ですから、それを、お会いして――」

「なあ、おい。おれがなにかしたっていうのか？」

「誤解なきよう。わたしは警察ではありません」

「そんなことはわかってる」

「こちらからお伺いいたしますので」

「そういう問題じゃない」

「ほんの五分でいいんですよ」対面することに拘泥《こうでい》したのは、今度の依頼人に先んじて会っておかなくては、という気持ちがあったからだ。

数秒の沈黙の後で久米満夫はきっぱりと言った。「いや、断る」

「そこをなんとか――」

「代われ」

「……」

「キョウコさんに代われ」久米満夫は、雑輩を蹴散らすかのように言った。「あんたとはもう話さない」


クラハシキョウコはおれから返された受話器を持って、カウンターの奥に引っ込み、少しのあいだ久米満夫と雑談した。おれは鼓膜に全神経を集中させたが、酔っ払いの二人が口角泡を飛ばすような調子で政治談義をしていたせいもあり、内容はほとんど聞き取れなかった。女店主の横顔から察するに、とくに重要な話をしているわけではなさそうだったが。

電話を終えるとクラハシキョウコは再びおれの正面に戻ってきて、おもむろに切り出した。

「知りたいんでしょ?」

おれは黙っていた。とんちんかんなことを口走らないためには黙っているしかない。

「それとも尻尾を巻いて帰る?」

黙り続けた。とんちんかんなことを口走って、へっぽこ探偵だと舐められないためには黙っているしかない。

「どうしたのよ、急に?」

なお黙り続けた。とんちんかんなことを口走って、へっぽこ探偵だと舐められて、後で自信喪失に陥らないためには、黙っているしかない。

「もう一枚」

「え？」心の中に浮かび上がった思いをつい音声にして漏らしてしまった。

「なにが、え?よ。ったくもう」クラハシキョウコは、おれを憐れんでいるのか、半笑いになりながら言った。「もう一枚出して。教えてあげるから」

しかたない。財布の中をあらためた。しかし、その「もう一枚」が入っていなかった。おれは白状した。「さっきのが最後の一枚でした」

ちっ、とクラハシキョウコは舌を打った。「ったく、へっぽこめ。探偵が現金を持たずにどうやって仕事するのよ?」

言い返せなかった。ほんとそうだよな、とあっさり認めてしまう自分がなんとも情けなかった。情けなくなりながらおれは言った。「おろしてきます」

「バカ」

「は？」

「そんな話……聞いたことないわよ。袖の下をコンビニでおろしてくるなんて」

「いや、でも、手持ちがない以上――」

「バカ」女主人は繰り返した。「今いくら持ってるのよ?」

「……八千円」

「じゃあ、それでいいわ」クラハシキョウコはサント・ドミンゴに大きな縄張りを持つ女プッシャーよろしく、片目をぎゅっと瞑ってから言った。「かわいそうだから、山崎は奢ってあげる」

4

翌日、羽田空港へ向かった。

久米満夫が搭乗する（はずな）のは、十六時五十五分発帯広行きの全日空便。

おれは昨晩のうちに全日空の公式サイトで帯広行きの片道チケットを買ってあった。出発時刻までに申請すれば、数百円の手数料のみで払い戻してもらえる正規料金のチケットだ。

余裕を持って出発の二時間前には羽田に着き、さっさとチェックインを済ませ、保安検査場を抜けて、一時間四十五分前には搭乗ゲート付近の、もっとも視界の開けた長椅子に陣取った。そうして、クラハシキョウコから入手したひと月前の写真をスマートフォンで幾度もチェックしながら久米満夫が現れるのを待った。

ひたすらに待つこと約一時間半、出発時刻の十六分前に、ようやく久米満夫の姿が見えた。搭乗ゲートに向かって大股で歩いてくる。もしゃもしゃの灰色の頭髪に、コンビフレームのブロウ型眼鏡、頭髪の灰色よりもじゃっかん薄い色の無精髭。上背は一八五センチを、体重は一〇〇キロを越えているだろう。グレーとブルーのダウンジャケットに色落ちしたブルージーンズ、ベージュを基調にしたごっついトレッキングシューズ。もし、誰かに彼にはヒグマの血が流れているのだと教えられれば、おれは鵜呑みにしたかもしれない。

と、まもなく搭乗の案内ができる旨のアナウンスが流れた。ゲート前にはすでにせっかちな客の列ができていたが、長椅子に座っていた乗客もぞろぞろと立ち上がり、あたりは一気に騒がしくなった。

話せるのは、せいぜい四、五分か。躊躇ってはいられない。列の最後尾につこうとする久米満夫におれは近づいていった。

「久米満夫さんですね？」おれは当人を見上げながら言った。遠目から目測したよりもさらに大柄だ。一九〇センチ近くありそうだ。

「……」ふいを食らって眉を吊り上げた顔つきに、おれはリサコの面影を認めた。いや、事実を知っているからそんなふうに感じるのだろうか。

「権藤です」おれは言いながら、軽く頭を下げた。

「権藤？」久米満夫の目には驚きを押し退けて疑いと腹立ちがせめぎあいながらせり出してきた。

「どこの？」

「ゆうべ、電話でお話ししました」

久米満夫はやっと思い当たり、嘆息を漏らした。「キョウコさんから聞いたのか」

「いいえ」おれは首を振った。

「じゃあ、どうして……おれがここにいるのを知ってるんだ？」

「甘く見てもらっては困ります」今朝、鏡に向かって何度も練習した通り、おれは表情を変えずに言った。「わたしはプロの探偵です」

「まあ、いいだろ」久米は、自らを納得させるように言った。「それで？」

「ゆうべもお話ししたように、あなたに会いたがってる人がいます」

「誰だ？」

「娘さんです」

「はあ？　娘？」

「そうです、あなたの娘さんが」

「意味がわからん」久米満夫は、辟易したような口調で言った。「娘ならそろそろ家を出るところじゃないか。空港まで迎えにきてくれる約束だ」

「いいえ……そちらの娘さんではなくて」久米満夫の現在の暮らしについてクラハシキョウコから聞いていた――彼女の知っている限りのことを。獣医を目指している大学生の娘がいる、奥さんは地元の人間でカフェだかレストランだかをやっている、満夫は奥さんの実家の畑作農業を手伝いつつ陶芸をやっている、冬季は除雪車の運転手もやっている、十勝では陶芸家としてそれなりに知られた人物らしい――そんな情報だ。「あなたが会ったことのない娘さんです」

「なんだと？　おれが会ったことのない娘だと？」

「ええ」ジョーカーを懐に隠し持っているのはこちらだと言わんばかりに、おれは意味深にうなずいた。「萩原知果子……この名前に聞き覚えはありますか？」

「萩原……知果子？」

「ものもらいを治してくれた眼科医です。三十六年前の春に」

久米満夫の目を肉食の野生動物のようにぎらつかせ、ひとかどの人物だと他人に思わせることに貢献していた光がみるみる輝度を失って、しまいには雨雲の裏側に隠れた。

「萩原知果子さんは亡くなりました」とおれは言った。「つい先だってのことです」

「……」

「往生際に、あなたの名前を娘さんに告げたそうです」

「……そんな……あり得ない」

「あり得ない？」

「どうして、今の今まで黙ってるんだ？」

「さあ……そのへんの事情はわたしにもわかりかねます」

「だいたい、おれは、その眼医者……」

「萩原知果子さん」

「女医」と久米は言い直した。名前など口にもしたくないかのように。「その女医と会ったのは全部で四回くらいのものだ。二回の診療を入れての四回だ」

「回数なんて関係ないのでは？」

「……いったいこれはなんなんだ？」

「と申しますと？」

「恐喝なのか？」

「恐喝？　滅相もないことを」

「新手の詐欺か？」

「いやいや」おれは笑顔さえ浮かべて言った。「ただ、娘さんが会いたがってるだけです。もうすぐ三十五歳になる娘さんが」

「……」

「動揺されるのは当然です。寝耳に水ですもんね」

「いや……動揺なんかしてない」久米満夫は動揺を隠すためか、目つきはともかく、口ぶりだけは元の剣呑なそれに戻って言った。「おれはそんな話には乗らない」

「乗らないもなにも――」

「知らん。帰ってくれ」

「会いたいと願ってる娘さんに会うことでなにか不都合なことがあるんですか？」

「おれには娘は一人しかいない」

「いや、だから、何度も言っているように――」

「たとえ、そんな人間が現れても、おれの娘だとは絶対に認めないからな」

「認知してほしいと言ってるわけではありません」

「じゃあなんなんだ？」

「ただ会いたいというのではダメなんですか」

「黙れ！」

久米満夫はついに声を荒らげた。そうして、おれを毛むくじゃらの大きな手ではねのけると、再び列の最後尾についた。その後は、おれが何を言っても、無視を貫き通した。あれだけ熱心に話しかければ、剥製のヒグマだって反応してくれただろう。

5

「なんとまあ」その晩遅く、カゲヤマは言った。場所は行きつけのスペイン・バル〈テルモ・サラ〉。ここ数日ろくに寝る暇もないほど忙しかったらしく、イグアナ系の顔にもイグアナ系の声にも疲弊が如実に現れていた。「連絡先もわからないまま?」

「いや、久米満夫の奥さんがやってるらしいカフェだかレストランだかの名前は〈アジアの片隅〉で聞き出したよ」とおれはこたえた。「そもそも、本人が十勝ではそこそこ知られた人物らしいから、むこうまで行っちゃえば、会うのはさほど難しくないだろうね」

「なるほど」

「しかし……」

「しかし?」

「久米満夫はリサコを自分の娘だとは認めないって——たとえ会いにきても」おれは言いながら、空港での久米満夫の、人を人とも思わない冷ややかな目を思い出していた。あの目がリサコにも向けられるのだろうか。

「けど、リサコだって」カゲヤマはあくびをこらえるような表情で言う。「認知してほしいって言ってるわけじゃないでしょ」

「あれは、認知するとかしないとかじゃなくて、それ以前の問題だな」

「なるほどね。まあ、でもさあ——」

「そもそも」おれは何かを言い出そうとするカゲヤマを遮り、羽田空港をあとにしてからずっと考えていたことを口に出した。「リサコは父親に会うべきなんだろうか？」

「……え？」

「会う必要なんかないんじゃないか？」

カゲヤマは、イグアナ系の目をぐるりと回し、あくびをうまく利用した溜め息のような、あるいは溜め息を利用したあくびのような音を咽頭から漏らすと、言った。「ゴンちゃんはどうしてそう思うの？」

「だってさ」おれは言った。「父親を知らずに三十五年も生きてきて……もちろん、辛い時期はあっただろうけど……今やリサコは独立した立派な大人の女じゃないか」

「だから？」

「今さら父親に会ってどうすんだよ？　しかも、ただの生物学上の父親だぞ？」

「どうするとか……そういう問題じゃないんでしょ」

「そういう問題じゃないなら、どういう問題なんだよ？」

「ただただ、会いたいんだよ」

「つーか、カゲヤマは会うべきだって思うのか？」

「会うべきとか会うべきじゃないとか……そういうことじゃなくて」カゲヤマは焦れったそうに言った。「会いたいんだよ。どうしても会いたいんだ」

「いや、だからさ」論点が嚙み合わないことにおれも焦れったくなっていた。「会いたい気持ちはわかるよ、おれだって、そりゃ。でもね、傷ついてまで会う必要はないんじゃないかって言ってるんだ。あの調子じゃ、リサコが会いに行ったって冷たくあしらわれる。ただでさえ母親を喪《な》くして気を落としてるのに、じつの父親に冷たくあしらわれるなんて最悪じゃないか」

「うーん……」カゲヤマはおれの主張には納得できないらしい。「たとえ傷ついても――」

「おれはリサコを傷つけたくないんだって」

「最後まで聞いてよ、ゴンちゃん」カゲヤマは、カゲヤマにしては珍しく、人を諭すような口ぶりで言った。「人には、たとえ傷ついても、傷つくのがわかっていても、越えなきゃいけないラインがあるんじゃないかな？」

「ライン？」

「ラインでも壁でもドブ川でもなんでもいいけど、呼び名は」カゲヤマは言った。「リサコにとって、じつの父親に対面するっていうのは、その越えなくちゃいけないラインだと思うんだよね」

　カゲヤマの言うことについておれは考えた。考えたが、よくわからなかった。少し後になればわかるかもしれないが、その時はよくわからなかった。

「というより」しばらくすると、思うところがあったのだろう、カゲヤマはまた話し始めた。いっけん、柔和、ではあるが、底には電流が流れているような語り口だ。「会うべきとか、会わないほうがいいとか、そういうことはさ、探偵が判断することじゃないんだよ。依頼人が自分で判断することなんだ」

「……」

「入手できた事実を、依頼人に丸ごと受け渡すのが、探偵としてのまっとうなあり方……じゃない？」

「探偵としてのまっとうなあり方……ねえ」おれはぶつぶつ言った。言い終わってからも、ぶつぶつ、は頭の中で続いていた。まっとう——これまでの人生でも常に悩まされてきた単語だ。

「ゴンちゃんのリサコを傷つけたくないと思う気持ちはわかる。そういうところに思いを馳せてしまうゴンちゃんがぼくは好きだよ。でも、その前に」そこで一拍置くと、カゲヤマは疲弊を目に滲ませながらも、こちらが思わず姿勢を正すほどの真顔になって、先を続けた。「探偵としてまっとうに振る舞わなきゃ」

6

翌日の午後、宮古島に滞在中のリサコに、おれにわかったことをすべて教えた。すなわち——リサコの母親の表現を借りれば、リサコの「生物学上」の父親である久米満夫氏は、東京都国分寺市の出身で現在六十四歳であること。日本大学芸術学部演劇学科を卒業し、その後は長らく、〈第四星雲〉というアングラ劇団に属して役者をしていたこと（もっとも、それだけで食えていたわけではないだろうが）。理由は不明だが、二十五年前に劇団をやめて単身で北海道の十勝地方に移住し、そこで家族を作り、今に至るまで生活していること。地元の畑作農家出身の妻＝久米暁美《あけみ》が、帯広市に隣接した音更町《おとふけちょう》で〈カフェ・ロールベール〉という店を営んでいること。数年前に全国発売のカルチャー誌がヒュッゲ特集を組んだ際にカフェと妻が写真付きで紹介されていること。ウェブサイトの写真やグーグルで検索する限り、カフェの上階が一家の住居になっている（と予想される）こと。夫妻には二十一歳の娘（名前は不明）が一人おり、獣医師を目指して帯広畜産大学に通っていること。満夫は暁美の実家の農作業、さらに冬季は除雪車の運転手などを副業としながら、陶器の創作／制作に勤しんでおり、陶芸家として地元では知る人ぞ知る存在であること。名前で検索すれば、地元の情報誌や北海道新聞などの記事がいくつかヒットすること。それらの記事によると、カフェ（および住居）の離れに工房を持っていること、カフェで作品が販売されていること──などを。

「もう一度、訊くけど……」おれが報告し終えると、リサコはリサコらしくない遠慮がちな口ぶりで尋ねてきた。「ゴンちゃん……その人……お父さんに会ったのよね？」

「ああ」おれは短くこたえた。「羽田空港で。北海道に戻る前に」

「どんな話をしたの？」

「どんな話……彼が搭乗口に姿を見せたのは出発時刻ぎりぎりだったんだ……じっくり話すような時間はなかった」

「でも……伝えてくれたのよね？」そう言うリサコの口ぶりには油性インクみたいな濃度の高い不安が潜んでいた。「あたしが会いたがってること」

「ああ」とおれはこたえ、次に続ける言葉を探したが、それはまるで、だだっ広い荒れ地で五十円玉を探すような気分だった。

何秒かの気まずい沈黙のあと、リサコはこれまたリサコらしくない歯切れの悪い口調で言った。

「あたしには……会いたくない……要するに、そういうこと？」

「いや……会いたくない、ってわけじゃないんだろうが……」おれはどうにか言葉を濁した。このようなデリケートなやり取りになるのが目に見えていたので、おれは事実のみを簡潔に伝えるべくLINEで切り出したのだった。しかし、おれが「ヘイ、マイ・ダーリン」というスタンプを送るなり、リサコはすぐに電話してきたのだ。

「ねえ」奥歯にものが挟まっているおれに焦れたようにリサコは言った。「繕わなくていいから、本当のことを言って。あたしが今知りたいのは、混じり気なしの事実なの」

うむ。おれはうなずき、一度大きく息を吸ってから、口を開いた。「娘がいると聞いて、驚いてた。まったくの寝耳に水だったようだ」

「もしや……お母さんのことも覚えてないとか？」

「いいや、覚えてる」

「でも、お母さんが妊娠した事実は知らなかった」

「そのようだ」

「それで……あたしには会いたくないって言ったのね？」

「いや、そうはっきりと言ったわけではない……しかし、繰り返すが、ひどく困惑していたのは事実だ」とおれは言った。その事実がリサコの細胞の隅々に行き渡るのを待ってから続けた。「ま、彼の気持ちもわからないでもない……なんといっても、三十六年の月日が流れてるんだ。そして、彼には家族も――」

「あたしのこと、どんなふうに話したの？」リサコはいささか強すぎる調子でおれを遮った。

「ほとんどなにも」とおれはこたえた。「性別と年齢……それくらいだ」

「……どんな人だった？」

「どんな人、って訊かれてもなあ……」

「どんな外見？」

「大柄な男だよ」

「大柄……お相撲さんみたいな？」

「いや、相撲取りタイプじゃなくて、ラグビーのフォワードタイプだ」

「ふうん……それから？」

「それから……」

「雰囲気とか性格とか」

「うーん……なんといえばいいのか……ま、早い話、おれやカゲヤマみたいな、屁理屈タイプじゃないな。マッチョ、というわけじゃないけど……タフな雰囲気ではある。きっと普段は頼りがいのある人物なんだと思う。自分の人生や生き方にも誇りを持っているんじゃないかな……あくまでも印象だけど」

リサコは自分の口には大きすぎるのど飴を舌で転がしているかのような、奇妙な音を発した。

「なあ、リサコ」おれはこの種の不毛なやりとりを打ち切るべく言った。「今のはあくまでもおれが受けた印象だ。本当のところは自分で確かめろよ。さっきも言ったけど、住所はググればすぐに出てくる。もしかしたら普段はカフェで奥さんの手伝いをしているのかもしれない。なんなら、観光客のふりをして様子を窺うことだってできる。あるいは……まあ、奥さんが先に読むことになるのだろうが、ウェブサイトに記されてるアドレスにメールを送ってもいい。手紙をしたためて郵送することだってできる。直筆の手紙ってのは、あんがいと心に――」

「ううん」リサコはおれが言い終わらないうちに言った。「会いに行くよ」

「うん……それがいい」おれは同意した。それがいい。カゲヤマに言いくるめられたからではなく、一晩経過しておれもそう思うようになっていた。生きている以上は誰しもが越えなくちゃいけないドブ川がある。リサコにとっては実の父親と対面を果たすことがそのドブ川なのだ。「会ってこいよ」

「そんな……他人行儀にならないで」リサコは、またしてもリサコらしくなく、すがるような口ぶりで言った。「ゴンちゃんもいっしょに来て」

「この先はおれがいなくたって大丈夫だ」おれは、久米満夫の刺々しい態度を苦々しく思い返していた。「むしろ、おれはいないほうがベターだと思う」

「いないほうがベター？」眉間にしわを刻んだリサコが目に浮かぶようだ。「どうしてそう思うの？」

「どうしてって……なんとなくだよ」なんとなく、のわりには、きっぱりした口調でおれは言った。

「そんなことないってば」おそらくリサコは激しく首を振っている。「ゴンちゃんもいっしょに来て」

「いいか、リサコ。おれは車の運転だってできないんだ」運転免許の欠格期間が終わるのは三月の末だ。欠格期間が終わったところで、そもそも運転免許を再取得するべきかどうかも決めていない。「そんなやつは十勝じゃ役立たずに決まってる」

「そういうことを言ってるんじゃないでしょ？　わかってるくせに」

「……」

「なにが問題なのよ？」

「おれ……ほんとに必要か？」

「とっても必要」とリサコは間髪を容《い》れずに言った。「友達として」

「友達として」おれはリサコの言葉を自分でも口にしながら考えた。リサコに「友達」と認識されていることに、いわく言い難い気持ちになった。ほんの数か月前まで、ただの客とホステスの関係だったことを思えば、嬉しい。しかし、なんだかさみしい気もする。「友達」——ずいぶんとありきたりの言葉じゃないか。

「そうよ」とリサコは言う。「あたしたち、友達でしょ？」

「ああ……うん……友達だ」

「でも、なにより」リサコはおれの声音やリズムになにかを感じたのか、言い直した。「探偵として必要」

「さっきも言ったように、探偵としての仕事は——」

「終わってない」リサコはぴしゃりと言った。

「……」

「ねえ、ゴンちゃん、忘れないでくれる？」リサコはおれの反応を待たずに続けた。「あたし、この件では依頼人なのよ。従業員割引を使わせてもらってるけど、それでも依頼人なの……そうでしょ？　その依頼人が仕事は終わってない、同行してくれる探偵が必要だって言ってるんだから」

おれは無言のまま考えた。友達としてであれ探偵としてであれ、リサコに必要とされるのは誇らしかった。しかし、あの男――久米満夫にまた会わなくちゃいけないことを考えると、たちまち心は重くなった。

「お願いします。心優しき探偵さん」数秒後、リサコはなにを思ったのか、戦術を変更したのだろう、妙に色っぽい口調になって、続けた。「か弱き依頼人が父親の元を訪ねるのに、どうか付き添ってください」

7

北海道・十勝への出立は火曜の午後になった。リサコはいったん東京に戻り、スーツケースの中身を入れ替えて――なんといっても、沖縄から北海道なのだ、しかも二月なのだ、まるで気候が違う――十勝へ向かうことになる。おれたちは羽田空港の搭乗口で落ち合う段取りをつけた。

出発前日の未明、悪夢と尿意と喉の渇きで目覚めたついでに、枕元のスマートフォンを手に取って、なんの気なしにメールをチェックすると、岩澤めぐみの姉だと名乗る女性・藤崎《ふじさき》なつみからメールが届いていた。発信時間は午後十一時二十三分。そこには岩澤めぐみの病状が「芳しくない」――婉曲表現に違いないだろう――と書いてあった。面会時間は限られているが、近々病院にお越しいただけないか。数行の短いメールにはそんなふうに記されていた。

おれはすぐに返信した。明日から少しのあいだ東京を離れるもので、できれば本日中にお伺いさせていただきたく。何時でもかまいません。ご都合の良い時間をお教えください。

そして、再び眠りにつくべく布団のなかに潜り込んだが、目が冴えてしまった。

眠りたいのに眠れない未明ほど、思考が悪循環に陥ってしまう時間はない。過去の過ちや未来への不安やおのが人生に対する漠然とした悲観が夥《おびただ》しい数のミミズとなっておれの体の内側を這い回った。

悶々としているうちに晩冬の空が白んだ。

藤崎なつみからは午前八時半すぎに返信が届いた。すみやかなお返事に感謝いたします。それでは、急で恐縮ですが、本日の午後、二時から三時までの間にお越しいただけないでしょうか？お待ちしております。


岩澤めぐみの病室を訪れる前に、藤崎なつみとデイルームで手短に話した。

藤崎なつみは「仕事のできる女性」とか「キャリアに生きる女性」とかいうリードコピーをあてがいたくなるような、きりりとした顔つきのショートカットの女性で、現在名古屋で暮らしているという。有給休暇を取って、数日前から妹の看病にあたっているのだそうだ。夫の話はまったく出なかったが、左の薬指に指輪をしていたし、だいいち名前が「藤崎」なのだ、既婚者なのは間違いない……いや、というのも、結婚とか所帯とかをまるで感じさせない雰囲気なのだ。

姉によると、岩澤めぐみの病状は十二月の中旬以降、しばらく安定していたのだという。年の暮れから一月の終わりにかけてはおおむね、山梨の実家で過ごしていた。しかし、十日ほど前の夜に浴室で倒れ、近くに住む兄の車でこの南多摩地区の大学病院に運ばれた。以後は病床に臥した状態が続いており、数日前に、担当医師から「あと、ひと月だと思ってください」と告げられたらしい。

久しぶりに会う、岩澤めぐみはひどくやつれていた――いや、やつれていた、なんて表現は甘ったるい。なんと言えばいいのか。あちら側に片足を突っ込んでるとでも言えばいいのか。おれをみとめると小さく笑ったが、それは誰かを喜ばせるというよりは、悲しませるタイプの笑顔だった。

おれは浅沼捜しにほとんど進展がないことを詫びた。じつのところ、安岡丈博や淵野典といった浅沼の大学時代の旧友たちとのメールのやりとりもいつしか途絶えていた。今朝の九時すぎと部屋を出る前の午後一時前に、浅沼の実家に電話を入れてみたが、留守電応答だった。その後、浅沼実代子の携帯にも電話をしてみたが、こちらは電源が切られているようだった。おそらく勤務中なのだろう。

「わたしにはもう時間がありません」岩澤めぐみはベッドに体を横たえたまま、感情を抑制した口調で言った。

おれは頭を下げるので精一杯だった。

「権藤さんを責めているんじゃないです。どうか誤解しないで」

「いいえ、忸怩《じくじ》たる思いです」おれはようやく口を開いた。「お力になれなくて、本当に申し訳ない」

「謝らないでください」岩澤めぐみは、今の彼女に許される、おそらく精一杯の笑みを浮かべて言った。

おれはこたえた。「全力を尽くします」――そう言うなり、嘘をついてしまったかのようで、やましさを覚えた。そして、自分に腹が立った。

岩澤めぐみは心の中を整理するかのように天井を見つめた。「いずれ」そう言ってやつれた顔を今一度おれの方に向けた。「裕嗣くんが見つかって、その時にわたしがいなかったら……」

おれは黙って続きを待った。胸が苦しかったが、おれの胸の苦しさなど、この際どうでもいい。

「裕嗣くんに伝えてください」と岩澤めぐみは続けた。「ごめんねって」

「ごめんね……ですか?」

「ええ、ごめんね、と」

得心したわけではなかったが、相手の容態や心境を思えば、今ここで根掘り葉掘り尋ねるわけにはいかない。おれは、承知したことを示すためにゆっくりとうなずいてから、言い添えた。

「とにかく、全力を尽くします」

8

機上から見下ろす十勝平野は見渡す限り白い雪に覆われていた。それもそのはず、ここ数日チェックしていた天気情報によると、一昨日の深夜から今朝の未明にかけて(十勝では珍しいほどの)大雪が降ったらしい。しかしながら、とかち帯広空港から外に出て、空を仰ぐと、大地が雪に覆われているのが嘘みたいに十勝の広大な空はどこまでも晴れ渡っていた。

いくら運転の得意なリサコでも雪道では思うままにならないようだ。レンタカー営業所を出発して最初のT字路で派手に横滑りし、以後は石橋を叩いて渡るような、慎重な運転に切り替わった。帯広市街地までは通常なら三十分ほどで行けるらしいが、この時は一時間強かかった。

　リサコが予約を入れてくれていたのは、帯広の繁華街にありながら天然温泉の大浴場が設けられたシティホテルだった。もちろん、リサコとは別室……おれはどちらでもかまわなかったのだが……いや、同室をひそかに期待していたような気もする。

　ウェブサイトによると、〈カフェ・ロールベール〉の営業日は火曜から土曜までの午前十時から午後五時（日曜と月曜が定休日）、ということだ。木曜と金曜のみ、バータイムとして夜——午後七時から午後十時まで——も店を開けている。本日は火曜。カフェの開店時間に間に合うかどうかは微妙だが、視察を兼ねて現地へ行ってみることを予《あらかじ》めおれは考えていた。しかし、それとなくリサコの意向を伺うに、彼女にはまったくそのつもりはないみたいなので、おれもはっきりとは提案しなかった。

　そうして、レセプションの女性スタッフが「わたしの個人的な好みなんですが」とわざわざ断った上で教えてくれた、炉端焼きのお店で（おれたちにしては、かなり早めの）夕食を食べ、その後はそこの若女将に教えてもらったカクテル・バーで軽く飲んだ。

　リサコの不思議なところは、高円寺の猥雑な接待飲食店にも富ヶ谷の小洒落たヴィーガン・レストランにも高速道路のサービスエリアにある没個性的なカフェテリアにも帯広の（腐すつもりは毛頭ないが、いかにも地方の小都市にありがちな）いまいち垢抜けないバーにも見事に溶け込んでしまうことだ。環境に合わせて体色を素早く変化させるカメレオンのごとく。浮く、ということがない。おそらくは、ウランバートルの大衆食堂だろうがイビサ島の非合法コカインバー（そんなものが存在するのかどうか知らないが）だろうが、なんなく溶け込めるだろう。これは明らかに長所だと思う。探偵として、そしてもちろん、人間としても。

「ゴンちゃんってさ」リサコは十勝ワインをベースにしたミモザを飲みながら言ってきた。「おしゃべりなようで、自分のことはあまりしゃべらないよね」

「そうか？」おれはスプレンダーX・Oという十勝ブランデーをオンザロックで飲んでいた。「自分ではけっこうしゃべってるつもりだけど」

「肝心なことはしゃべらないよ」

「そうか？」おれは繰り返した。「肝心なことって例えば？」

「両親のこととか」

「別に隠してるつもりはないけど。話す機会がなかっただけじゃね？」とおれは言った。中年ともなると親のことを話す機会など滅多にないし、訊かれもしないのに自発的に親のことをしゃべっていたら、そいつの頭はネジが外れてる。そうじゃないか？「おれの両親のどんなことが知りたいんだ？」

「ゴンちゃんのお父さんのことを教えて」リサコは、はじめからそのつもりだったのだろう、即座に言った。「もう亡くなっているってことは前にちらっと聞いたけど」

「そうだ。おれが小学六年の秋に事故って死んだ」

「……交通事故だっけ？」

「ああ。長距離トラックの運転手だったんだ。九州に向かう途中の高速道路で、居眠り運転の車を避けようとして横転した。即死だったらしい」

「そうだったんだ……」リサコは、その気になれば湾曲させられるような、しなやかな視線をおれに向けていた。「どんな人だった？」

「とっぽい男だったんじゃないかな。当時の写真を見ると、やけにキザな恰好してるよ。髪の毛はたいていリーゼントだし。ロカビリーが大好きで、エルヴィス・プレスリーとかカール・パーキンスとかのレコードをたくさん持ってた……そのうちの何枚かは今もおれの部屋にある。おれが生まれる前は横浜の関内のバーでバーテンダーをやってた。そこで、客としてやって来たおふくろと出会ったんだ。先に惚れたのはおふくろのほうらしいけど」

リサコは先を促すようにうなずいた。

「親父のことを思い出す時に鮮やかに蘇るのは、近所の公園で暗くなるまでキャッチボールしたことだ。おれのコントロールが悪いとだんだんと不機嫌になっていくんだよな。おれはどうにか親父に機嫌を直してもらおうと、へんに気負って、さらにコントロールが悪くなるという」

「小学生の男の子にとって父親って、ものすごく大きな存在よね」

「ていうか、それは、小学生の男子に限ったことじゃないだろ」

「そうか……そうね」

「その年の誕生日にローリングスのキャッチャーミットを買ってくれる約束だったんだけどな……誕生日の一週間前に死んじまった。それが関係あるのかないのか……たぶんあるんだろうな……おれは中学ではサッカー部に入るんだ。以後は高校卒業までサッカー部」

「お父さんがいたら、野球をやってた？」

「う～ん……ま、少なくとも中学では野球部に入ってたんじゃないかな。べつに、野球をやれって親父から言われた覚えはないけどね。体育会系のノリでもなかったし」

「ふうん」

「でも、子どもってのは立ち直るのも早い。親父が死んで一年も経たないうちに、おれは慣れちゃってたよ、父親がいないことに。おふくろが立ち直るにはもっと時間が必要だったけど」

「お母さま……今は再婚されてるのよね？」

「ああ。親父の死から十年を経て、再婚した」

「その時はどう思った？」

「どう思うもなにも……おれももう大学を卒業する間際だから。良かったなあ、くらいの感想しかないよ。ほら、息子としても……しかも、おれ、いちおう長男だしさ……おふくろがひとりもんだとなにかと心配だろ」

「だろ」

「そうね……あたしもちょっと安心した……お母さんがパートナーと暮らし始めたときは」

「ゴンちゃん、きょうだいは？」

「四つ下の妹がひとり」

「妹さんか……今、なにしてるの？」

「美容師。母親も美容師だった」

「へえ、そうなんだ。どこで美容師をしてるの？」

「新潟。長岡」

「え……新潟？」きっとリサコは東京の、あるいは、少なくとも首都圏のどこで美容師をしているのかを尋ねたつもりだったのだろう。「どうして新潟に？」

「そうか……その話もしてなかったか」

「あたしが知ってるのは……ゴンちゃんが横浜のはずれで生まれ育ったってこと」

「そうだ。横浜市旭区で生まれ育った。けど、おれが大学に進学するタイミングで、おふくろは自分の生まれ故郷である長岡に帰ったんだ。中学生の妹を連れて。妹は長岡での生活にすっかり馴染んで……こっちには戻らなかった」

「ふうん」

「つーか、いつからか、妹は東京を嫌っているんだよな……いや、もしかしたら、東京というよりも、猫も杓子も一様に抱く東京への憧れに、げんなりしてるのかもしれない」

「なんとなく、わかる気がする」

「わかる気がする？」リサコは東京生まれ東京育ちじゃないか」

「でも、わかる気がする。東京東京、ってバッカみたいってあたし思ってる、高校生の頃から」

「それ……田舎もんがなに言ってるの……ってことだろ？」

「そうじゃなくて」リサコは言葉を探して上目使いになった。「うまく説明できないけど……東京が特別なところだなんて、あたしぜんぜん思ってないし。東京生まれをひけらかす人も苦手。きっかけさえあれば、いくらでもべつの街に住んじゃう」

「ふむ」おれはうなずき、リサコの話題に切り替えようかと一瞬思ったが、今はまだその時じゃないと思い直して、先を続けた。「まあ、妹の場合は、あまのじゃくなんだよ。みんなが右を向くと、あいつは左を向く」

「ふふふ」リサコは笑った。「ゴンちゃんもそういうところあるでしょ」

「……まあ」認めざるを得なかった。「これは母親の血筋だな」

「うちの母親もそうだった……筋金入りのあまのじゃく」

「うちも相当だぜ」

「遺伝とか血筋のことって考える？」

「普段は考えないけど」おれは言った。「時にはね。だって、無視するわけにはいかないだろ？」

「そうよね」リサコはうなずいた。「あたしもそこがずっと引っかかってる……引っかかってるからこそ、普段は反発しちゃうの……血筋なんて関係ないって。そういうことを持ち出すのってナンセンスだって」

「ふむ」

「いずれにしても」とリサコは続けた。「あたしの真ん中には、ぽっかりと穴が空いてる」

「……穴？」

「そう。大きな穴。空洞。その空洞を埋めたくて無茶した時期もあった」

おれは、リサコが十代の後半から二十代の終わりにかけて送っていたらしい、派手な、というか、荒んだ、というか、少なくとも地味ではない、生活のことを聞かされたことがあった……まあ、酒席でのトークだし、おれ以外に聴衆もいたから、少しは盛っているのだろうが。

「父親をまったく知らずに育ったってのは、そういうことなんだと思う」リサコは淡々と言った。

「ゴンちゃんにはわからないかもしれないけど」

「ああ、そうだな」おれは正直に言った。「おれにはわからないよ。想像することしかできない」

「それでいいの」そう言ってリサコは微笑んだ。「想像してみてくれるだけで」

9

翌朝は最上階のカフェテラスで、広大な十勝平野と、西に日高《ひだか》山脈や北に大雪山《だいせつざん》を眺めながらゆったりとビュッフェスタイルの朝食をとり、午前十一時近くになってから、ホテルを出て、デミオに乗り込み、〈カフェ・ロールベール〉を目指した。

前日同様、十勝の巨大な空には澄んだ冬の青が広がっていた。しかし、今朝の最低気温は氷点下十四度、午前十一時の時点でも氷点下五度だった。予想最高気温ですら氷点下三度。尖った寒気はまるで肌を切りつけるかのようだ。

帯広市街地を抜け、十勝川を渡り、だだっ広い駐車場を設えた大型電気量販店やホームセンターやスーパーマーケットが林立する郊外を通り過ぎると、一気に田園風景が広がった。もっとも、田園とはいえ、見渡す限り白い雪に覆われているのだが。

音更町の市街地の外れに位置する〈カフェ・ロールベール〉には、小一時間ほどで着いた。外壁のレンガ調とレモンイエローのツートンカラーが周囲の白い雪と背後の松林に映えている。建物の脇には店舗とは別の玄関もあった。正面に広めのテラスがあったが、テーブルやチェアの類いは出ていなかった。そりゃそうだろう。なんといっても氷点下なのだ。

六台ほどがとめられる駐車場のいちばん端にデミオをとめた。駐車場にはほかに深緑のトヨタのSUV車がとまっている。二重窓を通して、店内の様子がうっすらと見えた。窓側のテーブルに初老の男女が向かい合わせに座っていて、髪を後ろで結わえた二十歳くらいの女子が注文をとっているのがかろうじて見えた。若い女子は、もしや久米満夫の娘――つまり、リサコの腹違いの妹――だろうか？

エンジンを止めたものの、リサコは運転席から動こうとしなかった。

「ん？　どうしたんだ？」おれは助手席のドアの取っ手に手をかけながら言った。

「……」リサコはステアリングに腕をかけて首を振った。

道すがらのリサコはいつになく無口だった。おれは、慣れない冬道の運転に意識を集中しているせいだと思い込んでいたのだが……。「なあ、リサコ？」

「……なんだか」リサコはおれには顔を向けずにこたえた。「調子が出ないの」

おれは黙って続きを待った。

「今日はダメね」リサコは首を振りながら続けた。「きっと、まだ馴染んでないの……この土地に身も心も」

「身も心もこの土地に馴染んでない」おれはリサコの言葉を順序を変えて口にした。口にすることで理解できるかもしれないと期待しながら。

「そう。馴染んでないから調子が出ない」

「どうすればいいんだ？」

「もう少し時間が必要」

赤いスズキの軽自動車が駐車場に入ってきて、デミオから一台置いて停車した。ほどなく、不動産会社か建設会社の事務職といった感じのグレーの制服の上にネイビーとブラウンのハーフコートのダウンを羽織った三十がらみの女性が二人出てきて、店に入っていった。昼食休憩にやってきたのだろう。

「つまり……」おれは話を再開した。「それまでは父親に会えないってことか？」

「そう」リサコはこたえた。「万全の状態で、とは言わないけど……今よりはもうちょっとましな状態で会いたい」

わかるもなにも本人がそう言うなら仕方ないじゃないか。

「ねえ、ゴンちゃん」そこでようやくリサコはおれに顔を向けた。「わかってくれる？」

おれはうなずいた。

リサコは声音を変えて……普段のリサコに近い、弾むような口ぶりになって言った。「せっかく十勝までやって来たんだから、観光しようよ」

「観光？　外は氷点下だぞ？」

「ゴンちゃん、寒いの得意じゃん？」

「これまではそのつもりだったが……いくらなんでもこれは寒すぎる……」

「でも、こんなに」リサコはフロントウィンドウから空を仰いだ。「晴れ渡ってるよ」

「まあ」おれはサイドウィンドウから空を仰いだ。目に染みるほどの青い空に刷毛でひと擦りしたような白い雲。「たしかに」

「なにも冬山に登ろうって言ってるんじゃない。冬ならではの観光をしようよ。そうこうするうちに、あたし、馴染んでくるはずだから」

「わかった」

「ホテルも変えよう」

「ホテルも？」

「そう。だって、こんな大自然に囲まれた土地にやって来たのに、市街地のホテルで過ごすなんて、なんだか損した気分。いちおう、温泉はついてるけど、露天風呂はないし……あたしが露天風呂好きなの知ってるでしょ」

「オーケー」とおれは言った。どうせ、今回の宿泊費はリサコ持ちなのだ。それに、いずれにしろ、こんなことを言い出したリサコを止められるはずもない。「リサコの思うままにしてくれ。おれは地の果てまでついていくよ」

10

おれたちは帯広市街地のホテルに戻ると、荷物をまとめ、キャンセル料……すなわち、その日の宿泊費の八〇％を払って、チェックアウトした。それから、再び国道２４１号線を北進し（途中〈カフェ・ロールベール〉の近隣を通過し）、ふいに出くわした洒落た造りの道の駅でのランチ休憩を挟みつつ、途中からは国道２７３号線に進路を取って、山間部に進入し、ほどなく大雪山国立公園区域に入った。そうして、トータルで三時間強の道のりを経て、日暮れの少し前に、ぬかびら源泉郷にたどり着いた。

リサコがスマートフォンのアプリで予約を入れていたのは、外観こそかなり古びているが、内装はリフォームが施されて、今時のセンスで生まれ変わった温泉旅館だった。

今度は同部屋だった。もっとも、スイートというか続き部屋であり、リサコが奥の洋室、おれは手前の和室で就寝することをあらかじめ――予約を入れる際に――約束させられたが。

露天風呂に入ったり、広々とした眺めの良い部屋で無為に過ごしたりしているうちに、夕食の時間になった。地元の食材をふんだんに使ったディナーをボルドー産の赤ワインとともに食し、その後はまた風呂に入り、それからオーディオルームのような別部屋で見逃していた映画のDVDを観て過ごすうちに、午後十一時半をまわった。おれは、思うところはあった、というか、正直な話、じゃっかん体が疼いていたが、けしかけたところで上手くいかないのは見え見えだったので、おとなしく寝床に入った。その日は助手席に座っていただけで、たいしたことはなにもしていないのだが、それでもここのところの疲れが温泉につかったことで一気に噴き出したのか、眠りはいつになく深く、普段のおれにありがちな悪夢や尿意や喉の渇きで中途で目覚めることもなく、朝の七時を迎えた。


「今日はタウシュベツ川橋梁まで歩いていこう。幻の橋とかって言われてるやつ……知ってる？毎年、夏から冬にかけては湖の底に沈むんだよ。いつだったたか、テレビの旅番組でも紹介されてた……まさか、その場所に来てるとは……昨日、ここに着いてから、その橋の近くまで来てることを知ったの」

朝食の席でリサコは言った。本当に調子が出てないのか？と疑いたくなるくらいに楽しげな口調で。

リサコはさらに続けた。「それから温泉にも行こ……この先の山ん中に秘湯があるみたい……

もっとも、車で行ける程度の秘湯だけどね」

おれは、オッケー、それいいね、などと口先ではこたえながら、頭の中では起き抜けに考えたことを引き続き考えていた。つまり、岩澤めぐみの案件だ。リサコはいいが、いいというか仕方ないが、おれは悠長にこの土地に心身を馴染ませている場合じゃない。そんなことよりも仕事をしなければ。山中の旅館にいてもできる仕事はいくらでもある。旅館のW-i-F-iが快適な速度であることは——おれたちの他に、ほんの数組の宿泊客しかいないことも関係しているのだろうが——昨日のうちに確認済みだ。

「さっき、オッケーと言ったけど……やっぱ、ごめん」食後のコーヒーを飲んでいる時におれはリサコに告げた。「タウシュベツ？ 幻の橋？ だかには、ひとりで行ってくれないか。おれが付き添わなきゃそこには行けないってわけじゃないだろ？」

「行けないわけじゃないけど……どうして？」

「おれは仕事をしなければ」

「仕事？」

「ああ」

「もしや……」おれの顔色を窺いながら、リサコは自分も従業員のひとりであることを思い出したのか、神妙な口調で言った。「岩澤めぐみさん？」

「そうだ」そうしておれは要点を話した。三日前に久しぶりに病院を訪れたこと。由々しき容態であること。「今一度、すべての関係者に連絡を取りたいんだ」

「わかった」とリサコは言った。「じゃあ、今日は別行動にしましょう。晩ご飯までには帰ってくるわ」

「おう。くれぐれも安全運転でな」

リサコがデミオに乗って出かけた後、おれはまず、浅沼裕嗣の母親に電話を入れた。じつは浅沼実代子とは、岩澤めぐみとの面会の後、つまり、月曜の夕方にも電話で話していた。その時に、岩澤めぐみの余命が長くないことを知らせ、警察に捜索願を出すよう改めて頼んでおいたのだ。実代子は翌火曜の朝一で最寄りの警察署に赴いて、捜索願を提出してきたという。これで、警察庁のデータベースには登録されたことになる。もっとも、浅沼裕嗣の場合は、自分の意思によって家を出た「一般家出人」というカテゴリーにあたり、積極的に捜索してくれるわけではないのだが。

札幌で暮らす妹の山口美緒とも電話で話した。もともとおしゃべり好きな性質なようで、美緒は裕嗣にまつわる幼少の頃の思い出話を懇々と語ってくれたが、なんら有益な情報にはありつけなかった。

それから、ミュージシャン時代の関係者や大学時代の友人、高校時代の友人や恋人、それに元妻にも、テキストやメールをしたためた。夕方までに返事があったのは、大学時代の友人である淵野典だけだったが。

さらに、三年以上放置されたままの浅沼裕嗣のフェイスブックページを訪れ、失踪する二か月前の誕生日に祝いの言葉を寄せている三十四人全員に、簡潔なメッセージを書いた。お母さまが御体調を崩され、裕嗣さんと切に連絡を取りたがっております。どんな情報でもけっこうです。

狡い手ではあったが、もはやなりふりなどかまっていられない。

そうして、ひととおりのやるべきことを済ませた午後遅く、カゲヤマに電話した。

「え……部屋もいっしょなの!?」カゲヤマは腹をすかせたイグアナよろしく、その部分に食らいついてきた。おれが部屋がいっしょとはいえ、それは続き部屋で、寝る部屋は違うんだと繰り返すとカゲヤマは続けた。「だとしてもさ。いいなあ、いいなあ。それ、ほとんど、リサコとの観光旅行じゃん？」

「いや、おれは宿に残って仕事をしてるんだ」

「でも、朝や夜はご飯を食べたり、露天風呂に入ったり……いいなあ……羨ましいなあ」

「しかし、気持ちは晴れない」おれは言った。「いったいどうすればいいんだ？」

「どうすればいい？」

「浅沼捜しだよ」

「あ……そっちね」と思い出したようにカゲヤマ。

「やっぱ、ちゃんとした探偵事務所に依頼すべきなんじゃないか？」

「ちゃんとした？」カゲヤマはまるで自分の子どもが非難されたかのように、不服そうな口調で言った。「てことは、権藤探偵事務所はちゃんとしてない？」

「いや……ちゃんとしてないわけじゃないが……いかんせん……」

「なに？」

「常勤の探偵はおれ一人じゃないか」

「工藤探偵事務所だって、工藤俊作ひとりだよ」

「あのねえ……社長さん」おれは呆れながら言った。「何度も言ってるけど、あれはテレビドラマでしょうが」

「じゃあ、逆に訊くけど、大きな……つまり、ちゃんとした探偵事務所だと……どうやって捜すの？　この手の案件に、何人もの調査員を注ぎ込むの？」

「むむむ」

「あるいは、大きな探偵事務所は、天にましますす神様だか創造主だかに通じるコネクションを持ってるわけ？　それで、その偉人にひれ伏して、失踪した人間を捜してもらうの？」

「むむむ」

「ほらね」カゲヤマは勝ち誇ったように言う。「ようするに、大きい会社とて、やることはそんなに変わりないんだって」

「でも、いざとなれば、何人かは投入するだろうよ……おれがバイトしてた探偵社が実際そうだった」

「わかったよ」ようやく観念したかのような調子でカゲヤマは言った。「ぼくにできることは？」

「お！」おれは少なからず驚いた。こんなことを言い出すのは、創業以来、初めてのことじゃないか。「カゲヤマ、動けるのか？」

「じつは、ほんのさっき、大きな仕事に一段落ついたところなんだ」とカゲヤマはバツが悪そうに。このワーカホリックのイグアナにとって、忙しくないと明かすのはバツが悪いことなのだろう。「この後、来週の水曜くらいまでは動けるよ」

「じゃあ」おれは言った。守屋拓巳という、浅沼裕嗣の高校時代のバンド仲間の足取りを調べてくれないか、と。「九年前には下北沢のライヴハウスに現れている。少なくともその頃は広告プランナーだった。おそらく東京に住んでいた。広告関係には知り合いが多いだろ？」

「まあ……それなりに」

「その、それなりの数の人に片っ端から当たってみてくれ」

「オーケー、やってみるよ」

「頼むぜ……とおれが言うのも、なんだかへんだけど」

「で、リサコのほうは」とカゲヤマはトピックを戻した。こっちの案件のほうが気がかりなのかもしれない。「何日もかかりそう？」

「どうなんだろう」こっちの案件はリサコ次第なのだ。さしあたっておれにできることはない。

「おれの見立てでは、明日あたり、会いに行くって言いそうだけど」

「今はなにしてるんだっけ？」

「タウシュベツ川橋梁？　幻の橋？　その上を国鉄時代の鉄道が走ってたとか。それを……そこまでは凍った湖の上を歩いていくらしいけど……見学に行って、それから、なんとかっていう秘湯に行くって言ってた。この先の山奥にとっておきの秘湯があるらしいんだ。あと、なんだっけな……とにかく、このへんは通好みの見所が多いらしいね。いずれにしろ、晩飯までには戻ってくるよ」

　しかし、その晩、リサコは戻らなかった。

11

おれは、ひとりさみしく、かつ少々苛つきながらディナーを食べ、気がかりを抱えたままに風呂に入り、集中できぬままにYouTubeを渡り歩き、日付が変わったところで、待ちくたびれて布団に潜り込んだものの、なかなか眠れず、たとえ眠りについてもその眠りは自分が眠っていることが意識されるほど浅い上に細切れで、布団から抜け出しては部屋を出て旅館内をうろちょろしたり、ラウンジのソファでじりじりしたり、あげくに氷点下十五度の世界に出てみたりもした。もちろんリサコには何度もＬＩＮＥでメッセージを送った。メッセージはいっこうに既読にならず、しびれを切らして電話をかけてみると、電源が切られているか電波の届かないところにいるという、例のメッセージが流れた。

午前二時半、心配が頂点に達して、警察に電話をかけた。しかし、管轄内および隣接する区域において、昨日の朝から現在に至るまで、被害者が身元不明であるような事故やなんらかの事件性のある出来事が起こったという記録や報告はないという。行方不明者届を提出するか、と問われた。少し考えてから、朝まで待ちます、とこたえた。それから、ようやく浅い眠りに落ちた。

朝がやってきた。本日も美しい冬晴れだ。

九時になったら、警察に再度電話して、警察署に行く足はないから警察官に旅館に来てもらおう、と思っていたのだが、八時五十五分にリサコは戻ってきた。

「ごめんね～」続き部屋に入ってきたリサコは、まるで待ち合わせ時間に十五分ばかり遅れてきた女子高校生のような調子だった。「スマフォの充電がいつのまにか切れちゃってて……心配した？」

「あったりまえだろが」おれは安堵と怒りで声を震わせながら言った。「どういうことなんだ？説明しろ」

「もちろん、します」とリサコは片目を瞑りながら。「でも、まずはお風呂に入って、それからチェックアウトしちゃおうよ」

「……チェックアウト？」

「東京に帰るの」

「……は？」

「用事は終わりました」

「お……終わった？」

「ごめんね、ゴンちゃんに相談もせずに勝手に行動して」

「……つまり？」

「うん……ぜんぶ車の中で説明するから」リサコは困惑するおれをよそに続けた。「午後いちの飛行機に乗らなきゃ」

「おいおい。どうして、そんなに急ぐんだ？」

「それも説明するから……とにかく、お風呂に入って、支度をしよう」

得心はできないが、仕方ない。おれは、リサコに言われるままに、風呂に入り、それから荷造りと支度をした。そして、午前十時前には温泉旅館を後にして、リサコの運転するデミオの助手席に座って、とかち帯広空港を目指していた。

「昨日ね」リサコは、曲がりくねった山道を抜け、道路がほぼ直線になったところで、ようやく話し始めた。「凍った湖の上を歩いて幻の橋を見に行った後、秘湯の混浴に浸かっていたら、どういうわけかすっごくテンションが上がってきて――」

リサコは〈カフェ・ロールベール〉に向かったらしい。木曜の夜はバータイム営業があり、久米満夫氏が店に出ていることは容易に予想がついた。

「観光客を装ってお店に入ったの」リサコは続けた。「こんな季節に観光客がふらりと入って来るのはすごく珍しいらしくて、地元のお客さんたちにチヤホヤされて……ふふふ……すごく楽しい時間だったわ」

「……それで」おれはじりじりしながら尋ねた。「父親には会えたのか?」

「会えたよ」リサコは淡々としすぎてるくらいに淡々とこたえた。「奥さんにも、娘さんにも」

「父親にはなんて言ったんだ?」

「なにも」リサコは首を振る。

「なにも?」

「うん。なにも言わないことにしたの」

「奥さんや娘さんがいたから?」

「ううん。そうじゃない」リサコは再び首を振った。「奥さんや娘さんがお店にいたのは最初のほうだけ。途中からは久米さんがひとりでバーを切り盛りしてた。お客さんがわたし以外に四人……牧場主とか食品会社の社長さんとか町議会議員とか……あ、四人じゃなくて、閉店間際に元ミュージシャンとかいう人も来たから……ぜんぶで五人ね」

「客が何人とかはどうでもいい」おれは苛々しながら言った。「もう一度訊くが、父親になにも言わなかった？」

「うん。なにも言わなかった。最後まで観光客で通した」

「向こうは気づいてないのか？　つまり、リサコの素性に」

「どうだろ……そこはなんとも言えない。もしかしたら、なにか感じるところはあったのかもしれない。だって、酔って帰れなくなったあたしを快く泊めてくれたんだし」

「泊まったのは……住居のほうに？」

「お店の奥にちょっとした個室があって、そこにソファベッドが置いてあるの。休んでいきなさいって言われて、毛布や枕や部屋着を持ってきてくれた……そういうこと、たまにあるみたいだね」

「たまにある？」

「うん。このへんは車社会じゃない？　車を運転してバーにやってくる人が多いの。だから、ノンアルコール飲料が充実してるんだけどね。でも、飲んでしまった人は車を駐車場に置いてタクシーで帰ったり、運転代行サービスを頼んだりするんだけど……週末だと二時間待ちとかになることもあるみたいで……そんな時に、気心知れたお客さんはその部屋に泊まっていくんだって。あたし、一見客なのに泊めてくれたんだよ」

「なるほどね」おれはうなずいた。「それにしても、なぜ久米さんになにも言わなかったんだ？」

「どうしてだろうね……自分でもよくわからないの」リサコは微笑みながら言った。「最初はもちろん言うつもりだったよ。だから機会を窺ってた。でも、楽しい時間を過ごすうちに、自分が誰なのかなんて知らせなくてもいいんじゃないかって思ったの。あたしのほうはこの人が父親だってわかってる。それでじゅうぶんなんじゃないかって……わかる？」

「ぜんぜんわかんない」おれは正直に言った。「なんだよ、それ？」

「なんだよそれ、って言われてもね」リサコは微笑みを崩さずにこたえた。「とにかく、あたしはすっきりしたの。今はとってもハッピー。そして、めっちゃポジティヴ。さあ、また、あたしの人生を生きなくちゃって思ってる」

「それは……素晴らしい……」

「ここんところ、あたしは自分の生きる道筋を見失ってた。見失ってるのを心のどこかで父親のせいにしてた。でも、違う。いや、違わないかもしれない。とにかく、念願の父親に会えたの。それでいいの。もう解決。今日からあたしはあたしの人生を生きなくちゃ」

それから、リサコは〈カフェ・ロールベール〉での数時間がどんなに楽しいものだったかをさらに話して聞かせた。リサコが描写する久米満夫氏は、おれが知っている久米満夫氏とはおよそ別人だった。鷹揚で、ユーモラスで、機転が利いて……。

それから、急いで東京に帰らなくてはいけない理由をリサコは説明した。昨日の午後、〈シオン〉のムラタ店長から電話があったらしい。立て続けに何人ものフロアレディが店を辞めてしまい、人手が足りなくて困っている、と。リサコは今年になってからほとんど店には出ていなかった。年明けはウズベキスタン旅行、その後は母親の看病、それから、宮古島の叔父宅に滞在、そして、北海道。〈シオン〉には、あたし、ずいぶんとお世話になっているの。わがままをたくさん聞いてもらってるし。だから、お店が困ってる時は力にならないとね」

とかち帯広空港にはお昼すぎに着いた。おみやげ店でおみやげを買い、ラーメン店でラーメンを食べると、まもなく搭乗時間になった。

搭乗後、シートベルトを締めてからおれは、さきほどのリサコの話をぼんやり思い返していた。じつは、車の中で話を聞いている時に、妙な引っかかりを覚えていたのだが、その理由がわからなかったのだ。そうして、その理由に忽然と思い当たって、後頭部を殴られたような衝撃を受けた。

「なあ、リサコ」

「……ん？」

「さっき……元ミュージシャンとかいう人が客にいたって言わなかったか？〈カフェ・ロールベール〉に」

「うん、いたよ。東京に住んでたことがあるとか——」

「と、東京!?」

「どうしたのよ、そんな大声出して」リサコは昂奮するおれを宥めるように言った。「べつに珍しいことじゃないじゃない？」

「そいつは他に……なんか言ってたか？」

「ううん……だって、閉店間際にやってきて……一杯だけ飲んで……しかもノンアルコールビールを飲んで……すぐに帰っていったから。その男がどうかした？」

「その男は……」おれは自分のスマフォの写真アプリから、ずっと捜し求めていた男の写真を選び出し、リサコの顔につきつけた。「こいつじゃなかったか？」

リサコは写真をじっと見つめた。「うーん……はっきりとは言えないけど……たしかにこんな雰囲気の人だったかも。歳はもうちょっといってるかな。ていうか、どうして、ゴンちゃん――」

おれは、リサコの話を聞き終える前にシートベルトを外して立ち上がり、機内前方に向かって歩くフライトアテンダントの背中に向かって、叫んだ。というか、気がついたら叫んでいた。

「すみません！　ぼく降りますんで！」

第六話

1

おれは、チーフパーサー……というより航空会社と擦った揉んだしたあげくに、最終的には急患——ひょっとして危険人物を意味する彼らの隠語なのか？——扱いになって、すでに乗降ドアのしまっていた航空機から降ろされた。最初のうちは無理を通そうとするおれをどうにか諫めていたリサコも、何を言っても無駄だと諦めたのか、あるいはおれの主張も一理あると思い直したのか、途中からは口を挟まずに傍観していた。降機が決まると、リサコは「あたしが必要になったら、すぐに連絡してね」と言って、おれの手首のあたりを、きゅっと握った。不意のことで、おれは「おう、サンキュー」としか言い返せなかったが、リサコの細い指の先からは、ポジティヴなヴァイブレーションが、さらには……どう言えばいいのだろう……いっそ、これぞ愛の成分の一つとでも言いたくなる温もりが伝わってきた。

しかし、搭乗ブリッジを足早に抜けて搭乗口、つまり、空港ビルに戻った途端におれの確信はみるみると萎れていった。あらためて冷静に考えれば、おれが引っかかりを覚えたのは「元ミュージシャン」と「東京に住んでた」という単語のみだ。そして、浅沼裕嗣の写真を見せた際にリサコは「たしかにこんな雰囲気の人だったかも」と言ったに過ぎない。にもかかわらず、おれは、いったん乗り込んだ（どころか、着席してシートベルトまで締めた）航空機から降ろしてもらうほどに〈カフェ・ロールベール〉の常連客らしい一人の男が浅沼裕嗣だと確信するとは。いくらなんでも早合点じゃないか。つーか、ようするに、おれはアホなのか？

しかも、おれには運転免許がない。欠格期間中――技術的には運転できるが、法的には運転する資格がないのだ。その事実をすっかり失念していた。せめてその事実を自覚していれば、おれはリサコとともにいったん東京に戻って、降って湧いたインスピレーションを揺るぎないファクトと緻密なロジックで固めた上で、権藤探偵事務所の辣腕非常勤スタッフであり運転手としても有能なリサコを連れて再度北海道にやってくる、という行動を選択しただろう。いや、東京での調査の結果、リサコが〈カフェ・ロールベール〉で居合わせた「東京に住んでたことのある元ミュージシャン」は浅沼裕嗣などではなく、浅沼とはなんの関係もない、まったくの別人であることが判明したかもしれない。

おまえはアホなのか？　こんな衝動的な行動をとって、プロフェッショナルな探偵と言えるのか？　認めたくないだけで、やっぱ、へっぽこ探偵、なんじゃね？　おれは胸の内で自分に毒づきながら、おのがインスピレーションに一縷の望みを託して、帯広市街地行きの路線バスに乗り込んだ。

二日前にキャンセル料を払ってチェックアウトしたシティホテルに再びチェックインしてから、

四半世紀にわたる腐れ縁にして我がボス、イグアナ科のカゲヤマに電話した。調査の経過を逐一、報告する必要も義務もないのだが、これまでの経験から言って、心細さや気塞ぎの類いを多少なりとも緩和させるには、こいつとの無駄口は効果覿面《てきめん》だ。たとえ、意見が嚙み合わなくとも。

「元ミュージシャンって……あのね」とカゲヤマは呆れかえった口調で言う。「この世にいったい何人の元ミュージシャンがいると思ってるの？」

「東京にも住んでたんだぞ」

「日本のミュージシャンはたいてい東京に住んでたことあるんじゃないの？」

「つっても、星の数ほどはいないぞ」

「どうかな。都心の空に見える星の数くらいはいるんじゃない？」

「うむむ」

「でしょ？」

「しかし、浅沼の写真を見たリサコも、似たような雰囲気、と言ってる」

「似たよう、な、雰囲気……ねえ」と、さらに呆れを深めてカゲヤマは言う。「リサコは酔ってたんでしょ？　ま、たとえ、ほろ酔いだったにしても、父親との初めての会話に必死で、まわりの人間を冷静に観察する余裕なんてなかったんじゃない？　……ああ見えても、人一倍繊細だからね」

「まあ……そうだな」

「でしょ？」

「でも……おれ、ひらめいたんだよ」そう言いながら、自分がいまだケツの青い洟垂れ小僧であるかのような感覚を覚えた。

「うむむ」

「こんなこと初めてだ」

「探偵業を始めてから初のひらめき?」

「ああ」鏡で確かめる気にはなれないが、おれはおそらく赤面している。「そんな気がする」

「うむむ」カゲヤマは再び唸り、一拍置いてから言った。「まあ、そうだよね、ひらめきを信じてみるのもいいよね」

「おいおい」今に始まったことではないが、カゲヤマの軽佻な口ぶりが癪にさわった。「やめろ、その他人事みたいな言い草は」

「つーか、ゴンちゃんさあ……」

「……なんだよ?」

「つまるところ、プライドが傷ついたんだよね」

「う……」急所を突かれた。

「だって、せっかく北海道まで同行したっていうのに……しかも、こんな酷寒期に」カゲヤマの声音には旧友に対する憐れみがマーブル模様となって滲んでいた。「ゴンちゃんの手を借りずに、自ら解決しちゃうんだからね、リサコったら」

「まあ……うん……そうだよ」おれは認めた。リサコには言えなかったが、カゲヤマになら言える。このことが言いたくておれはカゲヤマに電話をかけたのかもしれない。「ぶっちゃけ、傷ついたよ。おれはいったい何をしに、北海道くんだりまでやって来たんだ?と思ったね。おれが必要だと言ったのはあいつのほうなんだぜ」

「それで、北海道までやって来たことの意味をどうにか見いだそうとして――」

「かもしれない。きっとそうだ」おれはさらに認めた。「しかし、だからと言って、いったんひらめいてしまったものをなかったことにはできない」

「たしかにね」カゲヤマはようやく得心したようだ。「プロの探偵としてのひらめきなんだから、信じて邁進するしかない」

「ああ、するよ」おれはケツの青い自分の中の洟垂れ小僧を鼓舞するように言った。「間違いだとわかったら、引き返せばいいだけの話だ」

「当たって砕けろ！」

いやに甲高い声でカゲヤマは言い、ひとり「カカカカ」と笑った。一連の展開を面白がっているのか、単におれを嘲っているのか、あるいは働きすぎてついに頭がいかれてしまったのか、なんともわかりかねる複雑な笑い声だった。

2

その日が金曜日、すなわち、〈カフェ・ロールベール〉が夜も営業する曜日であることは、チーフパーサーに降ろしてくれと懇願（もしくは降ろせと強請《きょうせい》）している時から意識していた。もしかしたらその晩ただちに浅沼裕嗣に会うことができるかもしれない。そんな期待さえおれは抱いていた。

宵の口の全国ニュースとそれに続くローカルニュースを流し観ながら、近くのコンビニで買ってきた夕食を済ませた。陳列されているものの中で食欲がそそるものを選んだにすぎないのだが、コールスローサラダと生ハムとクルミパンとコーヒー牛乳という、まるで朝食みたいな夕食だった。

そうして、午後八時数分前、おれは帯広駅前のバスターミナルから音更町方面に向から路線バスに乗り込んだ。乗客はぜんぶで十五人ほど。その過半が、塾を終えた高校生……いや、中には友人や恋人とファストフード店で駄弁《だべ》っていて遅くなった高校生もいるだろう。

音更町の町役場の二つ先のバス停で下車し、グーグルマップのナビに従って雪道を歩いた。半端なく寒い。いや、半端なく寒い、なんて形容ではぜんぜん足りない。天気アプリで確認すると零下八度。ジーンズやセーターの下にはヒートテックのタイツや長袖シャツを着て、ダウンジャケットに厚手のスキー帽にウール一〇〇％のソックスに冬用トレッキングシューズに革の手袋にぐるぐる巻きのマフラーという恰好でおれは防寒していたが、それでも獰猛《どうもう》な寒さは容赦なく骨にまで染みこんできた。

おれ以外に二人が同じバス停で降り、うち一人の男子高校生がおれと同じ方向に歩いていたが、三つめの交差点でおれが左に曲がると、あたりには人っ子一人いなくなった。まだ午後八時半を過ぎたばかりだというのに、午前三時のようだ。もっとも、道路の両側には一軒家がほぼ等間隔で建ち並んでいるし、それぞれの住居の窓からは明かりも洩れているのだが、どういうわけか、人の気配がしない。その照明器具の下で人類がカレーを食べたり恋愛ドラマを見たり二次方程式を解いたり自撮り写真を投稿したり古傷を舐め合ったりお金を数えたりしているとは思えない。ほんの半時間前に、銀河の彼方から一つ目宇宙人が大挙して押し寄せて、ここらの住人を一人残らず拉致していった――ふと気づくと、おれはそんな子どもじみた空想を弄んでいた。

凍てついた道を二十分ほど歩き、ようやく〈カフェ・ロールベール〉にたどり着いた。連なる建造物のしんがり、その背後の雑木林の向こうは白い雪に覆われた畑、というロケーションだ。駐車場にはスカイブルーのトヨタのコンパクトSUV車と黒のスバルのステーションワゴン。おれは足を止めて夜の冬空を見上げた。昼間は晴れていたのだが、すでに雲で覆い尽くされている。先ほどのニュースでも今時のイケメン天気予報士が、夜半すぎから雪がちらつくでしょう、と告げていた。先だっての羽田空港での面会のことを思い返すと気が重かったが、今さら引き返すわけにはいかない。おれは胸の内で「当たって砕けろ!」とつぶやき、カフェの入口に向かった。

カウンターの中の丸椅子に座って先客としゃべっていたらしい久米満夫は新たな客の姿をみとめると、いささか驚いたような、けれども柔和な笑みを浮かべつつ「いらっしゃい、こんばんは」と深いバリトンヴォイスで言い、それからやっとその一見客の正体に気がついたのだろう、表情をさっと強ばらせ、そのせいで浮かべた笑みも笑み以外の何かに変わった。

店主の表情から不吉なものを感じたのか、先客の三人の男も、いっせいに一見客のほうを振り返った。たちまち店内にはぎこちない沈黙がたれ込めた。天井の隅に取り付けられたボーズのスピーカーからピアノ・トリオのビバップが降るように流れている。音触りから推断するに、おそらく五〇年代後半から六〇年代初頭にかけて録音されたものだろうが、ジャズに精通していないおれにはそこまでしかわからないし、それとて、おそらく、だ。先客の男三人は、さっと見たところ、カウンターに向かって左から順に四十代半ば、五十がらみ、四十がらみ。職場の釣り仲間といった感じ。ヒエラルキーの緩い職場……町役場とか保健所とか、そんなところだろうか。

おれは「その節はどうも」と久米に向かって言い、勧められるのを待たずに、カウンターの右端の席に腰を下ろした。と、二つ隣の席に座っていた五十がらみの客が、硬直した空気をほぐすかのように「……それでさ、うちのカミさんが言うにはね……」と、おれが現れる前まで続けていたらしい話を再開した。店主も（少なくとも表面的には）気を取り直し、招かれざる一見客に向かって「何にします？」と尋ねてきた。淡白な物言いではあるが、冷淡な物腰ではない。メニューの類いはないようだ。招かれざる一見客はカウンターの背後の棚に並んだ酒瓶をひととおりチェックしてから「ブッシュミルズをオンザロックで。チェイサーもください」と告げた。

そうして、五十がらみの男はマヤ暦とマヤ文明に関する話を続け、四十代半ばとおぼしき左端の男はほとんど五秒おきにスマートフォンに目をやりながら「え、マジっすか」とか「それ、やばいなあ」などと、たいして気の入っていない相づちを打ち、四十がらみの男はほとんど言葉らしい言葉は発せずに、時々咳き込んだような笑い声を立てた。

ともあれ、この晩の一見客は、昨晩の一見客のように「チヤホヤ」されることはおろか、話しかけられることさえなく、半世紀以上前に録音されたアメリカ産のジャズに耳を傾けつつ、アイルランド産のウイスキーをちびちびと舐めるように飲み続けた。

さてと。どこから話を切り出そうか。おれが頭の中であらためて作戦を練り出してまもなく、三十代後半と思しき女性の二人組が現れ、カウンターのすぐ後ろのテーブル席に陣取った。取り交わしたカジュアルな挨拶から察するに、先客の男たちとはかなりの馴染みらしい。女たちは二人ともノンアルコールビールを注文した。やがて、男たちは共通の知人の電撃的離婚話と衝撃的再婚話に女たちを誘い込んだ。

常連客同士で盛り上がりはじめると、店主はその輪からさりげなく退去し、いつまでも放置しておくわけにはいかないと思ったのだろうか、ようやく、おれのほうに顔と体と心を向けた。

「きみもこっちに来てたのか」久米はおもむろに口を開いた。決まり悪いのをなんとか隠そうとしている、そんな表情に見えなくもない。

「ええ」とだけ、おれはこたえた。慌ててはいけない。相手の出方を見きわめろ。

「ふらっと様子を見に来たわけじゃない」久米は既成事実を述べるように言った。

「ええ、今日は」とおれは切り出した。「完全に別件で伺いました」

「……別件？」

おれはうなずき、少々間を置いてから、続けた。「こちらのバーに、元ミュージシャンの男が出入りしている、と聞きました」

「ううむ」久米は、どうとでもとれる曖昧な音を鼻から漏らした。肯定したわけではなかったが、この場合、否定しなかったことが、すなわち肯定を表すことになるだろう。

「その元ミュージシャンというのは……」そう言いながら、おれはスマートフォンに浅沼裕嗣の写真を表示して、久米満夫に向けて差しだした。「この男じゃないでしょうか？」

久米満夫は丸椅子ごとこちらに寄ると、写真を凝視した。数秒後、おれは別の写真に差し替えて、それも久米に見せた。おれは祈るような気持ちだった。久米は再び凝視してからおれに視線を戻し、静かな口調で言った。「なんとも言えないな」

「なんとも言えない……言い換えると、似ていなくもない？」

「ああ」久米は大きな顎を小さく動かした。「似ていなくもない」

「名前は浅沼です。浅沼裕嗣」

「苗字は知らない。わたしが知ってるのはユウジという名前だけだ。漢字も知らない」

ユウジ――その音がおれの鼓膜にぴたっとはりついた。言い回しとは裏腹に、久米は肯定している。間違いない。何か月も行方の摑めなかった浅沼裕嗣はこの店に来ている。たぶん、この近隣に住んでいる。おれは確信した。心身に力がみなぎってくるのがわかった。

「昨夜、いらしたんですよね？　閉店間際に」

「ああ」久米は認めた。「ずいぶんと久しぶりだった。そもそも彼は常連さんとは言えない」

「……そうなんですか」

「昨夜で六回目くらいかな。音更に住んでいるわけでもない」

「どちらに住んでいるんでしょう？」

「上士幌《かみしほろ》だと思うが」

「上士幌というと……」一昨日、昨日とおれとリサコが泊まっていた――二晩目はリサコは朝帰りだったが――温泉宿も上士幌町じゃなかったか？「ぬかびら源泉郷のあるところですよね？」

「あのへんも含めた一帯だよ」

そう言うと、久米はカウンターの隅に束ねて置いてあった観光用の冊子を一枚抜き出して、地図を見せるべく、おれの目の前で広げた。音更町の北が士幌町、そのさらに北が上士幌町は広い。大雪山の南東側はおおよそ上士幌町だ。

おれは礼を言い、さらに尋ねた。「上士幌町で彼は何を？」

「牧場で働いているはずだ。そこの牧場の経営者の一人が、こっちに出てくるたびに店に寄ってくれるんだが、ある時、同級生だというユウジくんを連れてきた。そうだな、二年ほど前だったかな……もっと経つかもしれん」

「その牧場経営者とは、守屋拓巳さんですか？」

久米はおれを見て、感心したようにうなずいた。「よく調べてる」

「それがぼくの仕事ですから」

「彼……ユウジくんがどうかしたのか？」

「彼は行方をくらましている人間なんです」

「それはまあ……だいたいわかる。借金を踏み倒してきたとか？」

「いいえ」母親のヘソクリのことが頭に浮かんだが、あれは借金ではない。「そうではありません」

「なにか……犯罪に関与してるのか」

「いいえ、それもないでしょう」おれは言いながら考えた。ここで伏せておいても得なことなどなに一つないだろう。「昔の恋人が余命わずかなんです。最期にどうしても彼に会いたいと」

久米満夫は何度か小さくうなずきながら間を置いた。おれの言ったことを検証するかのように。いつのまにか、彼の表情から険がきれいさっぱりなくなっている。今ならリサコが久米を描写する時に使った「鷹揚で、ユーモラス」という表現もわかる気がする。久米満夫はバリトンヴォイスをメゾピアノで響かせるように言った。「ユウジくんの昔の恋人がきみの依頼人で……彼らを再会させるのがきみの任務というわけか」

「ぼくにできるのは」おれは相手の言葉をじゃっかん修正するべく言った。「彼に会って、彼女の気持ちを伝えるところまで。その先の行動は彼が決めることです」

久米満夫は再び間を置いたが、やがて「わかった」と言い、先ほどの地図に青のボールペンで星印を付けた上で、なにやら書き込んだ。牧場のロケーションと道順、そして、〈有限会社 北十勝共同牧場〉という正式名称だ。

おれは、予想を超えて、スムーズに事が運んだことに少々の戸惑いさえ覚えながら礼を言った。

「ありがとうございます、助かります」

午後九時五十三分。他の客たちが順に帰路につき、唯一の客となったおれは、店主にタクシーを呼んでもらえないかと頼んだ。店主は宿はどこなんだと尋ねてきて、おれがホテルの名前を教えると「わたしが送っていく。少し待ってくれ」と言った。「いや、そんな」と言いかけたものの、その先に続く辞退の言葉をおれは飲み込んだ。ここは申し出を受けないわけにはいかないだろう。久米満夫の意図がなんであれ。

車の中で久米満夫はほとんどしゃべらなかった。おれもほとんどしゃべらなかった。おれは黙っているのが苦手な人間だが、それでもその時は何を話せばいいのか……というより、尋ねたいことは山ほどある気がするのだが、どこからどうやって切り出せばいいのか、わからなくなっていた。時々、どちらからともなく天候や風物の話をした。どの話題も長続きはしなかった。しかし……矛盾するようだが、不思議と気詰まりな沈黙ではなかった。

十勝川を渡る橋にさしかかった時に、おれは思い切って尋ねてみた。「東京から十勝に移ろうと思ったきっかけは何だったんですか？」

久米満夫は「きっかけ、ね」と言ったきり黙った。質問の意味を咀嚼しているのか。あるいは、回答を頭の中で推敲しているのか。「べつに、大層な話じゃないんだ」

おれは話の続きを待った。

十勝川が暗闇の中に現れ出ては遠ざかり、話題もまた霧消したのかと思うほど長い沈黙の後に、久米はぽそりとこたえた。「人生に変化を求めていた。それだけの話だよ」

「しかし……」おれは先を言いあぐねた。

「よりによって、こんな酷寒の地に」久米は自ら言い、自嘲するかのような笑いを漏らした。

「まあ、簡単に言うと、そういうことです」

「どんな場所にも良いところと悪いところがある」

「たしかに」おれは認めた。「そうですよね」

「人間と同じだ」

「たしかに」おれはそれも認めた。「そうですね」

「わたしの欠点は」と久米は言った。「他人を早々と判じてしまうところだな」

「……え？」

「先日は悪かった。謝る」

「いや……謝ってもらうようなことでは——」

「申し訳なかったよ」そして、一続きのトピックであるかのように久米は言った。「わたしからも一つ、いいか？」

「……なんでしょう？」

「萩原リサコさん……彼女はいま、ホテルに？」

「いいえ」面食らいつつおれはこたえた。「彼女は昼の便で東京に戻りました。急ぎの用事が入って」

「なるほど……そうか」

久米は、おれをホテルへ送りがてら、リサコにも会っていくつもりだったのだろう。少なくとも、そうなることを期待していたのだろう。そう思ったが、そのことには触れなかった。代わりにおれは、無理を言って搭乗機から降ろしてもらった顛末を話した。

面白がってくれるかと思って話したのだが、久米はたいして面白がらずに、ずばり訊いてきた。

「きみたちはどういう関係なんだ？」

「……」

おれがこたえあぐねていると、久米は補足するように言った。「単に探偵と依頼人の関係じゃないことくらいはわたしにもわかる」

「大切な友人です」ややあっておれはこたえた。大切な友人——ほかにベターな表現は思いつかなかった。「時には仕事も手伝ってもらっています」

「仕事というのは、つまり——」

「探偵業です。彼女、優秀なんですよ……ぼくなんかよりよっぽど探偵に向いている」

「なるほど」そう言って、久米は運転しながらおれを横目で見た。「きみにこんなことを言うのもどうかと思うが……」

「……なんです？」

「彼女のこと……どうか頼むよ」

予期せぬ言葉に、おれはどう反応していいのかわからなかった。

「大切な友人——いま、そう言ったろ？」

おれはうなずくしかなかった。「ぼくにできることは限られていますが……わかりました」

「もし」久米は柔らかな口調で言った。「わたしに力になれることがあったら、その時は遠慮なく言ってくれ」

「わかりました」

久米満夫は厳《おごそ》かにうなずいた……いや、頭を下げたのかもしれない。そうだ、頭を下げたのだ。

3

翌朝は広大な十勝平野に雪が舞い降りていくのを眺めつつ、最上階のカフェテラスでビュッフェスタイルの朝食をとった。クロワッサンとバターロール、かりかりベーコンとボイルソーセージを添えた目玉焼き、ハッシュドポテト、キノコのマリネ、トマトとスライスオニオンとわかめをたっぷり入れたグリーンサラダ、ブルーベリー入りのヨーグルト、コーンポタージュ、コーヒー。それらを食べながら飲みながら、おれは我知らずぼんやりと考えていた。そう、リサコのことを。じつは昨晩も考えていた。考えすぎて、眠れなくなったほどに。夢にも出てくるほどに。

朝食を終えて部屋に戻ると、レセプションに内線電話をかけ、こちらの目的を話した上でタクシー会社の電話番号を教えてもらった。というのも、昨晩、グーグルで検索したところ、浅沼が働いている(はずの)〈北十勝共同牧場〉に行くには、公共交通機関である路線バスを使った場合、最寄りのバス停からゆうに一時間半は歩かなくちゃいけないことがわかったからだ。しかも、バスは二時間に一本だ。

タクシーは完全時間制だった。一時間六千百四十円。加算は三十分単位。行き先を伝えると、先日の大雪で路面が凍っている箇所もあるだろうから片道一時間半ほどみてほしいと言われた。

熱いシャワーを浴び、いつになく念入りに髭を剃り、身支度を整えた。午前十時、タクシーがやってくるころには雪は止んで、西の空には晴れ間も見えていた。本日の最高気温は二度まで上がるらしい。何日ぶりかのプラス……氷が解ける温度だ。

よくしゃべるタクシー運転手だった。おれもまたよくしゃべった。意図的にであれ不可避的にであれ、寡黙を通した昨晩の鬱憤を晴らすかのごとく。帯広市の東隣、幕別《まくべつ》町の畑作農家の出身だというタクシー運転手との話題の大半は、たわいもない世間話だったが、自分たちが同い年だと知ってからは、いっそう会話が弾んだ。

「おれね、じつは、東京に住んでたことあるんだよ。もう二十年も前の話だけどさ」国道から逸れて道道に入り、時間からしても、まもなく到着という頃合いになってから運転手は言った。白状するような口ぶりで。「あんまり思い出したくはないんだけど」

「へえ……東京のどこに？」

「最初は大井町、それから笹塚。部屋の窓を開けると目の前に首都高が走ってた」

「甲州街道沿いか。東京では何してたの？」

「最初はふつうに会社員やってたよ。不動産管理会社で」

「それから？」

「その後は……やばいね、かなり」

「やばい？」

「ああ、やばい。人にはちょっと言えない」

「……売人とか？」

「……」

「あたり？」

「すごいね。なんでわかったの？」

「いや、だって、やばいって言うから。やばい職業で、まず最初に思い浮かぶのがそれだよ」おれは言った。「ていうか、どうやって、不動産管理会社の社員から売人に」

「それはまあ、おれ自身がシャブにはまって……いろいろとあって……その筋の人間と仲良くなって……あげくに自分でも売るようになった……ていう、ま、普通の展開だよ」

「普通じゃないって」

「ま、そうか。普通じゃないか」

「で、なんで、そっから、ここに？」とおれは続けて訊いた。そっからここに、というのは、そんなヤバい界隈からこんなのどかな田園地帯に、ってことだ。

「なんでだろうね。おれにもよくわかんないんだけどさ。一言で言えば、疲れたんじゃないのかな」

「疲れた……か」

「そうそう。やっぱ自然に囲まれてるのはいいよ。おれにはこの環境が合ってる。もう欲しいとも思わないね」

「元売人とは思えないセリフだな、ははは」

「ははは」運転手も笑った。「しょせん、おれは田舎もんだってことだよ。でも、それでじゅうぶんだね、はははは」

おれも釣られて笑っているうちに、目当ての牧場に着いた。〈有限会社 北十勝共同牧場〉。

タクシーを敷地内に待たせたまま、おれは牧場の母屋らしき建物まで歩いていき、北国に特有の風除室《ふうじょしつ》に入って、ドアの傍らの呼び鈴を押した。はい、とこたえる女の声が奥から聞こえたので、ドアを開けると、そこはいろいろなものが雑然と積まれた倉庫も兼ねた大きな玄関ホールだった。まもなく、右側の扉が開き、がっしりとした体格の、二十代後半と思われる女が姿を見せた。

「お忙しいところ恐縮です。権藤と申します」おれはまず名乗った。「ユウジさんは今こちらにいらっしゃいますか？」さりげなく鎌をかけたつもりだ。

「ユウジ……」女は繰り返した。表情は微動だにしない。「浅沼裕嗣、ですよね？」

おれも表情は極力変えなかった。しかし、心の中では雄叫びを上げていた——やったぜ。「ええ、浅沼裕嗣さん」

「こちらにはいません」素っ気ない返事だった。

「どちらにいらっしゃるんでしょう?」おれはさらに訊いた。

女は無表情のままにさっと肩をすくめ、少々お待ちください、と言って、向かって左側の部屋に入っていった。約一分後に戻ってきて、今出てきますので、と主語と主節を省いて言い、そそくさと右側の部屋に姿を消した。誰が出てくるのかは言わなかったが、浅沼の居場所を知ってる人間、もしくは浅沼に関する情報を他者に明かす明かさないの判断を委ねられた人間ということだ。

待たされること約二分、ようやく左側の部屋から、濃紺のカーゴパンツにえんじのタートルネック・セーターという恰好の、四十すぎの男が出てきた。三日前にカットしたばかりといった感じのクルーカットに、いっけん無精髭に見えるが実のところ手入れを怠っていないと思われる髭を頬や顎に生やし、セルロイド製の黒縁の丸眼鏡をかけている。牧場主というよりは、注目のコーヒーショップのバリスタみたいな雰囲気だ。守屋拓巳だろうか。おそらくそうだろうとおれは踏んだ。

「浅沼裕嗣を訪ねてきたみたいだけど……」守屋と思われる男はあくびをこらえているかのように——じっさい、昼寝中だったのかもしれない。牧場の仕事は朝が早いのだろうから、不思議ではない——口のまわりを手のひらでさすりながら言った。「どちらさま?」

「探偵の権藤と申します」おれはこたえ、待っている間に用意していた名刺を男に手渡した。

男は名刺に数秒目を落としてから、言った。「浅沼にどんな用件?」語気がいくぶん鋭くなっていた。用件によっては浅沼の居場所は教えない――そんなニュアンスが感じられる口調だ。伏せておかなければならない理由はない。なにより、時間が限られている。最短距離で進まなければ。「浅沼さんに会いたがっている女性がいます」おれはそう言ってから、岩澤めぐみの名前、浅沼と彼女の関係、そして、彼女の病状について、簡潔に話した。そして、最後に尋ねた。付加疑問文で。「守屋さんですよね?」

「ええ、守屋です」男はすぐにみとめた。口ぶりがいくぶん柔らかくなっていた。「今、話を伺っていて、思い出しました。ぼくはその女性に会ったことがある」

「ええ、九年ほど前に」おれは言った。「良かった、覚えていてくださって」

守屋拓巳はそれにはこたえず、トピックを軌道に戻した。「裕嗣がここで働いていたのは去年の九月までなんだ」

「今はどちらに?」

ちょっとのあいだ考える素振りを見せてから守屋は先回りしてこたえた。「まずはぼくのほうで連絡を取る。それから……裕嗣があなたに直接会って話をするにせよ、そうじゃないにせよ……こちらの」と言って、おれの名刺を顎髭の近くまで持ち上げた。「番号に電話するよ」

「ありがとうございます」おれはまずは礼を言い、それから、意識的にため口に変えて言った。「しかし、今も話したように時間がないいんだ」

守屋はうなずいた。わかっている、とでも言いたげに。「今日中には」

「今日中じゃ困るんだ」とおれはさらに言った。「今すぐ連絡を取ってもらえないかな」

「今すぐ、か」牧場主は、相手の勢いにたじろぐと同時に、少々うんざりするような顔つきにもなって言った。

「タクシーの中で待ってるので」おれはかまわず言った。

「タクシー？」守屋は目を見開いた。「あなた、どこからタクシーで？」

「帯広のホテルから」

「それはそれは……」

「車の免許がないので仕方がないんだ」

「……ご苦労さま」

「いいかな、今すぐ連絡してもらっても」

「わかった。……少し待ってて」

そう言うと、牧場主らしくない牧場主の守屋拓巳は、たった今出てきたのとは別の部屋——さきほど若い女性が入っていった右側の部屋——に入っていった。

4

タクシー運転手とヤバい雑談をしながら、しばらく待った。もちろん、料金は時間制なので、しゃべっている間にさらに半時間分、つまり三千七十円が加算された。

守屋拓巳がタクシーのところにやってきたのは、約二十分後だった。

「あなたに会って話をすると言ってる」おれがウィンドウを開けると、守屋は言った。

「よかった」おれは言った。「で、どこに行けば？」

「幌滝《ほろたき》温泉。ひとつだけ宿が残っていて、裕嗣はそこの宿に住み込みで働いてる」

「幌滝温泉というのは？」

「運転手さんが知ってるよ」今や地域の牧場主でもある守屋はそう言って、運転席に収まっている運転手に声をかけた。「ねえ、運転手さん？」

「もちろん」と運転手はルームミラー越しに言った。

「ひとつ、あなたに言っておかなくちゃならない」守屋はおれに向き直り、打ち明けるように言った。「浅沼裕嗣は、完全な状態じゃない」

「完全な状態じゃない？」

「ああ」守屋は意味深にうなずき、それから視線を遠くにスライドさせた。雪が解ければ、きっと見事な牧草地であろう雪原に。

おれはさらに突っ込んで尋ねるべきかどうか、少しのあいだ迷ったが、結局、尋ねないことにした。なにしろ、おれはこれから浅沼に会いに行くのだ。自分で確かめればいいだけの話だ。

「いずれにしても」おれは守屋拓巳に言った。「知らせてくれて、ありがとう」

「気をつけて」守屋はそれだけ言うと、さっと踵を返して、出てきた建物に戻っていった。

道すがらのタクシー運転手との会話から判明したのだが、浅沼裕嗣が住み込みで働いているらしい〈幌滝温泉〉は一昨日の午後、リサコが単独で訪れた秘湯に違いなかった。むろん、リサコが単独で訪れることになったのは、おれが「仕事」を理由に同行を断ったからだ。くそっ、とおれは今一度、胸の内で吐き捨てた。なんておれは間抜けなんだ。

時に観光ガイドも兼ねることになる元シャブ中かつ元売人のタクシー運転手によると、三十年ほど前までは幌滝温泉には三軒の旅館があって、昭和時代はそれなりに繁盛していたらしい。しかし、昭和が終わって平成が始まるとともに三軒のうちもっとも規模の大きかった旅館が倒産し、そのまた数年後には二番目に大きかった旅館も廃業し、もっとも小さく、地味だった旅館だけが期せずして生き残り、いまも細々と営業を続けているのだそうだ。しかし、今や旅館としての機能は脆弱で、食事の提供はなく、タクシー運転手いわく、宿泊するのは「ツーリング旅行にやって来た、本州の貧乏ライダーぐらいじゃない?」とのことだ。「ここらへんの人間はふつう日帰りで行くんだよ。それも……秘湯好きの奇特なやつが。あそこ、混浴なんだけど。けど、混浴ってことは、つまり、野郎ばっかってことだから、アハハハ。せいぜい、よぼよぼのばあさんとか、アハハハ。ちなみにおれは一度も行ったことないね、行く気にもなれない、アハハハ」

おれは近しい女友達が、しかも美しい女友達が先だって入浴したことは――おまけに入浴中に高揚して、その後で果敢な行動に出たことは――言わなかった。

5

営業中とは思えぬほど古びた旅館の、みすぼらしいロビーの隅っこに置かれた、薄汚れた応接セットでおれは待たされた。

すでにレセプションの……というより、かつてはフロントの役目を果たしていた……カウンターにぞんざいに置いてある受話器を通して、浅沼の声を聞いていた――「浅沼さんはいらっしゃいますか?」というおれの問いかけに「はい、わたしです」という応答が返ってきたのだ――が、それでもおれは、一〇〇%の確信を持てないでいた。いや、ついさっきまではあったはずの確信が、いざその時になって揺らいできた、と言ったほうが正確だろうか。

かれこれ三か月にわたって捜し続けた尋ね人を、おれはついに見つけたんだろうか。今まさにおれの目の前に現れようとしている男は、本当にその尋ね人なんだろうか。おれはなにかとんでもない勘違いをしているのでは?

待たされること七分、ようやく床の軋む音がして、ボサボサの髪の毛をした男が現れた。「お待たせして申し訳ないです」そう言って、四十がらみの男はぺこっと頭を下げた。

浅沼裕嗣だ。間違いない。初対面であるような気がしないのは、浅沼の写真を目が腐るほどに見ているからだろうか。

「やっとお会いできたことを嬉しく思います」名刺を渡した後でおれは言った。皮肉をも込めたつもりだが、その皮肉は、口から放たれるや、やっと獲物を捕獲した喜びにたちまち変容していった。

「おつかれさまでした」浅沼裕嗣は言い、繊細そうな目を伏せて、再びぺこんと頭を下げた。浴場に足を踏み入れるからだろう、黒い五分丈のショートパンツに、グレーのパーカの袖を肘までまくって着ている。三か月は理髪していないだろうボサボサの頭には白髪がまじり始めていた。

「ぼくがこんなことを言うのも変だけど……こんな奥地までよくいらっしゃいました」

「もうこの世にいないんじゃないか――そんなふうに思ったこともある」

浅沼は羞恥するような苦笑いを浮かべながら言った。「そういうことを考えたこともありますね。そういうこと……わかるでしょ？」

「うん、まあ」おれは浅沼の受けこたえの様子や表情を観察しながら考えていた。〝完全な状態じゃない〟という牧場主のセリフは、ひとまず棚上げしておいていいだろう。「でも、会えて良かった、本当に」

さっそくおれは用件に入った。おれの私情や余計な情報が紛れ込まないよう気をつけながら、岩澤めぐみの思いをそのまま伝えた。そして、彼女が今、どんな状態にあるかを。タイムリミットが刻一刻と迫っていることを。

「わかりました」浅沼はこちらが拍子抜けするほどあっさりと言った。「ここは月曜が休みなんで」

「あさっての月曜？」

「さすがに急すぎますか？」

「いやいや、早ければ早いほどいい」

「じゃあ、あさっての月曜に」浅沼は抑揚を付けずに言った。「ただ、火曜の昼までにこちらに戻らなくちゃいけない……人手がないので」

おれは承知したことを示すためにうなずき、それから帯広羽田間の時刻表をグーグル検索するべく、スマートフォンをダウンジャケットのポケットから取り出した。……あれ？

浅沼はすかさず言った。「あ、それ、ここでは使えないです」

「え、まじで？」

「ええ、まじで。有線の電話だけ、ここで使えるのは」

そう言って浅沼は表情をわずかに崩した。そのわずかに崩した表情の中に……そう、本人は意図しなかった無防備な表情の中に、おれは彼の苦悩や失望や諦念やさみしさを見た気がした。

「羽田行きの時刻表なら……ちょっと待って」そう言うと、浅沼はレセプションとは言い難い、ちんけなレセプションの奥に入っていき、一分もしないうちに折り畳んだA4の紙を持って出てきた。「何か月か前の時刻表だけど、変わってないはず」

プリントアウトされた帯広羽田間の時刻表を見ながらおれは言った。「午前十時十五分発の便はどうだろう？」

「ぼくは大丈夫だけど……」浅沼は言った。「権藤さんもいっしょに？」

「うん、いっしょに東京に戻る。羽田からそのまま病院へ行こう」

「そうですか。わかりました」

「フライトの予約もおれのほうで取っておく」

「じゃあ、代金は後で」

「空港のチェックインカウンター前で待ち合わせってことで」

「了解」

「では、月曜に」

「ええ、月曜に」

おれと浅沼は、握手を交わして、別れた。本当は秘湯にも浸かっていきたかったのだが、三十分ごとに課金されるタクシーを待たせて風呂に浸かる度量はおれにはなかった。

6

午後、ホテルに戻ってから、まずは岩澤めぐみにあてて――そんな想像はしたくないのだが、メールを読めるような状態ではないのかもしれないので、姉の藤崎なつみもＣＣに入れて――メールをしたためた。月曜の午後に浅沼を連れてそちらへ行く、と。

それからカゲヤマに電話して少々息抜きをし、最後にリサコに電話した。

「リサコ、誕生日おめでとう」

「あら？　あたしの誕生日を知ってるの？」リサコは弾むように言った。「インテリなんだね」

「もちろんだ」おれは言った。「そっちに戻ったら、ちゃんとお祝いするよ」

「ありがとう。楽しみにしてる」

それから、おれはこの二日間のことをかいつまんで話した。「それで、月曜の昼に――」

「羽田まで車で迎えに行けばいいのね？」

「おう。頼むよ」

「お安い御用ですとも」リサコは言った。「それにしても、ゴンちゃん、すごいね」

「すごい？」

「ひらめきが図星なんだもん」

「リサコのおかげだよ。リサコが導いたんだ、ここまで」

「あたしは何もしてない」この日のリサコは、いつになく、しおらしかった。「あたしはあたしの欲望に従っただけ」
「素晴らしい欲望だ」
「いずれにしてももう一息ね」リサコは言った。「最後まで気を抜かずに。がんばって」

おれは気なんか抜かなかった。

当然ながら、浅沼の母、実代子のことが心に引っかかっていたが、今、浅沼の前に母の話題を持ち出したり、先走って実代子に浅沼の居場所を知らせたりしてしまうことで、スムーズに進んでいたものがたちまち拗《こじ》れてしまう可能性がないとは言い切れないから、この件に関してはしばらく——岩澤めぐみと浅沼裕嗣が再会を果たすまでは——自分の中に留めておくことにした。

前夜は浅沼に電話をかけて、待ち合わせ場所と時間と搭乗する便名を再確認した。その日は早起きして、出発の一時間半前にはとかち帯広空港に到着し、予約していたチケットを発券した。準備万端だった。気なんか一つも抜かなかった。抜くわけないじゃないか。

7

しかし、待ち合わせの時間を過ぎても浅沼裕嗣は現れなかった。

羽田行きの旅客機はまたしてもおれを乗せずに北の大地から飛び立っていった。おれだけではなく、肝心要の浅沼裕嗣も乗せずに。

展望デッキから自分たちの乗るはずだったジェット機が寒空の彼方へ飛び去っていくのを恨めしげに眺めながら、おれは浅沼に電話を入れた。浅沼が住み込みで働く、温泉宿の固定電話に。というのも、浅沼は携帯電話という文明の利器にして、現代生活においては必須と言ってもいいマシンを所持していなかったし、たとえ（おれには明かさずに）こっそり所持していたにしても、彼が住み込みで働く幌滝温泉は、いまだに携帯電話の電波が届かない山奥にあるのだから。

「はい、もしもし。三國屋《みくに》です」

八回きっちり鳴った呼び出し音の後で、そのように応答した低い声の女に向かっておれはすかさず言った。「浅沼さんと話がしたいんですが」

「あんた……誰？」そう問う女の声はさらに低くなっていた。

自分が名乗っていないことはもちろん自覚している。「権藤と申します」

「権藤……どこの？」

「探偵の権藤研作です」とおれはこたえた。電話口の女は、先週末に三國屋を訪れた際に、廊下の先の薄暗がりに見えた——最初、おれの目には亡霊の類いにしか見えず、心臓が止まりかけたのだが——和服に割烹着をつけていた白髪の老婆にちがいない。そう見当をつけつつ、おれは言い添えた。「つい先だって、そちらにお伺いして、浅沼さんとお話ししました」

「ああ……はいはい……あんたか」老婆——ちら見ではあるが、少なくとも七十八歳は下らないと思われる——の低い声は溜め息を混ぜ込みながら言った。「ユウジくんをそそのかして、ここから連れ出そうとしたのは」

そそのかして……。弁明したかったが、こんなところで弁明しても何の得にもならないだろう。

おれは任務を果たすために足を踏みだした。「それで……浅沼さんは今、そちらに――」

「眠ってるよ」

「はあ？　眠ってる？」

「ああ。薬を飲んで」

薬……。おれは声に出さずにつぶやいた。

老婆は先を続けた。「ユウジくんにはどだい無理なんじゃ」

おれはクロスワードパズルを解いているような気分に陥りながら言った。「つまり……その――」

「今朝、出かけ間際に」と老婆はおれを遮った。「倒れたんじゃ」

「……倒れた？」

「そうじゃ。また、始まったんじゃ。真っ青になって、震えだして、汗も噴き出して……ぜんぶいっぺんにきたよ……あんたのせいでな」

おれのせい？

「そうじゃないか」おれの心の中のつぶやきを聞き取ったかのごとく老婆は言った。「あんたが連れ出そうとしたんだから」

おれは目の前の課題に意識を集中させた。「いつも、そんなふうになってしまうんですか？」

「ここで働いて暮らしてるぶんには平気さ。調子が良ければ帯広にも出られる」老婆の低い声音と、民話を朗読するようなゆったりとした口調が、おれの外耳道を撫でた。「ユウジくんには、人の多いところは無理なんだよ。帯広に出るのがやっとだというのに、よりによって東京に連れ出そうなんて……この人でなしめ」

だしぬけに、人でなし、とこき下ろされたおれは、守屋拓巳が言った言葉を今さらながらに胸の内で反芻した――〝浅沼裕嗣は完全な状態じゃない〟

「いいかい、あんた」老婆は念を押すように言った。「ユウジくんに無理をさせちゃダメだ。命取りになる」

「……わかりました」

「あたしゃ、大げさに言ってるんじゃないよ」

老婆はそう言うと、おれの返事を待たずに電話を切った。

8

スマートフォンとグーグルを介してインスタントな知識をゲットした後で、今度はリサコに電話をかけた。リサコはすでに自宅を出て、環七通りを運転中だった。ハンズフリーで話しているようだ。

「え～っ! ど、どういうこと?」浅沼が空港に現れず、ゆえに飛行機にも搭乗できなかった旨をおれが話すとリサコは不満げに声を高めた。

「人の多いところには出られないみたいなんだ」そうして、守屋拓巳が浅沼を評して言っていた言葉と、今しがた三國屋の老婆から聞いた浅沼の症状を手短に話した。

「ふうん……そういうことなのね」

「心当たりでもあるのか?」リサコの言い草に少々の引っかかりを覚えておれは尋ねた。

「心当たりっていうか」リサコは言い直した。「あたしの友達の彼氏もその手の精神疾患になった。浅沼さんと同じ疾患なのかどうかはわからないけど」

「もしや」おれは、今しがた当たりをつけた病名を口に出した。「社交不安障害?」

「あー、うん、たしか、それ」

「その人はどうなったんだ?」

「生まれ故郷の五島列島の……なんとかって島に戻って……それきり島からは出なくなった。島では普通に暮らせてるみたいだけど」

「浅沼もそうらしい。山ん中では普通に暮らせてる……携帯の電波さえ届かない山奥では」

「でも、人里のバーにも来てたじゃない?」

「それくらいはできるみたいなんだ……調子が良ければ」

「つまり、あたしが〈カフェ・ロールベール〉で遭遇したのは、調子が良かった時なのね」

「そういうことなんだろうな。おれが会いに行った時もおそらく」

「それにしてもさあ……」リサコは溜め息まじりに言った。「岩澤さん、がっかりするよ」

リサコは、この週末の間に、岩澤めぐみが入院する大学病院に足を運び、月曜の午後に、彼女と浅沼がスムーズに再会できるよう、手はずを整えていたのだ。

おれはなにも言えなかった。胸の奥がひりひりと痛んだ。

「ねえ、どうするつもり?」リサコはまるでおれを責めるかのように……少なくともおれの耳には責めているように響く調子で言った。

「……どうすればいいんだ？」と訊いた。おれにはわからなかった。「浅沼にはこれから会いに行くつもりだけど」

「こうなったら、ゴンちゃんが力ずくで浅沼さんを東京に運ぶしかないんじゃない？　運ぶって言い方も妙だけど」

「言いたいことはわかる」おれは言った。「その線でいくしかないな」そもそも空港で待ち合わせたことが失敗だったのだ。三國屋まで迎えに行くべきだったのだ。「ところで……」おれは気がかりなことを尋ねた。「岩澤さんの病状はどうなんだ？」

「うーん……浅沼さんに会うためになんとか踏ん張ってるって感じ。飛行機に乗れなかったなんて伝えたら……やだやだ……あたし、そんなこと伝えられない。ゴンちゃん、先に電話して……お姉さんの番号、知ってるでしょ？」

「ああ……このあと電話するよ」

「……予断を許さない状況ってのはたしかかね」

「そうか」

「うん」リサコは言った。「浅沼さんにも伝えて。彼女は命の最後の残り滓を燃やしながらあなたに会えるのを待っているって」

「命の最後の残り滓……」

「とても悲しいことだけど、それが現実」

岩澤めぐみの姉・藤崎なつみに電話をかけて事情を話した後で、先日、幌滝温泉までおれを乗せていってくれたタクシー運転手・富樫正吾《とがしせいご》の携帯に電話した。非番であることを願いつつ。

「ああ、権藤ちゃん、探偵の」おれが名乗ると富樫はあくびまじりに言った。どうやらまだ眠っていたようだ。「先日はどうも。楽しいドライヴだったよ」

「こちらこそ」とおれは言った。嘘ではない。「ところで、今日は休み？」

「いや……夕方から出勤だけど……どうしたの？」

「このあと、個人的に運転を頼めないかと思って」

「個人的？」そう問い返してから富樫は自分で回答を見つけ出した。「ああ、そういうことか」

さっそくおれと富樫は料金の交渉をした。言うまでもなく、会社の車は出せないから富樫の自家用車に乗せてもらうことになる。「燃費が悪いんだよな、おれのボロ車は」少しでも料金を吊り上げようという魂胆からか、富樫はまっさきに言った。

結局、一時間四千五百円ということで、話がまとまった。おれはタクシー会社を通すより一時間あたり千六百四十円安く済ませられるし、富樫は富樫で千二百円ほど多く懐に入れられるらしい。

富樫運転手がとかち帯広空港に迎えにきてくれるのを空港内で待ちながら、おれはカゲヤマに電話をかけた。

「しかし、笑えるなあ……」笑いを音にこそしなかったが、カゲヤマはおれの話を聞き終えると言った。イグアナ科の顔が皮肉な笑いで歪んでいるのが目に浮かぶようだ。

「なにがだ？」おれはまたしても苛立ちを覚えながら問う。笑ってる場合かよ？

「いや、だから、その……東京になかなか戻ってこれないってのがさ」カゲヤマは弁解するように言った。「ゴンちゃん、よっぽどそっちが気に入ったんだね」

「ていうより……おれが気に入られてるようだ」

「相思相愛か……いいねえ」

「まあ……こっちに移住した久米満夫の気持ちはわかりかけてるよ」

「いっそ、ゴンちゃんも移住しちゃえば？」

「それも悪くないな」もちろん冗談で言ったのだが、じっさいに口に出してみると、なかなかどうして悪くないアイデアに思えた。人生の後半戦を大自然に囲まれた北海道の小都市で送る。そもそも、東京での生活にどんな未練があるというのだろう。

「それはそうと」カゲヤマは口調をマイナーチェンジした。しいていえば、カジュアルな振る舞いを売りにしているボスの口調に。「ちょっと難しいんじゃない？　二人をリアルに会わせるのは。電話で話すとかスカイプとかズームとか――」

「いや、ダメだ、そんなんじゃ」おれは遮った。

「浅沼裕嗣がそんな状態じゃ仕方がないよ」

「最終的にはその手の方法で我慢してもらうことになるかもしれないけど、最初からそこを目指してちゃダメだ」

「まあ……そうかも……はなから銅メダルを目指してたら入賞すらできなくなるかもね」カゲヤマはもごもごと言った。「しかし……ゴンちゃん、すっかり人が変わったよね」

「なにを言う」おれは反論した。「おれは根っからこういう人間だ」

ケケケッ、と笑ってからカゲヤマは腰だけはやたら低い高利貸しのような口ぶりで言った。

「それに、二人を会わせると依頼人からボーナスが出るんだよね？」

「出るのかもしれないが……そんなことはどうでもいい」

「どうでもいいってことはないでしょ」

「いや、どうでもいいね」

「どうでもよくないって」カゲヤマはおれの言葉に被せて力説した。「ゴンちゃんの給料はどっから出てると思ってるの？　それにだいいち、今かかってる経費はどうやってまかなうつもり？」

「いいか、カゲヤマ」カゲヤマはおれのボスに違いないし、たとえ探偵業が赤字になってもおれが基本給をいただけるのはカゲヤマのおかげなのだが、しかしながら、元はと言えば、カゲヤマは学生時代のバイト先――今は跡形もない渋谷ファイヤー通り沿いのカフェバー――の後輩なのだ。たまにはビシッと言って聞かせなければ。「相手はこの世を去ろうとしている人間なんだぞ。口を慎め」

9

午後二時すぎ、おれは再び、幌滝温泉を訪れていた。定休日の幌滝温泉〈三國屋〉を。温泉宿に定休日が設けられているとは、よく考えてみれば、おかしな話だが。
風除室の引き戸は開いた――スムーズとは言えない開閉にしろ――が、玄関の引き戸には鍵が

かかっていた。そして、こんな文言を達筆の縦書きで記した白い紙が磨りガラスに貼ってあった
――〈本日は定休日。および、明日から数日間、諸事情により、休ませていただきます。三國屋〉。

呼び鈴を三度押してみたが、反応はなかった。次に、引き戸のサッシ部分を拳骨で四度叩いてみたが、ドアがガタガタ揺れるだけだった。

風除室から出て、耳を澄ますと、近くにあるらしい滝の水音がかすかに聞こえた。そして、何種類かの鳥の鳴き声が周囲の高みから降ってきた。

建物の裏にまわったが、裏口の開き戸にも鍵がかかっていた。呼び鈴の類いは見当たらなかった。開き戸を叩いたが、かじかみはじめた手が痛いだけだった。ブリキ製の郵便受けがあったので、中を覗いてみたがなにも入っていなかった。郵便受けには「浜中」と油性ペンで記した緑色の養生テープが貼ってあった。「浜中」はおそらく老婆の姓だろう。山中に暮らす浜中さん。

先日ここを訪れた時には、開けっ放しになっていた離れのガレージのシャッターは下ろされていた。その時はそこに、スバルのシルバーのステーションワゴンが収められていたのだった。おれはガレージまで歩き、シャッターの手掛けに手をかけたが、こちらにも鍵がかけられているようだった。と、足元の雪にタイヤの跡があるのを発見した。断定はできないが、おそらく出ていったタイヤの跡だ、入ってきたタイヤの跡ではなく。

老婆と浅沼はどこに行ったのだろう？　病院に行ったのか？　最寄りの病院はどこにあるんだ？　帯広まで行ったのか？　そもそも、あの老婆は車を運転することができるのか？　老婆と浅沼以外にここで働く人間はいないのか？　数日間休む、とはどういうことなんだ？　数日間休

まねばならないほどに浅沼の状態は悪いのか？

おれは、叔父から譲り受けたという富樫の愛車「いすゞ117クーペ」の助手席に座って、そんなあれこれを思案した。富樫は今朝方まで呑んでいて寝不足らしく、シートを倒し、豪快な鼾《いびき》をかいて眠っていた。もちろん、この間も料金は加算されている。

そのまま一時間ほど待ったが、浅沼も老婆も姿を現さなかった。途中、旭川ナンバーの日産のブラウンのセダンが姿を現したが、運転席から降りてきた、サイドに白い一本線が入ったネイビーのジャージの上にメタリックブラックのダウンジャケットを着た中年男は入口ドアの貼り紙を読むなり、去っていった。どうやら三國屋の定休日を知らずに、あるいは失念して、やってきたようだ。

「タイムリミットだね」セットしてあったスマートフォンのアラームで目を覚まし、立ち小便の後にタバコを一本吸ってから富樫が言った。「おれ、そろそろ戻らないと」午後三時を十分ほど過ぎていた。本日の出社時間は五時半だそうだ。

「ああ」とおれはこたえた。

「あんたをここに置いてくわけにもいかない」

天気アプリによれば現在の気温は零下五度だった。玄関の風除室の中で待つにしても一時間ともたないだろう。最寄りの人里――ぬかびら源泉郷――までは十キロ近くある。「ああ、乗せて帰ってくれ」

「今晩のホテルはどこだ？」

「なあ、富樫くん」おれは富樫の問いにはこたえずに切り出した。

「なんだよ、権藤ちゃん」

「帯広までは一緒に戻る」おれはさっきまで頭の中でいじくりまわしていた案を口に出した。

「あんたは会社に行く」

「そうだよ、それがどうした?」

「その後、この車をおれに貸してくれないか?」

「……だって、権藤ちゃん、免取り中なんだろ?」

「ああ」おれはみとめた。「でも、運転は出来る。下手じゃない」

「上手い下手の問題じゃなくて……やっぱ、まずいだろ」

「捕まったら、まずいな。でも、安全運転していれば、警察に止められることはないだろう?」

「まあ、そうだな……よっぽどのことがない限りは」

「おれが免許取り消し中だったことをあんたは知らなかった。おれたちはしばらく疎遠になっていた旧友だ。万が一、捕まった場合はそういうことにしよう」

「しかし、この車、マニュアルだぞ?」

「問題ないよ。昔、マニュアル車に乗ってた」おれは嘘を言った。

「雪道を運転したことは?」

「雪道には慣れてる」おれはさらに嘘を言った。「おふくろと妹が新潟に住んでるんだ」

「新潟か……あっちとこっちじゃ、雪質はだいぶ違うけど」

「なあ、頼む」おれは頭を下げた。「ほかに方法はない」

数秒考えてから富樫は言った。「わかったよ。でも、ただじゃいやだね。こいつは希少な昭和の名車なんだ」

探偵と運転手は再び値段交渉した。二十四時間ごとに六千円、最大で七十二時間、ガソリンは満タン返し、ということで話がまとまった。「ここらで車なしの生活は耐えがたいんだよ。三日間、それが限界だね」と富樫は言った。

ともあれ、これでおれは、少なくとも七十二時間のあいだ、誰の力も借りずに、自由に移動できる。運転免許の有無、そして、自動車の有無は、ここ北の大地では、とてつもなく重要なことだ。

10

富樫はおれを助手席に乗せたまま、二時間強かけて、自分の勤める帯広市内のタクシー会社まで運転し、おれに「じゃあ、くれぐれも安全運転でな」と言うと、ピッチングマウンドに向かう豪腕クローザーよろしく右肩をぐるぐる回しながら通用口から社屋に入っていった。

おれは運転席に移り、シートの位置やサイドミラーやルームミラーの傾きを調整すると、カーナビに〈カフェ・ロールベール〉の住所を入れて、道案内を開始させた。

マニュアルシフトの車を運転するのはかれこれ十年ぶり、車そのものを運転するのも約二年ぶりだ。二年前の春先、二度目の離婚届に署名捺印した後、自暴自棄になったおれはアルコールが抜けきらない状態で当時所有していた車を運転し、片側三車線の幹線道路でハザードランプを灯しつつ駐車していたタクシーに後ろから衝突した。幸運なことに、タクシーは空車、運転手もコンビニのトイレで排尿中だったので、ケガ人は出なかった――もし人が乗っていたら、と思うと、ぞっとする――が、通報を受けてやってきた警察官に呼気検査をされ、まんまと酒酔い運転がばれて、免許取り消しとなったのだ。離婚、逮捕、運転免許取り消し、多額の罰金……そして、失職。というのも、当時のおれは車の免許が必須の仕事に就いていたのだ。ああ、我が人生最悪の時。妻が別れぎわにおれに放った言葉は正しかったのかもしれない。それでもあんなひどい時期には二度と戻りたくないという気持ちが、この二年間、おれを下支えしてきた気がする。

〈カフェ・ロールベール〉には午後六時十五分に着いた。

しかし、明かりは消えていた。カフェだけでなく、久米家の住居の明かりも消えていた。カフェのドアにも住居のドアにも鍵がかけられ、貼り紙の類いはなかった。今夜は月曜日だから、昼のカフェも夜のバーも定休日だ。家族で買い物や食事やレジャーに出かけたのだろう。いや、夫婦と娘は別行動なのかもしれない、あるいは三人とも別行動なのかもしれない。いずれにせよ、家業が定休日の午後六時十五分という時間に、三人家族が住居を留守にしているからといって、なんの不思議があろう。

少しは落胆した。が、あくまでも少しだ。カフェもバーも営業していないことをわかった上でおれはここにやってきたのだから。もし、久米満夫氏が在宅しているならば、温かいコーヒーでも頂きつつ、ちょっとばかり話がしたかった。具体的に話したいトピックがあったわけではない。直に誰かに会ってたわいない会話を交わしたい。そんな気分だったのだ。その相手が久米満夫氏であることが、我ながら不思議なのだが。ほんの数日前までは、絶対に仲良くはなれないと思っていた男なのだから。

おれは気持ちを入れ替えて、富樫いわく「昭和の名車」いすゞ117クーペを始動させた。そうして、自動車教習所で初っ端に見せられるオリエンテーション映像に登場するような模範的な運転で、この日二度目の幌滝温泉・三國屋を目指した。

古めかしい車だが、カーナビとカーステレオは比較的最近のものが備え付けられていた。おれは自分のスマートフォンとカーステをBluetoothで繋ぎ、何年か前、不眠症に悩まされていた頃に、深夜の散歩用に作ったプレイリストをシャッフルで再生させた。東京の住宅街を夜更けに散歩するにはぴったりだった曲が、往来の少ない凍てついた国道をドライヴするにはまったくそぐわなかったり、あるいは逆に、その当時は（プレイリストに入れてはみたものの）気分に合わなくてスキップしていた曲が今の気分には完璧にフィットしたりした。


午後八時十五分の三國屋には明かりがついていた。

おれはきっかり三回深呼吸してから呼び鈴を押した。

ほどなく玄関の照明が灯り、それに続いて足音が聞こえ、ドアの錠が内側から外され、そろそろと引き戸が開くと、そこには白髪を後ろで結わえた老婆がいた。先日みたいに割烹着はつけていなかったが、鼠色の下地に紺色系の模様が入った小紋の和服に、芥子色を基調とした帯を巻いていた。外出先から戻ってきたばかりなのか、それとも就寝時と入浴時以外はいつでも和服姿なのか。身長は一五〇センチあるかないか、体重も四〇キロをわずかに越えたぐらいか。しかし、小さな体を補ってあまりある鼻っ柱の強さとそれを支える聡明さが今でも表情の端々に残っていた。

「まさか、連れ出すつもりじゃないだろうね？」老婆は突然の訪問客が誰であるかを認識すると、言った。

「あの……浅沼さんは今どちらに？」

「あんた」老婆はぴしゃりと言い、下から突き上げるようにおれを睨《ね》めつけた。「先にあたしの質問にこたえなさい」

おれは小さな老婆の迫力にいささか怯みながらこたえた。「強引に連れ出すつもりはありません」

老婆の濁った目が鈍く光った。「強引に」というおれの言い回しに引っかかりを覚えたのだろう。

渋面の老婆に笑いかけつつ、できるだけ柔らかな口調でおれは言い足した。「話をしにきたんです」

「話……ねえ」

そう言ったきり老婆が口をつぐんだので、問うてみた。「どこまで聞いていらっしゃいますか？」

老婆は自らを宥めるかのように、深呼吸してから言った。「かつての恋人が不治の病に冒されている……そうだろ？」

おれは小さくうなずき、老婆が先を続けるのを黙って待った。

老婆はおれの足先から頭のてっぺんまで視線をさっと滑らせ、そうしてあらためておれの目を見据えた。おれがなにか言い出すのを待っているようだったが、おれは無言を貫いた。

「……そりゃあね」無言を貫いたのがなんらかの効果を生んだのだろうか、老婆はとても言いにくいことを言うみたいに言った。「その女の気持ちはわかるさ、あたしにだって」

「であれば」おれは口を開いた。「話をさせてもらえませんか？」

「あたしには止める権利はないよ」老婆は首をゆっくり振りながら言った。「ただ、ユウジくんが心配なんじゃ。それに……」

老婆が口ごもった。おれは今度はすかさず先を促した。「それに？」

「もし」少しのあいだ、ためらう素振りを見せてから老婆は言葉を継いだ。「ユウジくんになにかあったら、ここも終わりなんじゃ」

ここも終わり……重い言葉だった。「……なんと申し上げていいか」

老婆はおれを小馬鹿にするかのように、んっ、と鼻音をたてると、顎の動きで中に入るように促した。


アンティークとしても売り出せそうな薄緑色のアラジンストーブが間接照明も兼ねている八畳ほどの板敷きの部屋に浅沼裕嗣が現れたのは、老婆がおれをその部屋に通してから、五分ほどが経過してからだった。この五分の間に老婆と浅沼はどんな話をしたのだろうか。

浅沼はスウェットパンツにトレーナーという恰好だった。色は上下ともにグレーだが、揃いのものではないことが一目でわかる。先日初めて会った時とは明らかに雰囲気が違った。顔色はくすみ、目は窪み、頬はこけ、体軀もひと回り小さくなったかのようだ。おれを見る目には、自分の属する種が遠くない将来に絶滅してしまうことを直感でわかっている草食動物のような、悲しみと諦念とが宿っていた。

「今日は……本当に申し訳ありませんでした」

そう言うと、浅沼は深々と頭を下げた。その様子を見て、彼を責めることのできる人間はどのくらいいるだろう？　おれは具合はどうかと尋ねた。

「……もう、大丈夫です」

その浅沼の物言いがひどく頼りなく聞こえたので、おれは確認せずにはいられなかった。「本当に？」

「今晩ぐっすり眠れば、明日からはいつもどおりに動けるんじゃないかと」

「それはよかった」

おれがその先をどう続けるべきか迷っていると浅沼が言った。「どうしてぼくがこんなこと……出かけたくても出かけられない状態に……なっているのか……権藤さん、いろいろと勘ぐってるんだよね？」

「まあ……そうだね。考えないわけにはいかない」

「隠してるわけじゃないんだ」

「しかし……簡潔には説明できない」おれはあえて疑問形にせずに言った。

浅沼は自分を責めるみたいに首を振った。

「いいよ、話せることだけで」おれは言った。「浅沼くんの過去を穿り返すことは、おれの任務には入っていない」

浅沼はほっとしたのだろうか、表情をいくぶん和らげてから、おれに尋ねてきた。「……権藤さん……ぼくのこと、どこまで知ってる？」

「ロックにかかわってる連中がぜんぜんロックじゃない――そんな名言を吐いて東京を離れたことは知ってる」

おれの揶揄を浅沼は口角だけで笑って受け流し、その後を引き継いだ。「まあ、そんなようなことも言ったかもしれない……丈博や典と最後に飲んだ時に……撤回するつもりはないけど」

そうして、浅沼は言葉を慎重に選びながら（途中、考え込んだりもしながら）、語り出した。

おおよそ、こんな話だった――最初に変調をきたしたのは、まだバンド〈Night Shift Club〉をやっていた三十七歳の時で、ライヴ前に動悸や震え、そして、吐き気といった症状が出るようになった。初めのうちはなんとかごまかしながらライヴ活動を続けていたが、ついにライヴ直前に立ち上がれなくなり、救急車で救急病院に運ばれる事態となった。その時の精神科医の診断では「社交不安障害」とのことだった。セカンドオピニオンを聞きにいった（その後しばらく主治医となる）精神科医は「社交不安障害に加え、パニック障害も併発している」と告げた。ともあれ、それが主因となってバンドを、ひいては音楽活動をやめることになった。しかしそもそも、バンドにも、そして、悔しいが自分のドラマーとしての才能にも薄々限界を感じていたし、その頃は事務所を含めたバンド内外の人間関係もぎくしゃくしていたから、バンドや音楽から、そして、東京での暮らしから離れれば、いずれ症状はおさまると思った。精神科医もそのように予測した。しかし、故郷の函館に戻っても、時々、発作的に症状が現れた。余計な心配をかけたくなかったので、母親には黙っていた。その年の夏の終わりに、高校時代のバンド仲間である守屋拓巳に何年かぶりに再会し、近況や疾患のことを打ち明けると、十勝の共同牧場で一緒に働かないか、と誘われた。守屋いわく、牧場での暮らしは「ほんの少人数の、決まった人間にしか会わない」「、十勝という土地は「とにかく空気がきれいだし、冬の寒さこそ厳しいものの晴れた日が多い」とのことだった。その誘いに強く惹かれた。ふた月の間、悩みに悩んだ末に、誰にも告げず函館を離れる決断をした。大人げないやり方だったのは重々承知しているが、その時の自分には周囲にうまく説明できる自信がなく、それ以外の方法は考えつかなかった。母親には落ち着きしだい連絡を入れるつもりだったが、ずるずると二年以上が過ぎてしまった。共同牧場から幌滝温泉に移ってきたことに、疾患は関係していない。働き手がいないから廃業する、という話を人づてに聞いて、自分が力になれるなら、と思い、三國屋にやってきた。現在も稀に症状が現れるが、頻度は減り、確実に快方に向かっていると思う。幌滝温泉での仕事も、携帯の電波すら届かない山奥での暮らしも、自分の性には合っている。

「ようするに、ぼくは……」浅沼は言いかけて、その先の言葉を飲み込み、声音を変えた。「ほんと、恥ずかしい話なんだ……」

「おれの人生も恥ずかしいことだらけだよ」そう言って、おれはやんわりと先を促した。

「単純な気質なんだよ、おれ」浅沼は数秒の躊躇いの後で言った。自称が〝ぼく〟から〝おれ〟に変わっていた。「でも、この世界ってとんでもなく複雑……とくに昨今は……違う？」

「まあ、そうかもしれない」おれは言った。この世界が複雑かシンプルかといえば、たしかに複雑だろう。もともとはシンプルでだんだんと複雑になっていったのか、それとも、もとより複雑だったが、最近まで――インターネットが発明されるまで、とりわけＳＮＳが普及するまで、ということになるだろうか――は、その複雑さがうまく隠蔽されていて、シンプルに見えていただけなのか、そこらへんはおれにはわからないが。

「そのいかんともし難い複雑さを」浅沼はおれの顔色を窺いながら言った。「おれはいまだに引き受けられないでいるんだと思う」

どうこたえていいかわからずに言葉を探していると、浅沼は自嘲するかのように笑って、言い足した。「青いでしょ、おれ。まったく……いい歳して。我ながらうんざりしてるよ」

「まあ……たしかに、青いね」とおれは笑いながら同意した。「でも、青さが完全に消えたような人間には魅力を感じない。少なくともおれはそうだね」

浅沼の話を聞きながらおれが思っていたのは、このおれだってほんの少しのさじ加減で浅沼のようになり得る、ということだ。人生の過程で遭遇する――運命論的に言い換えれば、天から与えられる――たった一つか二つのピースがいかなるものかで、その人間はカリスマティックなロックスターになったり、音信不通の隠遁者になったり、不本意な私立探偵になったりするんじゃないだろうか。

ともあれ、おれのほうは――心の川底で淀んでいるあれやこれやをぶちまけてしまいたいという気持ちを押さえ込んで――岩澤めぐみの現況を、今朝リサコから聞いたものに自分なりの解釈も加えて、話した。できるだけ感情を排して述べるつもりだったが、しゃべっているうちにだんだんと熱を帯びてしまった。

「……そうですか」

浅沼は神妙に言い、口を一文字に結んで、考えを今一度整理するように目を伏せた。その顔つき、とりわけ瞼から小鼻にかけての優美なラインが、おれに浅沼実代子を思い出させた。この件が落着したら、本人がなんと言おうと母親には息子の居場所や近況を報告しなくてはならない。

「正直に言うと」浅沼は目をあげるとつぶやくように言った。「おれの心には怖じ気《おけ》があるんだ」

「怖じ気？」

「そう。別れ際にめぐみに言われたことがいまだに心に突き刺さってて」

「……なんて？」

「あなたは誰も幸せにすることができない。あなたは人を不幸にするロクデナシだって」

おれは激しく動揺した。繰り返し見る悪夢のように、その言葉がよく知っている声でよみがえった。

「ぐさっときた。めちゃくちゃ、ぐさっときたよ、その言葉は。あんなことを言われるくらいなら、肋骨の一本でもへし折ってくれたほうがよかったかもしれない。肋骨ならじきに治るだろうから」

「……わかる」とおれは言った。「おれも似たようなことを言われた」

「……え？」

「……別れた妻に」

「……そう？」

「ああ」おれはうなずいた。それから気を取り直して言った。「ごめん、おれの話はいいから、続けてくれ」

「うん」浅沼もうなずいた。「だから……めぐみに会うことにためらいがないわけじゃないんだ。

ここにきて彼女が会いたいって言ってきてることも、じつは腑に落ちていない」

「彼女は」とおれは言った。「謝りたいと言ってた」

「それって……別れ際の言葉のことなんだろうか？」

「それはおれにもわからない。でも、謝りたいと言ってた。こんな言い方もどうかと思うけど……」そこでおれは口をつぐんで、的確な言葉を探してみた。見つからなかった。言葉は難しい。でも黙ってるわけにはいかない。「彼女に謝らせてやってほしい」おれは頭を下げた。「頼む」

浅沼はおれをじっと見つめた後、再び目を伏せた。

しばらく――といっても、時間にすれば十五秒ほどのことだろう――経ってから、おれに視線を戻した浅沼の目にはさっきまでとは別種のものが宿っていた。「明日、もう一度、チャレンジしてみるよ」

おれはいっしゅん耳を疑った。「あ……明日？」

「ここは水曜まで閉めることにしたので……明日であれば」

「いや、しかし……大丈夫なのか？」

「だって、さっき、権藤さん、言ったじゃない……予断を許さない状況だって。彼女は命の最後の灯《ひ》を灯《とも》していると」

「それはたしかに……そうなんだ」

「だったら、悠長なことは言っていられない……でしょ？」

「そのとおりだ」我知らず力がこもっていた。「オーケー、じゃあ明日は、おれがここから空港まで運転するよ」

「そういえば」そう言い出した浅沼は少々訝しげな表情になっていた。「タクミの話だと、権藤さんは車の免許を持っていないとか——」

「あ、いや」おれは浅沼を慌てて遮った。「その話は聞かなかったことにしてくれ。運転技術にはなんの問題もない」

「……わかりました」浅沼は言い、表情は崩さずに目だけで微笑した。「では、今夜はここに泊まってください」


おれは浅沼の言葉に甘えて、定休日の三國屋に泊めてもらった。

三國屋に宿泊する。それはインターネットにはアクセスできない、すなわち、外世界との接触を断たれた一夜を過ごすことを意味した。

いつ以来だろうか、そんな夜を過ごすのは。自分がインターネットやスマートフォンに依存している、という認識はこれまでまったくなかったのだが、いざネットにアクセスできないとなると、ひどく心許なく、しまいには焦燥感にさえ駆られた。浅沼の話によると、旅館の事務室にはダイアルアップ接続で繋がったデスクトップPCが一台あるらしいのだが、使わせてほしいとは言えなかった。というか、そもそもインターネットを使ってどうしてもしたいことがあるわけではないのだ。ただ、世界——というか、ヴァーチャルな世界——と繋がっているという安心感がほしいだけなのだ。たとえそれがどんなに複雑な世界であれ。

諦めがつくまでに一時間ほどかかったかもしれない。しかし、いったん諦めがついてしまうと、妙なことに俄然、心が凪《な》いだ。そうしておれは、めったに考えない、ふだんは真剣に考えることを避けている人生の諸事について考えはじめ、そのうちに思考はいつになく深まり、明確な答えが出たわけではないが、じっくりと考えられたこと自体がある種の安らぎや充足感をもたらしたのだろう、いつしか、生温かい泥のような眠りに引きずり込まれていた。

11

翌朝は午前六時にアラームで起床した。

身支度を終えた六時二十分に、浅沼が部屋にやってきて、朝ご飯の用意ができましたと言った。一階の食堂に下りていくと、老婆はすでに和服を着ており、おれが「おはようございます」と声をかけると、「おはようさん」と目も合わせずにつっけんどんに言った。きっと怒っているのだろう。雑穀米のあったかご飯と、なめことわかめのみそ汁、大根の漬け物、椎茸入りの肉じゃが、それに金時豆の甘煮、という献立の朝食を三人で無言のまま食べた。食事のあいだじゅう、老婆はおれと目を合わせようとはしなかった。

おれと浅沼が117クーぺに乗り込んだところで、老婆が見送りに出てきた。意外にも老婆は助手席側ではなく、運転席側にやってきた。そうして、渋い表情を浮かべたままではあったが、おれに向かって「あんた、しっかり頼むよ」と言った。怒ってはいるものの、口も利きたくないほどの怒りではないのだろう。

出発してまもなく、粉雪がちらつきはじめた。

浅沼がぽそりと言った。「午後からは大雪になるみたい」

「本来、十勝は雪が少ないんだよね？」

「寒さは厳しい、でも晴れる日が多い」と浅沼は言った。「今年はちょっと異常……この間も大雪が降ったばかりだし」

「……飛行機は飛んでくれるかな？」

「午前中は大丈夫じゃないかな。午後はなんとも言えないけど」

通信圏外から脱したところで道端に車をとめ、いつも使っているアプリケーションを起動させて、羽田行きの午前十時十五分発の便を二席確保した。リサコに連絡を入れるのはとかち帯広空港に着いてからでいいだろう。

何事もなければ、おれたちは正午には羽田空港に到着し、そうして、午後の早い時間には岩澤めぐみが入院する大学病院にたどり着けるはずだ。

何事もなければ。

今度こそ。

山間部を抜けて国道が平坦かつ直線になっても、雪は降り続いていた。いや、むしろ、降りは強くなっていた。そんな慣れない天候での慣れないマニュアル車の運転に必死で、おれには助手席に座っている人間を気遣う余裕はなかった。

トイレに寄ってほしい、と浅沼が言ったのは、帯広の市街地まであと三十キロほどに迫った地点だったろうか。折よく、道の駅があったので、駐車場に車を入れた。

車をとめたとたん、浅沼は助手席のドアを開けて車から飛び出し、トイレ棟に向かって走っていった。

その姿を見ても、おれはたいして疑念は抱かなかった。ただ、小便もしくは大便を我慢していたのだな、としか思わなかった。おれは道の駅の中で、唯一営業していたベーカリーでコーヒーを二杯とチョコレートブラウニーを一つ買って車に戻った。

浅沼はまだ戻っていなかったので、尿意を感じていたわけではないが今のうちに小便を済ませておこうと思い、トイレに向かった。

男子トイレに入ると大便用の個室から、流水音とともに嘔吐するような音が聞こえてきた。

おれは小便器で排尿しながら脳に差し込んできた嫌な予感を振り払い、排尿を終えると、懸念の音の発生源である――いずれにせよ、ドアが閉まっている個室はその一つだけだったのだが――個室をノックした。

「浅沼くんだよね？　……大丈夫？」

再び、嘔吐する音……もはや嘔吐以外の音には聞こえない音が洩れてきた。

おいおい、マジかよ。おれは胸の内でつぶやきながら、もう一度ノックした。

内側からドアを叩く音とともに、「ちょっと……待って」喉から絞り出すような浅沼の声がした。

「大丈夫？」おれは、ほかにどう言ったらいいのかわからぬままに、繰り返した。

浅沼は荒い息とともに言った。「車で……待ってて」

「……わかった」

おれは117クーペの運転席に戻り、コーヒーを飲みながら待った。リサコにLINEしかけて、やめた。カゲヤマには電話したが、留守電応答だったので、すぐに切った。

トイレから浅沼が出てきたのは、それから十五分ほどが経過してからだった。

こちらに向かってくる浅沼の足取りが顎に強打を食らったばかりのボクサーみたいに危なっかしかった。顔面が蒼白になっている。外の気温は氷点下だというのに、額やこめかみには汗が滲み、おれのほうに向けようとしない目は虚《うつ》ろだ。

浅沼は車に乗り込むと、おれには目もくれずに言った。「さあ……行きましょ」

「……大丈夫なのか?」

「さあ、早く」浅沼が吐き出す言葉は、その様子とは裏腹に逞しかった。「なにをグズグズしてるんすか」

言われるままにおれは車を出した。

十分ほど走り、信号待ちで停止したタイミングで、おれは助手席の浅沼をあらためてまじまじと見た。蒼白な顔色はもはや死人のようだ。こめかみから顎先に向けて汗の粒が滑り降りていく。呼吸は浅く、荒い。おれが凝視していることに浅沼自身は気づいていないのか、気づいていながらあえて無視しているのか、あるいは顔をおれのほうに向ける気力さえないのか、浅沼は雪が舞う前方の一点を、あたかも藁にでも縋《すが》るように見つめている。

顎先から汗の雫が膝に落ちた。浅沼はそれを拭おうともしない。というか、紫色になった手指がわなわなと震えていて、それどころじゃない。

「なあ、浅沼くん?」

呼びかけてみたが、なんの反応も返ってこなかった。

おれは観念した――無理だ。こんな状態で旅客機になど搭乗できるはずがない。仮に無理やり機内に押し込んだところで、着陸後、羽田空港の人ごみに、ひいては東京の喧噪《けんそう》に、この世の複雑さに耐えられるはずがない。ダメだ。

おれは無言のまま117クーペをUターンさせた。

12

「すみません」

幌滝温泉に向けてUターンしてから小一時間が経ち、もう少しで再び山間部、というあたりで浅沼がようやく口を開いた。顔色はだいぶ回復していたし、発汗や震えもほぼ止まっていたが、か細い声は尊厳を剝ぎ取られた中年男のそれだった。「本当にすみません」

「いいよ、謝らなくて」

「自分が本当に情けない」

「仕方ないじゃないか」おれは言った――ほかにどう言えばいいんだ？

浅沼を責めようとは思わなかったが、しかし、それにしても、おれは落胆していた。そして、その落胆の裏側では苛立ちとしか形容できないものが蠢いていた。なにに対しての苛立ちだろう？　自分自身に対してなのかもしれない。自分の非力さにおれは苛立っているのかもしれない。たった一人の人間すら満足させられない非力な自分に。あるいは、いつももう一歩のところで欲しいものが手に入らない自分の因果な運命に。

「……電話では話せるよね？」またしばらくすると浅沼が言った。

「ああ、もちろん」おれはどうにか気を取り直してこたえた。「あとで電話しよう。互いの顔を見ながら話すことだって――」

そこで、おれのスマートフォンが震えながら鳴った。

「ゴンちゃん、なにしてんのよ？」リサコが挨拶もなしに言った。「昨夜も電話したのに」

「昨夜は三國屋に泊まってたんだ……つーか、どうした？」

「さっき、ようやく、外出許可がおりたの」

「外出許可？」

「岩澤さんの担当医から」

「……ん？」

「これからそっちに行くから」リサコは、このできそこないの世界を造り賜った神を挑発するかのように言った。「岩澤さんとあたしたち……あたしとカゲヤマさんとあたしの友達の看護師で、これからそっちに……北海道に行くから。お昼の飛行機に乗って」おれが言葉を失っているとリサコは続けた。「わかった？」

「……」

「もしもし、ゴンちゃん？」

「……」

「どうしたの、黙り込んじゃって」

「……いや」おれはようやく口を開いた。「感動してるんだ……言葉が出ない」

「なに言ってんの」とリサコは笑いと呆れの混じった口調で。

「……すごいよ、リサコ……マジで」

「部屋を取っておいてもらえる？」リサコはおれの感嘆をそよ風をやり過ごすかのようにスルーして続けた。「このあいだ泊まった素敵な温泉旅館の、いっちばんゴージャスな部屋を」


おれは浅沼をまず、幌滝温泉の三國屋まで送り届け、そこから最寄りの人里でもあるぬかびら源泉郷に戻り、先週リサコと泊まった温泉旅館に入っていった。そして、リサコの指示どおり、最上グレードの部屋と、それに次ぐ部屋をおさえた。まだ正午前だったものの、どちらの部屋も前の晩は空室だったのだろう、それに、レセプションの女性がおれのことを覚えていてくれたこともいくらかは関係しているのかもしれない、快く部屋に通してくれた。

その後、羽田空港に着いたリサコからのＬＩＮＥによると、一行は午後二時着の飛行機でこちらへやってくることになっていた。彼らがとかち帯広空港に到着した知らせを受けてから、おれは三國屋に向かえばいい。浅沼は岩澤めぐみの来訪に備えて、今ごろは薬を服用して一眠りしているだろう。

リサコ――不可能を可能に変換する女。失望を希望に反転させる女。彼女はその半端ないエネルギーを、困難にめげないガッツを、決してへこたれない強さや明るさを、いったいどうやって生み出しているのだろう。雪がしんしんと降り続くなかで、おれは露天風呂に浸かりながら、そんなこんなをぼんやりと考えていた。そのしんしんと降り続く雪がどういう事態をもたらすことになるのか、ほとんど気に留めずに。

13

カゲヤマから電話が入ったのは、予定到着時刻を一時間ほど過ぎてからだった。

「遅かったな」電話に出るなり、おれは言った。

「じつは今、新千歳空港なんだ」

「……新千歳空港？　札幌近くの？」

「そう。帯広空港は視界不良で着陸できなかった」

「なるほど……」

「いま、リサコがレンタカーの手続きをしている」

「千歳からここまでどのくらいかかるんだ？」

「夏なら高速を使って四時間弱で行けるらしいけど」

「冬なら？」

「さあね……こんな天気じゃ見当もつかない」

「そっちも雪なのか」

「ああ。着陸した時はロマンティックな降り方だったけど……今は……こういうのを吹雪って言うんだろうな」

「……運転、大丈夫か？」

「……正直、ぼくはまったく自信がないけど、リサコが大丈夫だって言ってる」

「リサコはこの間も雪道を運転したから」

「本人もそう言ってるんだが……」カゲヤマは不安げな口ぶりだった。

「岩澤さんもそこにいるんだな？」おれは尋ねた。

「ああ、もちろん」カゲヤマはこたえた。「リサコの友達の看護師がついてる」

「様子はどうだ？」

「うん……問題ないと思う、今のところは」カゲヤマは言い、会話を切り上げるべく語調を変えた。「また連絡するよ。おおよその到着時間が見えたら」

14

午後六時を過ぎても連絡はなかった。

しびれを切らして、おれから電話をかけたが、カゲヤマにかけてもリサコにかけても「おかけになった電話は電波の届かない場所にあるか、電源が入っていないためかかりません」という音声案内が流れるだけだった。

グーグルマップで見てみると、新千歳空港から十勝地方にやってくるには、北海道を西と東に分ける日高山脈と大雪山を繋ぐ山地――マップには名前が記されていない山地――を越えなくてはならない。その山間部が携帯電波の圏外ということはじゅうぶんにあり得る。つまり、そのどこかを通過中ということだろう。

おれは待った。部屋中を檻の中のヒグマのように歩き回りながら。不安や焦燥を鎮めるために、スクワットや腕立て伏せをしながら。

午後七時になっても電話はかかってこず、こちらから電話しても、くだんの音声案内が流れるだけだった。

午後七時十五分、（おそらくはおれと同様にしびれを切らして）電話をかけてきた浅沼に、まだ連絡がないんだ、と伝えた。浅沼は、新千歳空港と十勝の道すがらにあるスキーリゾートホテルで働いている知人がいるから連絡してみると言った。

八分後、浅沼から再び電話があった。「ひどい吹雪らしい」

「どっかで立ち往生してるということか？」

「天気が回復するのを待ってるんじゃないかな」

「どこで？」

「……どこで、とは言えないけど……」

「捜しにいったほうがいいんじゃないか？」

浅沼は少しのあいだ黙考してから言った。「助けるためには飛び込むなって……言いませんか？」

「まあ……そうだな」おれも同意した。

「もう少し、待ちましょう」

おれは待った。心配で気が狂いそうになったが、それでも歯を食いしばって待った。食いしばった歯が折れそうになったので、妹にLINEした。まだ仕事中なのか、いっこうに既読にはならなかった。携帯契約に割込通話のオプションが入っていることを確認してから、母親に電話をかけた。母親はすぐに出た。急ぎなの？と訊かれたので、急ぎじゃないと返すと、食事中だから後でかけ直すね、と言われた。いや、こちらからかけるよ、と言って電話を切った。それから、おれはインターネットで雪の日の事故率を調べはじめた。途端に動悸がしてきた。首筋が汗ばんできた。父親の事故のことも脳裏をよぎり、吐き気すら覚えた。再び、スクワットと腕立て伏せにいそしんだ。

着信が入ったのは午後八時半になろうかという時間だった。

「ハロー、ゴンちゃん！」リサコの声はバカンス先のナイトクラブではしゃいでいるかのようだった。

「ハロー、リサコ」ひとまず調子を合わせた。呆れつつも、なにはともあれリサコの元気な声が聞けたことで安堵してもいた。「で、どこなんだ？」

「雪山を抜けてようやく十勝平野に入ったところ」リサコは少しだけ声のトーンを落として――それでもじゅうぶんに上機嫌だったが――言った。「そっちに着くのは十時半ごろになりそう。浅沼さんを訪ねるのは明日の朝にしましょう」

「いや……ま……ていうか……あのな」言いたいこと、言うべきことが頭の中で錯綜して、おれはわけがわからなくなっていた。

「部屋は取ってくれてるのよね？」

「そりゃ……取ってるけど……つーか、説明しろ」

「ふふふ」

「おい……笑ってるのか？」そうリサコに問うおれの声はわれ知らず尖っていた。「どういうことだよ？」

「すっごく大変だったの」リサコはひと呼吸置いてから言った。

「そんなふうには聞こえない」

「それは大ピンチを切り抜けた後だから。それでテンションが上がっちゃって。こういう状態……なんて言うんだっけ？」

「知らないね」おれはぴしゃりと言った。「どれだけ心配したか」

「……そうよね」リサコが肩をすくめたのが目に見えるようだった。「ごめんね」

「で？」おれは説明を促した。

「高速道路が大雪で通行止めになったのね……それで――」

――途中から一般道を走行せざるを得なくなった。まもなく車をスリップさせて、側道の雪壁に突っ込み、身動きできなくなった。通りがかったのは、新千歳空港からスキー場までを行き来するリゾートホテル所有のマイクロバスだった。幸運だったのは、マイクロバスの運転手が素通りするタイプの人間じゃなかったこと、そしてバスに数席の空席があったこと。動かせなくなった車を置いて、リゾートホテルに一度避難した。そして――

「いま、誰が運転してると思う？」

「カゲヤマが頑張ってるんだろ？」

「残念でした。ちょっと待って。代わるから」

しばらく間があり「こんばんは、先日はどうも」というバリトンヴォイスが聞こえた。

「だーれだ？」再びリサコの声がした。

「……久米さん」とおれはこたえた。

「あたり！」リサコは声を張り上げた。

リゾートホテルに着くなり、リサコは久米に助けを求めて電話した。久米はすぐに迎えに行くと言った。そうして、知人から四輪駆動のジープを借りて迎えにきてくれた。一時はどうなるかと思ったけど、みんな元気。リサコはそうあっけらかんと言い放った。

「どうして電話しないんだ？」おれは問い質した。

「ごめんね」とリサコ。「でも、それどころじゃなかったのよ」

「カゲヤマだっているだろうに」

「カゲヤマさんは、JAFのロードサービスに対処するために、レンタカーに残ってくれたから」

「ん？　カゲヤマはそこにいない？」

「うん、さっき連絡がついて……無事レンタカーを救出してもらって、こっちに向かってるって」

「あいつ、ひとりで大丈夫なのか？」

「大丈夫。もう雪は止みかけてるし、カゲヤマさんって案外としぶといでしょ」

「しぶとい……まあ、たしかに」

「とにかく、みんな元気よ……ああ、はやく、お風呂に入りたい！」

そんなリサコの、憂えることを知らない御転婆娘のような口ぶりを聞くと、おれは針で刺された空気ビニール人形さながらに、へなへなと床にくずおれた。

15

翌朝、朝の光が差し込む温泉旅館の食堂で朝食を食べた。

そこには、一行の窮地を救った久米満夫もいた。カゲヤマは結局、深夜の到着になって、眠そうではあったが、そこにいた。言うまでもなく、岩澤めぐみも。リサコとリサコの幼なじみという「国境なき医師団」に所属する看護師、小西《こにし》千聡《ちさと》さんも。前夜、スクワットや腕立て伏せで筋力アップに励んだ探偵も。

朝食を終えて、出かける用意をすべく部屋へ引き上げようとしたところで、岩澤めぐみに「権藤さん、ちょっといいですか」と言われ、食堂に残って二人だけでコーヒーを飲んだ。小西さんも同席するつもりだったようだが、岩澤が醸す空気を読んだのだろう、「ロビーで待ってますね」と言って、席を立った。

「本当にありがとうございました」岩澤めぐみはあらためて礼を言い、頭を下げた。彼女は、おれが会わなかったほんの一週間ばかりの間に、見る影もなくやせ衰えていた。朝食も……「美味しそう」という言葉を繰り返してはいたものの……お義理程度に、あたかもそうすることで周囲からの注意を逸らせると考えているみたいに、口に運ぶだけだった。

おれもまた頭を下げた。「こんなところまで足を運ばせちゃって、申し訳ない」

「いいえ、そんな」そう言ってから彼女は口調をあらためて続けた。「請求書は姉に送ってください。約束の報酬と合わせてお支払いいたします」

「わかりました」

「裕嗣くん……」岩澤は周囲の誰かが耳をそばだてているかのごとく声を落とした。「どんな様子ですか？」

おれはかいつまんで話した。

「わたしに会うことについてはなにか言ってました？」

「いいえ、とくになにも」

「まだ怒っているのかな……」ひとりごとのように言う。

「いいえ」おれはきっぱり言った。「怒ってなんかいないよ。彼は無理を押して東京に行こうとしてたんだ。あなたに再会できることをすごく楽しみにしている」

「そうですか」岩澤めぐみは微笑を浮かべて言った。「それを聞いてほっとしました」

おれもまた微笑を浮かべてうなずいた。

「わたし……権藤さんに大げさに言ってしまったかもしれません」

「……なにを？」

「彼にどうしても伝えたいことがあるって言ったでしょう？　はじめて権藤さんにお会いした時に」

「ああ、もちろん覚えてる」

「あの時はいろいろと伝えたいことがあったんです。ちゃんと言葉にして伝えなくちゃって思っていました」

おれはうなずき、それとなく先を促した。

「でも……時間が経つうちに、そのいろいろが……どう言えばいいのかわからないけど……溶け合ってしまって……いま、彼に伝えたいのは」岩澤めぐみはテーブルに目を落としてから先を続けた。「ごくシンプルなことなんです」

おれは再びうなずいたが、今度のうなずきは彼女には見えなかったかもしれない。

「わたし」岩澤はおれに視線を戻し、きまり悪そうに言った。「彼に、ごめんねと……それから、ありがとうを伝えたい……それだけなんです」

おれは少し間を空けてから言った。「ごめんねとありがとう——すごく大事なことだ。そういう大事な言葉を言えないままに、多くの人が毎日を生きているような気がする。例えば、このおれがそうだ。心にわだかまりを感じながら、それを忙しい日々に紛らわして」

岩澤めぐみは黙っていた。おれが先を続けるのを待っているようだ。

しかし、おれは先を続けようとは思わなかった。

岩澤めぐみもほどなくそのことを理解したのだろう、小さくうなずいてから、話題を転じた。

「それにしても、みなさんを巻き込んでしまったみたいで……わたし——」

「そんなことは気にしなくていいよ」おれは笑って言った。「それはこっちの問題だし。それに、うちのスタッフは、カゲヤマにしろリサコにしろ、こういうこと……ちょっとした冒険が好きなんだ……冒険、ていう言い方もどうかと思うけど」

岩澤めぐみは首を振りながら微笑した。「そう思ってくださるなら」

おれは岩澤めぐみのやつれた微笑に心を締めつけられながら、「じつは」とおもむろに切り出した。岩澤めぐみはおれにとって初めての依頼人なのだ。この考えを最初に伝えるに相応しい相手じゃないか。「まだ誰にも言ってないけど……これで最後にしようと思っているんだ」

「……なにをですか？」

「探偵業を」

「え？」岩澤は目を眇め、首を傾げた。「なぜ？」

「つまるところ、向き不向きの問題だよ」とおれは言った。「おれには探偵という仕事は向いていない。この数か月の間に、そのことが痛いほどにわかった」

「そうですか？」不思議そう、というより、むしろ不満げに岩澤は問いかけてきた。「そんなことないと思いますけど」

「いや、向いてないよ」

おれはこれまでの案件を思い出していた。池谷夫妻の浮気調査では尾行があっけなくバレて、尾行対象者とお茶をする羽目になり……いわば裏取引をしたのだし、引きこもりの息子を心配する廣田寿子からの依頼では調査対象者である息子と立場を超えて意気投合してしまった。秋田のスナックで出会った美人ママから頼まれた人捜しにしても、リサコの父親捜しにしても、肝所にはリサコの技量やインスピレーションが絡んでいる。いや、絡んでいるというより、リサコがいなかったら、どの案件も未解決のままかもしれない。おれ単独の力でスムーズに解決できたことなど、ひとつもない。言い換えれば、おれはついていっただけなのだ。

「でも、みなさん、満足していたのでしょう？」岩澤めぐみはそう言って、輝度を増した朝の陽光に目を細めた。「昨夜ここに来る道すがら、リサコさんから、権藤さんと依頼人さんたちのお話を聞きました」

「まあ……依頼人とトラブルになったことはないけど……」

仮に依頼人が満足していたとして……それでもやはり、おれは思わずにはいられない。もっと有能な探偵だったら、依頼人たちだってもっとハッピーになれたはずだ、と。相棒の技量だとか運だとかに頼らずに、テキパキと解決できる探偵がこの世にはいるはずで、おれが引き受けたどの案件にしろ、そんな彼らが引き受けた方が――と、そこまで考えて、おれは自分の心の暗渠《あんきょ》に潜む浅ましくも悲しい本音に気がついた。

「あるいは、向き不向きの問題じゃないのかもしれない」

「……どういうことですか？」

「探偵業ってのは、否応なしに他人の人生に踏み込んでいくことになる」

「ええ……わかります」

「それ自体はべつにいいんだ」おれは言った。「でも……」

岩澤めぐみは口を一文字に結んだまま、おれが先を続けるのを待っていた。

「そのたびに、おれは自分の人生にも踏み込んでいくことになる、無意識のうちにね。そうして、記憶の彼方に葬り去ってしまいたい過去の出来事をまざまざと思い出してしまうんだ。それが辛い」

しばらく考えてから岩澤めぐみは言った。「つまり……ご自分の過去からは目を背けていたい、ということですか？」

「ああ」岩澤の物言いには意地悪なニュアンスが含まれていたが、そのことにはあえて気づかないふりをして、おれはこたえた。「忘れてしまいたいんだよ」

「そういうのって……なんだか権藤さんらしくないです」

「おれらしくない……か」おれはつぶやいた。「まあ、たとえそうであれ」

「だいいち」岩澤は続けた。「目を背けて、それで本当に忘れられるんですか？」

「……そう願ってるよ」

「わたしは、わたしの経験からしか言えませんが」これまでの彼女にしては、そして今の病状を鑑みても、かなり強い口調だった。「いくら目を背けても過去を忘れ去ることなんてできないです。向き合って格闘して乗り越えていくしかないです」

言い返せなかった。

「それに……」おれが黙っていると、岩澤めぐみは冷めかけたコーヒーにさっと口をつけて、さらに言葉を継いだ。「向き不向きの話ですけど……探偵に向いている人は権藤さんのような探偵にはなれないような気がします」

「……おれのような探偵？」

「こんなにも依頼人に寄り添ってくれる探偵……ほかにいるんでしょうか」

「いやいや、おれが特別だとは思わないな」

「わたしにとっては」そこで思い出したように微笑してから、言った。「特別でした」

「……」

「向いてないとご自分で思ってるから、なおのこと必死になるんですよね、権藤さんは。わたしの境遇や気持ちを理解しようと、必死になってくださった」そう言う岩澤めぐみの目には、天使がもし存在するならこんな眼差しをしているのだろうと思われる、この上なく優しげな光が宿っていた。「権藤さんの必死さにわたしがどんなに救われたか。もしほかの方に依頼していたら、とっくに諦めていたと思います」

「根がしつこい人間なんだよ、おれは」面映ゆさもあって、おれは戯けつつ言った。「そのしつこさのせいで、バツが二個もついている」

岩澤めぐみはくくっと笑い声を立て、久々にキュートな八重歯がのぞいた。時が歩みを止めた中で彼女は言う。「権藤さんみたいな探偵がこの世の中には必要だと思います。わたしのような依頼人がこの世にいる限り」そうして、背筋をしゃんとすると、頭を下げた。「お願い、どうかもう一度考え直して」

岩澤めぐみにそんなふうに頭を下げられて、言下に否定などできるはずがない。おれは、わかった、もう少し考えてみる、と言った——それが彼女へのリップサーヴィスだったのかどうか、じつはいまだにわからないのだが。

16

午前十時、おれたち一行は、久米の運転するジープと、リサコの運転するいすゞに分乗して、約十キロ先の幌滝温泉に向かった。

北国ならではの美しい冬晴れの午前だった。前日降り積もった新雪が瑞々しい陽光を受けてきらきらと光っている。針葉樹の深緑と新雪の純白とのコントラストが見事だ。

昭和の名車を運転しているリサコが、助手席で感傷に耳たぶまで浸かっているおれに言った。

「岩澤さん、なんて？」

「なんてこともないよ」おれは言った。「みんなを巻き込んでしまって申し訳なく思ってるって言うから、そんなことを気にしなくていいって言った」

「ていうか、あたし」リサコは言った。「不謹慎かもしれないけど……楽しんじゃってる」

「そう言っといたよ、岩澤さんにも」おれは言い、後部座席のカゲヤマに振った。「ボスも楽しんでるよな？」

「まあね」カゲヤマは言った。「昨夜はどうなることかと思ったけど……今になってみれば、最高のスリルだったかも」

「なんてったって我らのボスは」おれはリサコに向かって言った。「ワクワクやドキドキが欲しくて、探偵業を立ち上げたんだから」

リサコは笑ってから、言った。「ゴンちゃんはどう？　楽しんでる？」

「いや」おれは率直にこたえた。「楽しんではいないな、少なくともきみらのようには」

「そうなのよね」リサコは得心したように言った。「ゴンちゃんってそういう人なのよね」

「……そういう人？」

「楽しいか楽しくないかにあんまり振り回されない人」

おれはリサコの言ってることについて考えた。考えがまとまらないうちにリサコは続けた。

「楽しいとか辛いとか、そういうことよりも、その行為がその人のためになるかどうか、善きことか悪しきことかで行動する人」

「……そうかあ?」

「うん、そう思う」リサコは言った。「どうやら自覚はしてないようだし、時には享楽主義的な言動もするけど……元来そういう人」

「そうかあ?」おれは繰り返した。

「そこがゴンちゃんのゴンちゃんたるゆえん。早い話……ズレてるの」

「ズレてる、だと?」

「褒め言葉よ」リサコはさらに続けた。「みんながみんな、楽しいか楽しくないか……ようするに自分の快楽のために行動したら、きっと大変なことになっちゃう。この世の中にはゴンちゃんみたいな人が必要」

「いいこと言うねえ、リサコは」と後ろから口を挟んだのはカゲヤマだ。「ぼくも同意見。ぼくは違うけど、ゴンちゃんはそういう人だよ。そこがいいんだ」

おれは、ふうん、とだけ言った。なんだか照れ臭くもあった。

「ところで、ご両人」カゲヤマは口調をがらりと変えた。「ぼく、一人でもう一泊していくことにしたから……さっき部屋もおさえた」

「はあ?」おれは驚いた。「どうしたんだ? カゲヤマらしくないぞ」

「ほんとほんと」リサコも驚いていた。「どうしたの?」

「いや、だってさ」カゲヤマは弁明するように言った。「東京に戻るとなんだかんだ用事が入ってバタバタしちゃうから。せっかくこんな人の少ないところに来たんだし、もう一日、ゆっくり休もうと思って。それに……第一クールも終わったわけだし」

「第一クール？」リサコがすかさず問い直した。

「うん。権藤探偵事務所の第一クールはこれにて終了」そうして、カゲヤマはだしぬけに後部座席から身を乗り出しておれの肩に手を置いた。「ねえ、ゴンちゃん？」

「ああ、そうだな」おれは同意した。「第一クールは終了だ」

第一クール、とリサコは鸚鵡返しに言って、ハンドルを握りながら肩をすくめた。肩をすくめたその真意はおれにはわからないが、べつにわからなくてもいいことだろう。

繰り返すが、この世のものとは思えないほどに美しい冬晴れだった。深く澄んだ青の空がどこまでも広がっている。どこまでも――おれたちの力が及ばないこの世の果てまでも。

おれたち一行が幌滝温泉に到着すると、三國屋の玄関から浅沼裕嗣が姿を現した。ジープを降りた岩澤めぐみが看護師に付き添われながらゆっくりと近づいていく。浅沼も岩澤めぐみに向かってゆっくりと歩いていく。二人のあいだの距離が十メートルほどになったところで、看護師は立ち止まって患者の腕から手を離す。岩澤と浅沼はさらに互いに近づいていく。柔らかな晩冬の陽光がかつての恋人たちを祝福するように包み込んだ。

本書はフィクションであり、実在の人物、団体などには一切関係ありません。

［初出］
双葉社ｗｅｂ文芸マガジン「ＣＯＬＯＲＦＵＬ」
２０１９年11月11日号～２０２０年12月10日号

桜井鈴茂●さくらい　すずも

1968年生まれ。郵便配達員、小料理屋店長、大学院生、水道メーター検針員など、様々な経歴を経て、2002年『アレルヤ』で第13回朝日新人文学賞を受賞。他の著書に、『終わりまであとどれくらいだろう』『女たち』『冬の旅』『へんてこなこの場所から』『どうしてこんなところに』『できそこないの世界でおれたちは』などがある。

探偵《たんてい》になんて向《む》いてない

2021年5月23日　第1刷発行

著　者——桜《さくら》井《い》鈴《すず》茂《も》

発行者——箕浦克史

発行所——株式会社双葉社

東京都新宿区東五軒町3-28　郵便番号162-8540
電話03(5261)4818〔営業〕
03(5261)4831〔編集〕
http://www.futabasha.co.jp/
（双葉社の書籍・コミック・ムックが買えます）

DTP製版——株式会社ビーワークス

印刷所——大日本印刷株式会社

製本所——株式会社若林製本工場

カバー印刷——株式会社大熊整美堂

ISBN978-4-575-24405-2 C0093